搜神记

[东晋] 干宝 著　仲秋融 校注
"学而书馆"编辑组 整理

中国友谊出版公司

图书在版编目（CIP）数据

搜神记 /（东晋）干宝著；仲秋融校注；"学而书馆"编辑组整理. -- 北京：中国友谊出版公司，2024.7. -- ISBN 978-7-5057-3361-9

Ⅰ.I242.1

中国国家版本馆CIP数据核字第2024VH9731号

书名	搜神记
作者	[东晋]干宝
校注	仲秋融
整理	"学而书馆"编辑组
出版	中国友谊出版公司
发行	中国友谊出版公司
经销	新华书店
印刷	天津丰富彩艺印刷有限公司
规格	880毫米×1230毫米　32开 9印张　222千字
版次	2024年7月第1版
印次	2024年7月第1次印刷
书号	ISBN 978-7-5057-3361-9
定价	39.80元
地址	北京市朝阳区西坝河南里17号楼
邮编	100028
电话	（010）64678009

如发现图书质量问题，可联系调换。质量投诉电话：（010）59799930-601

导言

魏晋南北朝时期，出现了一批记述神仙方术、殊方异物、鬼魅妖怪、佛法灵异等的志怪小说。它们保存了很多或生动有趣或具有积极意义的民间传说和故事，千百年来，给世人以乐趣与警醒。这些志怪小说中有一部引起广泛关注的作品，那就是东晋干宝的《搜神记》。

干宝（？—336年），字令升，汝南新蔡（今河南新蔡）人，东晋著名文学家、史学家。其所著《搜神记》在内容上讲述了众多鬼神怪异的故事，曲折地反映了当时的社会现实，透露出广大人民群众的喜乐爱憎以及对美好生活的向往。清代蒲松龄《聊斋志异·自志》谓："才非干宝，雅爱《搜神》"，显见《搜神记》对其小说创作的重要影响。鲁迅先生不仅在《中国小说史略》中对其有所评论，而且在文学创作上，多有汲取其养分的例子，如《搜神记》中的经典篇目《三王墓》，讲述了干将莫邪夫妇为楚王铸剑反被杀害，两人之子长大后为父母报仇的故事。鲁迅先生据此改写成故事新编《铸剑》，又名《眉间尺》，对近代中国产生了重要的影响。此外，在诗歌创作中，唐代白居易名篇《长恨歌》中就有取自《搜神记》篇目《李少翁致神》的重要情节；在戏剧领域，元杂剧《窦娥冤》的母题来源即是《搜神记》里的《东海孝妇》，脍炙人口的《天仙配》《相思树》等传统剧目更与《搜神记》中的《董永与织女》《相思树》（《韩凭妻》）有着直接渊源。可以说，以《搜神记》为代表的六朝志怪小说对后代各类文艺都有着深远的影响，其中生动曲折的小故事为后代小说、戏剧等所吸收，加以创变，推陈出新，丰富着大众精神生活。

干宝《搜神记》初创之时，其在体例安排上是分类撰写的，据相关学者考证，《搜神记》原本分《神化篇》《感应篇》《妖怪篇》《变化篇》四部分，惜多数篇目久佚，与今传《搜神记》版本体例大有不同。今本二十卷《搜神记》主要由明代学者胡应麟辑录，而刊行前可能又被胡震亨等人增补过，后世众多版本的《搜神记》也都受到胡本体例、内容等影响。出于推广、普及古典文学与传统文化的考虑，本书注释所依据的主要底本仍为流传数百年之久，有着广泛群众基础的二十卷本，即以汪绍楹先生校注的《搜神记》（旧本二十卷本，中华书局1979年版）为底本，兼顾当今学术研究的最新动态，参考吸收了李剑国先生《搜神记辑校》（以原本分四篇记事为体，中华书局2019年版）中收录的旧本未辑篇目，还广泛参考了顾希佳《搜神记》（浙江古籍出版社1985年版）、马银琴《搜神记》（中华书局2012年版）、佘引《搜神记》（贵州民族出版社2019年版）、宗介甫《搜神记》（万卷出版公司2020年版）等诸多现代注释本，在此一并表示由衷的感谢。

本书将新增条目置于篇末加以注释，尽可能地做到在文化普及的基础上，日益推进学术新知，兼顾旧本通行本与李辑原本（李本），从而最大程度补足《搜神记》，使之成为某种意义上的"全本"。

其中，本书参考李本，不仅注释了较旧本新增的四十六条《搜神记》篇目，还注释了原辑入陶潜《搜神后记》中的四篇，即李本卷一的《丁令威》（神化篇之一）、卷七的《白水素女》（感应篇之四）、卷十五的《聂友板》（妖怪篇之六）与卷二十七的《虬塘》。当然，对于李本的吸收，仅限于增补注释旧本的未辑篇目，并不包括已存于二十卷旧本中，李先生做出增补的故事或传说（往往同篇然题名稍有差异）之具体内容，如二十卷通行本的《东海君遗襦》一则。在李本中，即《陈节方》篇，据李本辑校原则与方法："《陈节方》条，仅见《太平御览》卷八一六引，《御览》卷三四五、卷六九五引《列异传》亦载，而卷六九五所引与此合，知采《列异传》。引文皆片段，今互校辑录成文。旧本只据《御览》卷八一六辑录，不完整。"对于《东海君遗襦》，李本作《陈节方》，故事内容是有不少增补的，而本书仍依通行的二十卷本。此外，与李本同篇不同名的条目还有很多，如《赤虹化玉》（李本作《黄玉刻文》）、《开石文字》（李本作《张掖开石》）、《樊道基》（李本作《成夫人》）、《风伯雨师》（李本作《祀星》）、《牛生犊两头》（李本作《陈门牛生子两头》）、《绛囊缚纷》（李本作《中兴服制》）、《湘穴》（李本作《湘东龙穴》）、《江东余腹》（李本作《余腹》）等，本书一依旧本汪注通行本内容。

　　由于本人学力有限，某些注释或有讹误不当之处，有待日后完善。相信在众多热爱古典小说的读者及学界同仁的关注下，《搜神记》及其相关故事、传说必将日益焕发蓬勃的生命力，成为滋养当下和谐社会建设的精神源泉之一。

仲秋融
2023 年 7 月 30 日

目录

卷一 ——————— 001
卷二 ——————— 022
卷三 ——————— 032
卷四 ——————— 048
卷五 ——————— 060
卷六 ——————— 069
卷七 ——————— 104
卷八 ——————— 124
卷九 ——————— 130
卷十 ——————— 138
卷十一 ——————— 144

卷十二 ——————— 163
卷十三 ——————— 174
卷十四 ——————— 182
卷十五 ——————— 192
卷十六 ——————— 202
卷十七 ——————— 218
卷十八 ——————— 225
卷十九 ——————— 241
卷二十 ——————— 246
附录 李辑增补 ——————— 254

卷一

神农鞭百草

神农以赭鞭鞭百草①，尽知其平毒寒温之性②，臭味所主③。以播百谷④，故天下号"神农"也。

注释

①神农：炎帝的别名，我国上古姜姓部落首领的尊称，号神农氏。相传炎帝始种五谷以为民食，遍尝百草以医民恙，为后世农业、医药之祖。赭（zhě）鞭：传说中神农氏用以检验百草的赤褐色鞭子。赭，赤褐色。
②平毒寒温：中医对草木有无毒性与药性特征的分类。平毒，指无毒与有毒。寒温，指两种药性，即寒性与温性。
③臭（xiù）味：气味。主：主治。
④以：因为。播：播种。

雨师赤松子

赤松子者，神农时雨师也①。服冰玉散②，以教神农。能入火不烧。至昆仑山，常入西王母石室中③。随风雨上下。炎帝少女追之④，亦得仙，俱去。至高辛时⑤，复为雨师，游人间。今之雨师本是焉。

注释

①雨师：传说中掌管下雨的神。
②冰玉散：又名冰硼散，传说中的长生之药。

③西王母：俗称王母娘娘，神话传说中至高无上的女神。
④少女：小女儿。
⑤高辛：帝喾（kù）的别号。姬姓，名俊，号高辛氏。"五帝"之一，相传为华夏部落联盟的首领。

赤将子舆

赤将子舆者①，黄帝时人也②。不食五谷③，而啖百草华④。至尧时⑤，为木工。能随风雨上下。时于市门中卖缴⑥，故亦谓之缴父。

| 注释 |

①子舆（yú）：舆同"轝"，人名，传说黄帝时期人物。
②黄帝：号轩辕氏，"五帝"之首，传说中华夏部落联盟的首领，与炎帝并称"炎黄"。
③五谷：指稻、稷、麦、豆、麻五种谷物。
④啖（dàn）：吃。百草华：华同"花"，百草的花。
⑤尧（yáo）：号陶唐氏，"五帝"之一，传说中华夏部落联盟的首领。
⑥缴（zhuó）：系于箭上的生丝绳，射鸟用，亦指系着丝绳的箭。

宁封子自焚

宁封子①，黄帝时人也。世传为黄帝陶正②。有异人过之③，为其掌火。能出五色烟。久则以教封子。封子积火自烧，而随烟气上下。视其灰烬，犹有其骨。时人共葬之宁北山中④。故谓之宁封子。

| 注释 |

①宁封子：又称龙跷（qiāo）真人，传说中的仙人。
②陶正：掌管陶器制造的官员。
③过：拜访，探望。

④宁北山：古山名，今河南云台山。

偓佺采药

偓佺者①，槐山采药父也②。好食松实。形体生毛，长七寸，两目更方③。能飞行，逐走马④。以松子遗尧⑤，尧不暇服⑥。松者，简松也⑦。时受服者，皆三百岁。

| 注释 |

①偓佺（wò quán）：传说中的仙人。西汉刘向《列仙传》："偓佺饵松，体逸眸方。足蹑鸾凤，走超腾骧。遗赠尧门，贻此神方。尽性可辞，中智宜将。"
②槐山：古山名，传说中的神山。
③更方：改变方向，指两只眼睛可以向不同方向观察。
④走马：奔跑的马。
⑤遗（wèi）：送给。
⑥不暇：没有时间，没来得及。
⑦松者，简松也：疑为窜入正文的古人注解。

彭祖仙室

彭祖者①，殷时大夫也②。姓钱，名铿。帝颛顼之孙③，陆终氏之中子④。历夏而至商末，号七百岁。常食桂芝⑤。历阳有彭祖仙室⑥。前世云：祷请风雨，莫不辄应。常有两虎在祠左右。今日祠之讫⑦，地则有两虎迹。

| 注释 |

①彭祖：传说中的仙人，以长寿著称。
②殷：朝代名，商代由盘庚迁都至殷地，后世称"殷"。大夫：古代职官的级名。西周以后先秦诸侯国中，在国君之下有卿、大夫、士三级。

③颛顼（zhuānxū）：号高阳氏，"五帝"之一，被神化为北方天帝，又称黑帝或玄帝，相传为黄帝之孙。
④陆终氏：传说中楚国先祖火神吴回之子。中子：排行居中的儿子。
⑤桂芝：灵芝的一种。
⑥历阳：古郡县名，秦王嬴政灭楚，设历阳县，晋时置历阳郡，治所位于今安徽和县。
⑦讫（qì）：完毕。

师门使火

师门者，啸父弟子也①。能使火。食桃葩②。为孔甲龙师③。孔甲不能修其心意，杀而埋之外野。一旦，风雨迎之，山木皆燔④。孔甲祠而祷之⑤，未还而死。

| 注释 |

①啸父：传说中的仙人。
②桃葩（pā）：桃花。葩，花。东汉张衡《西京赋》："蒂倒茄于藻井，披红葩之狎猎。"
③孔甲：姒姓，名孔甲，老丘（今河南开封）人，夏朝帝王之一。
④燔（fán）：焚烧。《庄子·盗跖》："子推怒而去，抱木而燔死。"
⑤祠：本义为春祭，这里指进行为神祭祀。祷：祈祷，向神祝告祈求福寿。

葛由乘木羊

前周葛由①，蜀羌人也②。周成王时③，好刻木作羊卖之。一旦，乘木羊入蜀中，蜀中王侯贵人追之，上绥山。绥山多桃④，在峨眉山西南，高无极也。随之者不复还，皆得仙道。故里谚曰⑤："得绥山一桃，虽不能仙，亦足以豪⑥。"山下立祠数十处。

| 注释 |

①前周：西周。葛由：传说中的仙人。
②蜀羌人：蜀地的羌族人。
③周成王：西周君王，姬姓，名诵，岐周（今陕西岐山）人。
④绥（suí）山：道教仙山，即今四川峨眉山市西南的二峨山。
⑤里谚：民间谚语。
⑥豪：自豪。

崔文子学仙

崔文子者①，泰山人也。学仙于王子乔②。子乔化为白蜺③，而持药与文子。文子惊怪，引戈击蜺④，中之，因堕其药⑤。俯而视之，王子乔之履也⑥。置之室中，覆以敝筐。须臾⑦，化为大鸟。开而视之，翻然飞去⑧。

| 注释 |

①崔文子：秦朝医学家，传说中的仙人。
②王子乔：周灵王之子，姬姓，名晋，字子乔，生于洛邑（今河南洛阳），留有"王子登仙"的传说。
③白蜺（ní）：白色的虹蜺。蜺，副虹。《说文解字·雨部》："蜺，屈虹青赤或白色阴气也。"
④戈：古代兵器，横刃，用青铜或铁制成，装有长柄。
⑤堕：掉。
⑥履：鞋子，一说为"尸"。
⑦须臾：片刻，形容极短的时间。
⑧翻然：振翅高飞的样子。

冠先钓鱼

冠先，宋人也。钓鱼为业，居睢水旁百余年①。得鱼，或放，或卖，或自食之。常冠带②。好种荔③，食其葩实焉④。宋景公问其道⑤，不告，即杀之。后数十年，踞宋城门上鼓琴⑥，数十日乃去。宋人家家奉祠之。

| 注释 |

①睢（suī）水：古河名，又名濉（suī）河，《水经注》有载。
②冠带：头戴帽，束腰带。
③荔：薜（bì）荔，即木莲，一种解暑果实。
④葩实：花和果实。
⑤宋景公：子姓，宋元公之子，是宋国第二十八任国君。
⑥踞（jù）：蹲坐。《说文解字·足部》："踞，蹲也。"

琴高取龙子

琴高①，赵人也。能鼓琴。为宋康王舍人②。行涓、彭之术③，浮游冀州、涿郡间二百余年④。后辞入涿水中⑤，取龙子。与诸弟子期之⑥，曰："明日皆洁斋⑦，候于水旁，设祠屋。"果乘赤鲤鱼出，来坐祠中。且有万人观之。留一月，乃复入水去。

| 注释 |

①琴高：传说中的仙人，于涿水乘鲤归仙。
②宋康王：又称宋王偃、宋献王，战国时期宋国末代国君。舍人：官名。
③行：修炼。涓、彭之术：指涓子、彭祖传下来的长生不老之术。
④浮游：漫游，游荡。冀州：古"九州"之一，汉武帝时为十三刺史部之一，大致位于今河北中南部、山东西部和河南北部。涿（zhuō）郡：古郡名，在今河北涿州一带。
⑤涿水：古水名，相传源出河北涿鹿山。
⑥期：约定。
⑦洁斋：洁身戒斋，即净洁身心，诚敬斋戒。

陶安公通天

陶安公者，六安铸冶师也①。数行火。火一朝散上，紫色冲天。公伏冶下求哀②。须臾，朱雀止冶上③，曰："安公！安公！冶与天通。七月七日，迎汝以赤龙。"至时，安公骑之，从东南去。城邑数万人，豫祖安送之④，皆辞诀⑤。

| 注释 |

①六安：古郡名，其名始于汉武帝，取衡山国内六县、安丰等县首字，有"六地平安，永不反叛"之意。铸冶师：金属冶炼铸造匠。
②冶：指熔炼金属的火炉。
③朱雀：与青龙、白虎、玄武同为中国古代神话中的"天之四灵"，源于远古星宿崇拜，是代表炎帝与南方七宿的南方之神。
④豫：事先。祖：祭祀路神。
⑤辞诀：道别。

焦山老君

有人入焦山七年①，老君与之木钻，使穿一盘石，石厚五尺。曰："此石穿，当得道。"积四十年，石穿，遂得神仙丹诀②。

| 注释 |

①焦山：山名，位于今江苏镇江东北长江中，相传得名于在此隐居的隐士焦光。老君：即太上老君，为道教"三清"尊神之一的道德天尊。
②神仙丹诀：神仙的丹道秘诀。

鲁少千应门

鲁少千者，山阳人也①。汉文帝尝微服怀金过之②，欲问其道。少千拄金杖,执象牙扇,出应门。

| 注释 |

①山阳:古县名,汉置,属河南郡,位于今河南修武。
②汉文帝:刘恒,西汉第五位皇帝,汉高祖刘邦之子。微服:多指皇帝、贵族为隐藏身份、避人耳目而改换常服。

淮南八老公①

淮南王安好道术。设厨宰以候宾客。正月上辛②,有八老公诣门求见③。门吏白王④,王使吏自以意难之,曰:"吾王好长生,先生无驻衰之术,未敢以闻。"公知不见,乃更形为八童子,色如桃花。王便见之,盛礼设乐,以享八公。援琴而弦歌曰⑤:"明明上天,照四海兮。知我好道,公来下兮。公将与余,生羽毛兮。升腾青云,蹈梁甫兮⑥。观见三光⑦,遇北斗兮。驱乘风云,使玉女兮。"今所谓《淮南操》是也⑧。

| 注释 |

①淮南八老公:即"淮南八公",相传为道教中的八位仙人,也是西汉淮南王刘安的八位门客,分别为左吴、李尚、苏飞、田由、毛被、雷被、伍被、晋昌。
②上辛:农历每月上旬的辛日。
③诣(yì)门:上门。
④白:禀报。
⑤援琴:抚琴,弹琴。
⑥梁甫:即梁甫山,又名梁父,是位于泰山下的小山,也指古时死人丛葬的地方。
⑦三光:即日、月、星。
⑧《淮南操》:古琴曲名,又称《八公操》。

刘根召鬼

刘根字君安①,京兆长安人也。汉成帝时②,入嵩山学道③。遇异人,授以秘诀,遂得仙,能召鬼。颍川太守史祈以为妖④,遣人召根,欲戮之⑤。至府,语曰:"君能使人见鬼,可使形见;不者,加戮。"根曰:"甚易!借府君前笔砚书符。"因以叩几⑥。须臾,忽见五六鬼,缚二囚于祈前。祈熟视⑦,乃父母也。向根叩头曰:"小儿无状,分当万死。"叱祈曰⑧:"汝子孙不能光荣先祖,何得罪神仙,乃累亲如此!"祈哀惊悲泣,顿首请罪。根默然忽去⑨,不知所之。

| 注释 |

①刘根:古代颍川道士。
②汉成帝:刘骜(ào),西汉第十二位皇帝,汉元帝刘奭(shì)之子。
③嵩山:山名,五岳之"中岳",位于今河南郑州。
④颍川:古郡名,秦置,因颍水而得名,位于今河南禹州。
⑤戮(lù):杀。《说文解字·戈部》:"戮,杀也。从戈,翏声。"
⑥叩几:在案几上敲打。
⑦熟视:细看。
⑧叱(chì):叱责。
⑨默然:默不作声的样子。

王乔飞舄

汉明帝时①,尚书郎河东王乔为邺令②。乔有神术,每月朔③,尝自县诣台④。帝怪其来数而不见车骑⑤,密令太史候望之。言其临至时,辄有双凫从东南飞来⑥。因伏伺⑦,见凫,举罗张之⑧,但得一双舄⑨。使尚方识视⑩,四年中所赐尚书官属履也。

| 注释 |

①汉明帝：刘庄，东汉第二位皇帝，光武帝刘秀之子。
②尚书郎：官职名，于尚书台为皇帝处理政务。邺令：一作"叶令"。邺，古地名，位于今河北临漳县西。
③朔：指农历的每月初一。
④诣台：拜访尚书台。
⑤数（shuò）：多次，屡次。
⑥凫（fú）：野鸭。
⑦伏伺：暗中埋伏监视。
⑧罗：网。
⑨舄（xì）：鞋子。
⑩尚方：制作帝王所用器物的官署。

蓟子训长寿

蓟子训①，不知所从来。东汉时，到洛阳②，见公卿数十处，皆持斗酒片脯候之③，曰："远来无所有，示致微意。"坐上数百人，饮啖终日不尽。去后，皆见白云起，从旦至暮。时有百岁公说："小儿时，见训卖药会稽市④，颜色如此。"训不乐住洛，遂遁去⑤。正始中⑥，有人于长安东霸城，见与一老公共摩挲铜人，相谓曰："适见铸此，已近五百岁矣。"见者呼之曰："蓟先生，小住并行⑦！"应之。视若迟徐，而走马不及。

| 注释 |

①蓟（jì）子训：汉代建安年间名士。
②洛阳：东汉都城，因地处洛水之北而得名，别称洛邑、洛京。
③片脯（fǔ）：一片干肉。
④会（kuài）稽：古郡名，秦时置，位于今江浙一带。
⑤遁：指隐居，逃避社会，居于偏僻之地。

⑥正始：三国魏齐王曹芳的第一个年号，于公元240年起，共计使用十年。
⑦小住并行：稍等一起走。据文意，此处将"并行"与"应之"断开。

汉阴生乞市

汉阴生者①，长安渭桥下乞小儿也。常于市中丐②。市中厌苦③，以粪洒之。旋复在市中乞，衣不见污如故。长吏知之，械收系④，着桎梏⑤。而续在市乞。又械欲杀之，乃去。洒之者家，屋室自坏，杀十数人。长安中谣言曰⑥："见乞儿与美酒，以免破屋之咎⑦。"

| 注释 |

①汉阴生：传说中的仙人。
②丐：乞讨。
③厌苦：十分厌恶。苦，甚、很，表示程度深。
④械：警械，指拘捕。收系：拘禁。
⑤桎梏（zhìgù）：束缚手脚的镣铐刑具。
⑥谣言：歌谣。
⑦咎（jiù）：灾祸。

常生复生

谷城乡卒常生①，不知何所人也。数死而复生，时人为不然。后大水出，所害非一。而卒辄在缺门山上大呼②，言："卒常生在此！"云："复雨③，水五日必止。"止，则上山求祠之，但见卒衣杖革带④。后数十年，复为华阴市门卒⑤。

| 注释 |

①谷城：古地名，位于今河南洛阳。乡卒：乡里差役。
②缺门山：又称铁门山，位于今河南洛阳新安县。

③复：消除。
④衣杖革带：衣服、手杖、皮带。
⑤华阴：古县名，战国置，位于今陕西华阴地区。

左慈显神通

左慈字元放①，庐江人也②。少有神通。尝在曹公座③，公笑顾众宾曰："今日高会，珍羞略备。所少者，吴松江鲈鱼为脍④。"放云："此易得耳。"因求铜盘，贮水，以竹竿饵钓于盘中。须臾，引一鲈鱼出。公大拊掌，会者皆惊。公曰："一鱼不周坐客，得两为佳。"放乃复饵钓之。须臾，引出，皆三尺余，生鲜可爱。公便自前脍之，周赐座席。公曰："今既得鲈，恨无蜀中生姜耳。"放曰："亦可得也。"公恐其近道买，因曰："吾昔使人至蜀买锦，可敕人告吾使，使增市二端⑤。"人去，须臾还，得生姜。又云："于锦肆下见公使，已敕增市二端。"后经岁余，公使还，果增二端。问之，云："昔某月某日，见人于肆下，以公敕敕之。"后公出近郊，士人从者百数。放乃赍酒一罂⑥，脯一片，手自倾罂，行酒百官，百官莫不醉饱。公怪，使寻其故。行视沽酒家，昨悉亡其酒脯矣。公怒，阴欲杀放。放在公座，将收之，却入壁中，霍然不见。乃募取之⑦。或见于市，欲捕之，而市人皆放同形，莫知谁是。后人遇放于阳城山头，因复逐之，遂走入羊群。公知不可得，乃令就羊中告之，曰："曹公不复相杀，本试君术耳。今既验，但欲与相见。"忽有一老羝⑧，屈前两膝，人立而言曰："遽如许⑨。"人即云："此羊是。"竞往赴之，而群羊数百，皆变为羝，并屈前膝，人立，云："遽如许。"于是遂莫知所取焉。老子曰："吾之所以为大患者，以吾有身也；及吾无身，吾有何患哉。"若老子之俦⑩，可谓能无身矣，岂不远哉也。

| 注释 |

①左慈：字元放，自号乌角先生，东汉末年著名方士。
②庐江：古郡名，汉代置，位于今安徽庐江地区。
③曹公：曹操的尊称。
④吴松江：即吴淞江，又名苏州河。脍（kuài）：细切的肉或鱼。
⑤端：古代长度单位，一端约二丈。
⑥赍（jī）：带，送。罂（yīng）：小口大肚的酒器。
⑦募：广泛征求，此处为悬赏之意。
⑧羝（dī）：公羊。
⑨遽（jù）：惧怕，惶恐。
⑩俦（chóu）：同辈，同类。

于吉请雨

孙策欲渡江袭许①，与于吉俱行②。时大旱，所在燥厉③。策催诸将士，使速引船。或身自早出督切，见将吏多在吉许。策因此激怒，言："我为不如吉耶？而先趋附之。"便使收吉至，呵问之曰："天旱不雨，道路艰涩，不时得过，故自早出。而卿不同忧戚，安坐船中，作鬼物态，败吾部伍。今当相除。"令人缚置地上，暴之④，使请雨。若能感天，日中雨者，当原赦；不尔，行诛。俄而云气上蒸，肤寸而合⑤。比至日中，大雨总至，溪涧盈溢。将士喜悦，以为吉必见原，并往庆慰。策遂杀之。将士哀惜，藏其尸。天夜，忽更兴云覆之。明旦往视，不知所在。策既杀吉，每独坐，仿佛见吉在左右。意深恶之，颇有失常。后治疮方差⑥，而引镜自照，见吉在镜中，顾而弗见。如是再三，扑镜大叫，疮皆崩裂，须臾而死。吉，琅邪人，道士。

| 注释 |

①孙策：字伯符，三国东吴政权奠基者之一，开国皇帝孙权长兄。袭：袭击。许：即许昌，位于今河南中部。

②于吉：东汉末年道士。

③燽（xiāo）厉：炎热。

④暴（pù）：曝晒。

⑤肤寸而合：形容云气集合、密布的样子。肤寸，又作"扶寸"，古代长度单位，一指为寸，四指为肤。

⑥差（chài）：后作"瘥"，指痊愈。

介琰隐形

介琰者，不知何许人也。住建安方山①，从其师白羊公杜受玄一无为之道②，能变化隐形。尝往来东海③，暂过秣陵④，与吴主相闻⑤。吴主留琰，乃为琰架宫庙。一日之中，数遣人往问起居。琰或为童子，或为老翁，无所食啖，不受饷遗。吴主欲学其术，琰以吴主多内御⑥，积月不教。吴主怒，敕缚琰，着甲士引弩射之⑦。弩发，而绳缚犹存，不知琰之所之。

| 注释 |

①建安：古郡名，位于今福建建瓯。

②白羊公杜：传说中的道士名，因常乘白羊而称白羊公。玄一无为之道：即道家法术。

③东海：古郡名，秦置，位于今山东郯城地区。

④秣（mò）陵：古县名，秦置，位于今江苏南京。

⑤吴主：指孙权，字仲谋，吴郡富春县（今浙江杭州）人，三国时期吴国开国皇帝。

⑥内御：妃嫔。

⑦弩（nǔ）：古代用机械力量射箭的弓，这里泛指弓。

徐光种瓜

吴时有徐光者，尝行术于市里。从人乞瓜，其主勿与，便从索瓣①，杖地种之②。俄而瓜生蔓延，生花成实，乃取食之，因赐观者。鬻者反视所出卖③，皆亡耗矣。凡言水旱甚验。过大将军孙綝门④，褰衣而趋⑤，左右唾践。或问其故，答曰："流血臭腥不可耐。"綝闻恶而杀之。斩其首，无血。及綝废幼帝，更立景帝⑥，将拜陵，上车，有大风荡綝车，车为之倾。见光在松树上拊手指挥，嗤笑之⑦。綝问侍从，皆无见者。俄而景帝诛綝。

| 注释 |

①瓣：即瓜子。
②杖：用手杖（挖）。
③鬻（yù）：卖。
④孙綝：字子通，吴郡富春人，三国时期吴国宗室、权臣。
⑤褰（qiān）：用手揭起、提起。《礼记·曲礼上》："冠毋免，劳毋袒，暑毋褰裳。"郑玄注："褰，揭也。"趋：快步走。
⑥景帝：吴景帝孙休，字子烈，孙权第六子。
⑦嗤（chī）笑：轻蔑地笑。

葛玄使法术

葛玄字孝先①，从左元放受《九丹液仙经》②。与客对食，言及变化之事，客曰："事毕③，先生作一事特戏者。"玄曰："君得无即欲有所见乎？"乃嗽口中饭，尽变大蜂数百，皆集客身，亦不螫人④。久之，玄乃张口，蜂皆飞入，玄嚼食之，是故饭也。又指虾蟆及诸行虫燕雀之属，使舞，应节如人⑤。冬为客设生瓜枣，夏致冰雪。又以数十钱使人散投井中，玄以一器于井上呼之，钱一一飞从井出。为客设酒，无人传杯，杯自至前；

如或不尽,杯不去也。尝与吴主坐楼上,见作请雨土人。帝曰:"百姓思雨,宁可得乎?"玄曰:"雨易得耳!"乃书符着社中。顷刻间,天地晦冥,大雨流淹。帝曰:"水中有鱼乎?"玄复书符掷水中,须臾,有大鱼数百头。使人治之。

| 注释 |

①葛玄:三国著名道士,道教灵宝派祖师,丹阳句容(今属江苏)人。
②《九丹液仙经》:即《九丹金液仙经》,相传为道家炼金丹的秘籍。
③事毕:一作"食毕",指吃完饭后。
④螫(shì):毒虫或毒蛇咬刺。《史记·淮阴侯列传》:"猛虎之犹豫,不若蜂虿之致螫。"
⑤应节:随着节拍。

吴猛止风

吴猛,濮阳人①。仕吴,为西安令②,因家分宁。性至孝。遇至人丁义,授以神方;又得秘法神符,道术大行。尝见大风,书符掷屋上,有青鸟衔去,风即止。或问其故,曰:"南湖有舟,遇此风,道士求救。"验之果然。武宁令干庆③,死已三日,猛曰:"数未尽,当诉之于天。"遂卧尸旁。数日,与令俱起。后将弟子回豫章④,江水大急,人不得渡。猛乃以手中白羽扇画江水,横流,遂成陆路,徐行而过。过讫,水复。观者骇异⑤。尝守浔阳⑥,参军周家有狂风暴起⑦,猛即书符掷屋上,须臾风静。

| 注释 |

①濮(pú)阳:古郡名,又称帝丘、开州,晋代置濮阳国,后改郡,位于今河南濮阳。
②西安:古县名,三国吴时置,位于今江西武宁。
③武宁令:一作"西安令"。

④豫章：古郡名，汉代置，位于今江西南昌。
⑤骇（hài）异：惊骇怪异。
⑥浔阳：古县名，汉代置，位于今江西九江。
⑦参军：官职名。

园客养蚕

园客者，济阴人也①。貌美，邑人多欲妻之，客终不娶。尝种五色香草，积数十年，服食其实。忽有五色神蛾，止香草之上，客收而荐之以布②，生桑蚕焉。至蚕时，有神女夜至，助客养蚕，亦以香草食蚕③。得茧百二十头，大如瓮，每一茧缫六七日乃尽④。缫讫，女与客俱仙去，莫知所如⑤。

| 注释 |

①济阴：古郡名，汉代置，位于今山东定陶。
②荐：放，铺陈。
③食（sì）：饲养，喂养。
④缫（sāo）：剥茧抽丝。
⑤如：往，到……去。

董永与织女

汉董永，千乘人①。少偏孤②，与父居。肆力田亩③，鹿车载自随④。父亡，无以葬，乃自卖为奴，以供丧事。主人知其贤，与钱一万，遣之。永行三年丧毕，欲还主人，供其奴职。道逢一妇人曰："愿为子妻。"遂与之俱。主人谓永曰："以钱与君矣。"永曰："蒙君之惠，父丧收藏⑤。永虽小人，必欲服勤致力，以报厚德。"主曰："妇人何能？"永曰："能织。"主曰："必尔者，但令君妇为我织缣百匹⑥。"于是永妻为主人家织,十日而毕。女出门,谓永曰:"我,天之织女也。缘君至孝,天帝令我助君偿债耳。"语毕,凌空而去,不知所在。

| 注释 |

①千乘(shèng):古地名,位于今山东高青、博兴一带。
②偏孤:指早年丧父或丧母,此处为丧母。
③肆力:尽力。
④鹿车:古代的一种小车,因只能容纳一鹿,故称。
⑤收藏:亦作"收臧",指收殓埋葬。
⑥缣(jiān):双经双纬的细绢。

钩弋夫人

初,钩弋夫人有罪①,以谴死。既殡,尸不臭,而香闻十余里。因葬云陵②。上哀悼之,又疑其非常人,乃发冢开视,棺空无尸,惟双履存③。一云,昭帝即位,改葬之,棺空无尸,独丝履存焉。

| 注释 |

①钩弋(yì)夫人:赵氏,名不详,河间郡人,汉武帝刘彻的婕妤,汉昭帝刘弗陵的生母。
②云陵:钩弋夫人陵寝,又名"阳陵""思合墓""女陵",位于今陕西淳化。
③履(lǚ):鞋子。

杜兰香与张传

汉时有杜兰香者,自称南康人氏。以建兴四年春,数诣张传。传年十七,望见其车在门外,婢通言:"阿母所生,遣授配君,可不敬从?"传,先改名硕,硕呼女前,视,可十六七,说事邈然久远。有婢子二人:

大者萱支,小者松支。钿车青牛①,上饮食皆备。作诗曰:"阿母处灵岳,时游云霄际。众女侍羽仪,不出墉宫外②。飘轮送我来,岂复耻尘秽。从我与福俱,嫌我与祸会。"至其年八月旦,复来,作诗曰:"逍遥云汉间,呼吸发九嶷③。流汝不稽路,弱水何不之④。"出薯蓣子三枚⑤,大如鸡子,云:"食此,令君不畏风波,辟寒温。"硕食二枚,欲留一。不肯,令硕食尽。言:"本为君作妻,情无旷远。以年命未合,其小乖⑥。太岁东方卯⑦,当还求君。"兰香降时,硕问:"祷祀何如?"香曰:"消魔自可愈疾,淫祀无益⑧。"香以药为消魔。

| 注释 |

①钿(diàn)车:用金宝嵌饰的车子。
②墉(yōng)宫:又名墉城,传说为西王母的居处。
③九嶷(yí):即九嶷山,又名苍梧山,传说舜葬于此,位于今湖南宁远。
④弱水:古水名,相传渡过弱水可得道升仙。
⑤薯蓣(yù):山药。
⑥乖:不顺,不和谐。
⑦太岁东方卯:即卯年。太岁,指岁星,岁星纪年法即原始的干支纪年法。
⑧淫祀:指过分的、不合礼制的祭祀。

弦超与神女

魏济北郡从事掾弦超①,字义起。以嘉平中夜独宿,梦有神女来从之。自称天上玉女,东郡人②,姓成公,字知琼。早失父母,天帝哀其孤苦,遣令下嫁从夫。超当其梦也,精爽感悟,嘉其美异,非常人之容。觉寤钦想,若存若亡。如此三四夕。一旦,显然来游,驾辎軿车③,从八婢,服绫罗绮绣之衣,姿颜容体,状若飞仙。自言年七十,视之如十五六女。车上有壶、榼、青白琉璃五具④。食啖奇异,馔具醴酒⑤,与超共饮食。谓超曰:

"我,天上玉女。见遣下嫁,故来从君。不谓君德,宿时感运,宜为夫妇。不能有益,亦不能为损。然往来常可得驾轻车,乘肥马;饮食常可得远味异膳,缯素常可得充用不乏⑥。然我神人,不为君生子,亦无妒忌之性,不害君婚姻之义。"遂为夫妇。赠诗一篇,其文曰:"飘飘浮勃逢⑦,敖曹云石滋⑧。芝英不须润,至德与时期。神仙岂虚感,应运来相之。纳我荣五族,逆我致祸菑⑨。"此其诗之大较,其文二百余言,不能尽录。兼注《易》七卷⑩,有卦有象,以象为属。故其文言既有义理,又可以占吉凶。犹扬子之《太玄》、薛氏之《中经》也⑪。超皆能通其旨意,用之占候。

作夫妇经七八年,父母为超娶妇之后,分日而燕⑫,分夕而寝,夜来晨去,倏忽若飞,唯超见之,他人不见。虽居暗室,辄闻人声,常见踪迹,然不睹其形。后人怪问,漏泄其事。玉女遂求去,云:"我,神人也。虽与君交,不愿人知。而君性疏漏,我今本末已露,不复与君通接。积年交结,恩义不轻,一旦分别,岂不怆恨?势不得不尔,各自努力!"又呼侍御下酒饮啖。发簏⑬,取织成裙衫两副遗超。又赠诗一首,把臂告辞,涕泣流离,肃然升车,去若飞迅。超忧感积日,殆至委顿。

去后五年,超奉郡使至洛,到济北鱼山下陌上⑭。西行,遥望曲道头有一马车,似知琼。驱驰至前,果是也。遂披帷相见,悲喜交切。控左援绥⑮,同乘至洛,遂为室家,克复旧好。至太康中,犹在。但不日日往来,每于三月三日、五月五日、七月七日、九月九日、旦、十五日辄下,往来经宿而去。张茂先为之作《神女赋》⑯。

| 注释 |

①济北郡:古郡名,位于今山东长清。从事掾(yuàn):官职名,郡守的副官、僚属。掾,辅佐。
②东郡:古郡名,秦时置。

③辎軿（zīpíng）：泛指有帷盖的大车。
④榼（kē）：盛酒或水的容器。
⑤馔（zhuàn）具醴（lǐ）酒：陈设甜酒。
⑥缯（zēng）素：泛指丝绢制品。
⑦飘飖（yáo）：随风飘动。勃逢：指渤海的蓬莱仙境。勃，通"渤"。逢，通"蓬"。
⑧敖曹：声音嘈杂的样子。
⑨祸菑（zāi）：即祸灾。
⑩《易》：即《易经》，包括《连山》《归藏》《周易》三部易书，阐述天地万象变化的古老经典，现存仅有《周易》。
⑪扬子之《太玄》：即《太玄经》。扬子，即扬雄。薛氏之《中经》：应也为易学占卜书籍，现已亡佚。
⑫分日：隔一日。后一句"分夕"即为隔一夜。燕：同"宴"。
⑬发：打开。簏（lù）：用竹篾编的盛零碎东西的小篓。
⑭陌：小路。
⑮控左援绥：牵住左骖挽住车绳。绥，登车时所拉的绳索。
⑯张茂先：即张华，字茂先，西晋时期政治家、文学家、藏书家。

卷二

寿光侯劾鬼

　　寿光侯者，汉章帝时人也①。能劾百鬼众魅②，令自缚见形。其乡人有妇为魅所病，侯为劾之，得大蛇数丈，死于门外，妇因以安。又有大树，树有精，人止其下者死，鸟过之亦坠。侯劾之，树盛夏枯落，有大蛇，长七八丈，悬死树间。章帝闻之，征问，对曰："有之。"帝曰："殿下有怪，夜半后，常有数人，绛衣，披发，持火相随，岂能劾之？"侯曰："此小怪，易消耳。"帝伪使三人为之。侯乃设法，三人登时仆地，无气。帝惊曰："非魅也，朕相试耳。"即使解之。或云：汉武帝时，殿下有怪，常见朱衣披发相随，持烛而走。帝谓刘凭曰③："卿可除此否？"凭曰："可。"乃以青符掷之，见数鬼倾地。帝惊曰："以相试耳。"解之而苏。

| 注释 |

① 汉章帝：刘炟（dá），东汉第三位皇帝，光武帝刘秀之孙，汉明帝刘庄之子。
② 劾（hé）：这里指以符咒等降伏鬼魅。
③ 刘凭：即寿光侯。据葛洪《神仙传》载，刘凭是沛地人，曾立战功，被封为寿光金乡侯，跟从稷丘子学道，经服石英和硫黄，会禁气之术。

樊英灭火

　　樊英隐于壶山①，尝有暴风从西南起，英谓学者曰："成都市火甚盛。"

因含水潄之，乃命计其时日。后有从蜀来者，云："是日大火，有云从东起，须臾大雨，火遂灭。"

| 注释 |

①樊英：字季齐，南阳鲁阳（今河南鲁山）人，东汉易学家、术数家。
  壶山：山名，因山形如壶而得名，位于今河南鲁山。

徐登与赵昞

闽中有徐登者①，女子化为丈夫。与东阳赵昞②，并善方术。时遭兵乱，相遇于溪，各矜其所能。登先禁溪水为不流③，昞次禁杨柳为生稊④。二人相视而笑。登年长，昞师事之。后登身故，昞东入章安⑤，百姓未知。昞乃升茅屋，据鼎而爨⑥。主人惊怪，昞笑而不应，屋亦不损。

| 注释 |

①闽中：古郡名，秦代置，位于今福建福州。徐登：精于道家方术，善于用禁术治疗各种疾病。
②东阳：古郡名，位于今浙江金华。赵昞（bǐng）：又名侯，字公阿，善用方术。
③禁：施咒术。
④稊（tí）：植物的嫩芽，特指杨柳新长出的嫩叶。
⑤章安：古县名，位于今浙江椒江。
⑥爨（cuàn）：烧火做饭。

赵昞临水求渡

赵昞尝临水求渡，船人不许。昞乃张帷盖①，坐其中，长啸呼风，乱流而济②。于是百姓敬服，从者如归。章安令恶其惑众③，收杀之。民为立祠于永康④，至今蚊蚋不能入⑤。

| 注释 |

①帷盖：指车的帷幕和篷盖。
②济：渡河。
③章安令：章安县令，一作"长安令"。
④永康：地名，位于今浙江金华东南。
⑤蚋（ruì）：亦作"蜹"，指蚊类害虫。

徐赵清俭

徐登、赵昞，贵尚清俭①，祀神以东流水，削桑皮以为脯。

| 注释 |

①贵尚：崇尚。清俭：清贫节俭。

东海君遗襦

陈节访诸神，东海君以织成青襦一领遗之①。

| 注释 |

①东海君：东海神。襦（rú）：指短衣、短袄。领：此处用作衣服数量的量词。

边洪发狂

宣城边洪①，为广阳领校②，母丧归家，韩友往投之③。时日已暮，出告从者："速装束，吾当夜去。"从者曰："今日已暝④，数十里草行，何急复去？"友曰："此间血覆地⑤，宁可复住。"苦留之，不得。其夜，洪欻发狂⑥，绞杀两子，并杀妇，又斫父婢二人⑦，皆被创。因走亡。数日，乃于宅前林中得之，已自经死⑧。

| 注释 |

①宣城：古郡名，即今安徽宣城。
②广阳：古郡名，位于今北京周边一带。领校：军事长官。
③韩友：字景先，庐江舒人（今安徽庐江），晋朝人，善占卜。
④暝（míng）：日暮。
⑤血覆地：血流满地。
⑥欻（xū）：忽然。
⑦斫（zhuó）：用刀斧砍。
⑧自经：上吊自尽。

鞠道龙说黄公事

鞠道龙善为幻术①，尝云："东海人黄公，善为幻，制蛇，御虎。常佩赤金刀。及衰老，饮酒过度。秦末，有白虎见于东海，诏遣黄公以赤刀往厌之②。术既不行，遂为虎所杀。"

| 注释 |

①幻术：用来迷惑人的法术。
②厌（yā）：即厌胜之术，用术法禳（ráng）灾之法。

谢纠食客

谢纠尝食客①，以朱书符投井中②，有一双鲤鱼跳出。即命作脍，一坐皆得遍。

| 注释 |

①食（sì）：宴请，招待。
②朱：朱砂。书符：画符咒。

天竺胡人法术

晋永嘉中，有天竺胡人来渡江南①。其人有数术，能断舌复续、吐火，所在人士聚观。将断时，先以舌吐示宾客，然后刀截，血流覆地。乃取置器中，传以示人。视之，舌头半舌犹在。既而还取含续之。坐有顷，坐人见舌则如故，不知其实断否。其续断，取绢布，与人合执一头，对剪中断之。已而取两断合，视绢布还连续，无异故体。时人多疑以为幻，阴乃试之②，真断绢也。其吐火，先有药在器中，取火一片，与黍糖合之③，再三吹呼，已而张口，火满口中，因就爇取以炊④，则火也。又取书纸及绳缕之属投火中，众共视之，见其烧爇了尽；乃拨灰中，举而出之，故向物也⑤。

| 注释 |

①天竺：古代对印度的称呼。
②阴：私下里。
③黍糖：黍米制成的糖。
④爇（ruò）：本意为焚烧，此指火。
⑤向：从前的。

范寻养虎

扶南王范寻养虎于山①，有犯罪者，投与虎，不噬②，乃宥之③。故山名大虫，亦名大灵。又养鳄鱼十头，若犯罪者，投与鳄鱼，不噬，乃赦之。无罪者皆不噬，故有鳄鱼池。又尝煮水令沸，以金指环投汤中，然后以手探汤：其直者④，手不烂；有罪者，入汤即焦⑤。

| 注释 |

①扶南：即扶南国，又称夫南国、跋南国，意为"山岳"，是中南半岛

上的古国。
② 噬（shì）：咬。
③ 宥（yòu）：宽恕。
④ 直：正直。
⑤ 焦：烫焦。

贾佩兰说宫内事

戚夫人侍儿贾佩兰①，后出为扶风人段儒妻②。说："在宫内时，尝以弦管歌舞相欢娱，竞为妖服以趋良时。十月十五日，共入灵女庙，以豚黍乐神，吹笛击筑③，歌《上灵之曲》。既而相与连臂，踏地为节，歌《赤凤皇来》，乃巫俗也。至七月七日，临百子池，作于阗乐④。乐毕，以五色缕相羁⑤，谓之'相连缓'。八月四日，出雕房北户⑥，竹下围棋，胜者，终年有福；负者，终年疾病。取丝缕，就北辰星求长命，乃免。九月，佩茱萸，食蓬饵⑦，饮菊花酒，令人长命。菊花舒时，并采茎叶，杂黍米酿馕之，至来年九月九日始熟，就饮焉，故谓之'菊花酒'。正月上辰，出池边盥濯⑧，食蓬饵，以祓妖邪⑨。三月上巳⑩，张乐于流水。如此终岁焉。"

| 注释 |

① 戚夫人：汉高祖刘邦的宠妃，生赵王，因刘邦欲立赵王为储，被汉高后吕雉做成"人彘（zhì）"而惨死。
② 扶风：即扶风县，古县名，位于陕西宝鸡，为佛骨圣地、佛教圣地法门寺所在地。
③ 击筑：演奏筑这种乐器。筑是我国古代的一种击弦乐器，形似筝，有十三条弦，弦下有柱，以竹尺击之，声音悲壮。演奏时，左手按弦的一端，右手执竹尺击弦发音。

④于阗（tián）：古代西域国名，位于今新疆和田一带。
⑤羁：系，捆绑。
⑥雕房：华美的屋室，此指闺房。
⑦蓬饵：以蓬蒿制作的饼。
⑧盥濯（guànzhuó）：洗涤。
⑨祓（fú）：古代为祛除灾祸祈求赐福而举行的祭祀仪式。
⑩上巳（sì）：即上巳节，自汉以前为三月上旬，魏晋后定为三月初三，是汉民族传统节日。

李少翁致神

汉武帝时，幸李夫人。夫人卒后，帝思念不已。方士齐人李少翁，言能致其神①。乃夜施帷帐，明灯烛，而令帝居他帐遥望之。见美女居帐中，如李夫人之状，还幄坐而步②，又不得就视。帝愈益悲感，为作诗曰："是耶？非耶？立而望之，偏娜娜③，何冉冉其来迟！"令乐府诸音家弦歌之④。

| 注释 |

①致神：招魂。致，招引。
②幄坐：指垂帐的帝、后座位。
③偏娜娜（nuó）：飘然柔美的样子。偏，通"翩"。娜娜，柔美的样子。
④乐府：古代主管音乐的官署。弦歌：依琴瑟而咏歌。

营陵道人令见死人

汉北海营陵有道人①，能令人与已死人相见。其同郡人妇死已数年，闻而往见之，曰："愿令我一见亡妇，死不恨矣②。"道人曰："卿可往见之。若闻鼓声，即出勿留。"乃语其相见之术。俄而得见之。于是与妇言语，悲喜恩情如生。良久，闻鼓声恨恨③，不能得住。当出户时，忽掩其衣裾户间,掣绝而去④。至后岁余,此人身亡。家葬之,开冢,见妇棺盖下有衣裾。

| 注释 |

①北海:古郡名,汉代置,郡治位于营陵,即今山东乐昌。
②恨:遗憾。
③悢悢(liàng):拟声词。
④掣(chè):牵拉。

白头鹅试觋

吴孙休有疾①,求觋视者②,得一人,欲试之。乃杀鹅而埋于苑中,架小屋,施床几,以妇人屐履服物着其上。使觋视之,告曰:"若能说此冢中鬼妇人形状者,当加厚赏,而即信矣。"竟日无言。帝推问之急③,乃曰:"实不见有鬼,但见一白头鹅立墓上。所以不即白之,疑是鬼神变化作此相,当候其真形而定,不复移易,不知何故。敢以实上。"

| 注释 |

①孙休:吴景帝孙休,孙权第六子。
②觋(xí):男巫师,以装神弄鬼替人祈祷为职业的人,后泛指巫师。
③推问:追问。

石子冈朱主墓

吴孙峻杀朱主①,埋于石子冈②。归命即位③,将欲改葬之。冢墓相亚④,不可识别,而宫人颇识主亡时所着衣服。乃使两巫各住一处,以伺其灵,使察战监之⑤,不得相近。久时,二人俱白见一女人,年可三十余,上着青锦束头,紫白袷裳⑥,丹绨丝履⑦,从石子冈上,半冈而以手抑膝长太息,小住须臾,更进一冢上,便止,徘徊良久,奄然不见⑧。二人之言,不谋而合。于是开冢,衣服如之。

| 注释 |

① 孙峻:三国时期吴国大将军,封富春侯。朱主:即鲁育公主,孙权之女,因下嫁左将军朱据又被称作"朱公主""朱主"。

② 石子冈:地名,位于今江苏南京。

③ 归命:即吴末帝孙皓,为孙权长孙,后降晋称臣,封归命侯。

④ 亚:并排。

⑤ 察战:官职名,三国时吴国设置的监察吏民的职官。

⑥ 裌(jiá):亦作"袷",夹衣。

⑦ 绨(tí):光滑厚实的丝织品。

⑧ 奄然:忽然。

夏侯弘见鬼

夏侯弘自云见鬼,与其言语。镇西谢尚所乘马忽死①,忧恼甚至。谢曰:"卿若能令此马生者,卿真为见鬼也。"弘去良久,还曰:"庙神乐君马,故取之。今当活。"尚对死马坐。须臾,马忽自门外走还,至马尸间便灭,应时能动②,起行。谢曰:"我无嗣③,是我一身之罚。"弘经时无所告。曰:"顷所见,小鬼耳,必不能辨此源由。"后忽逢一鬼,乘新车,从十许人,着青丝布袍。弘前提牛鼻,车中人谓弘曰:"何以见阻?"弘曰:"欲有所问。镇西将军谢尚无儿。此君风流令望,不可使之绝祀。"车中人动容曰:"君所道正是仆儿④。年少时,与家中婢通,誓约不再婚,而违约。今此婢死,在天诉之,是故无儿。"弘具以告。谢曰:"吾少时诚有此事。"弘于江陵,见一大鬼,提矛戟⑤,有随从小鬼数人。弘畏惧,下路避之。大鬼过后,捉得一小鬼,问:"此何物?"曰:"杀人以此矛戟,若中心腹者，无不辄死⑥。"弘曰："治此病有方否？"鬼曰："以乌鸡薄之⑦，即差。"弘曰："今欲何行？"鬼曰："当至荆、扬二州。"尔时比日行心腹病，无有不死者。弘乃教人杀乌鸡以薄之，十不失八九。今治中恶辄用乌鸡薄之者⑧，弘之由也。

| 注释 |

① 镇西：即镇西将军。谢尚：字仁祖，阳夏（今河南太康）人，东晋名士、将领，豫章太守谢鲲之子、太傅谢安从兄。
② 应时：立刻，马上。
③ 无嗣：没有子孙。
④ 仆儿：我的儿子。仆，"我"的谦称。
⑤ 矛戟（máojǐ）：矛和戟，泛称兵器。
⑥ 辄（zhé）：立即，就。
⑦ 薄：通"敷"，涂抹，敷贴。
⑧ 中恶：中医病名，又称客忤、痓忤，因感受秽毒或不正之气，突然厥逆，不省人事。

卷三

钟离意修孔庙

汉永平中,会稽钟离意,字子阿,为鲁相。到官,出私钱万三千文,付户曹孔䜣①,修夫子车②。身入庙,拭几席剑履。男子张伯除堂下草,土中得玉璧七枚。伯怀其一,以六枚白意。意令主簿安置几前。孔子教授堂下床首有悬瓮,意召孔䜣问:"此何瓮也?"对曰:"夫子瓮也。背有丹书③,人莫敢发也。"意曰:"夫子,圣人,所以遗瓮,欲以悬示后贤。"因发之,中得素书,文曰:"后世修吾书,董仲舒;护吾车,拭吾履,发吾笥④,会稽钟离意。璧有七,张伯藏其一。"意即召问:"璧有七,何藏一耶?"伯叩头出之。

| 注释 |

①户曹:古代官署,掌管籍账、婚姻、田宅、杂徭、道路等事。孔䜣(xīn):人名。
②夫子:对孔子的尊称。孔子,名丘,字仲尼,儒家学派的创始人。
③丹书:用朱砂写的字。
④笥(sì):一种盛饭食或衣物的竹器,这里指悬瓮。

段翳封简书

段翳字元章,广汉新都人也①。习《易经》,明风角②。有一生来学,积年,自谓略究要术③,辞归乡里。翳为合膏药,并以简书封于筒中,告生曰："有急，发视之。"生到葭萌④，与吏争度，津吏挝破从者头⑤。生开筒得书，言："到葭萌，与吏斗，头破者，以此膏裹之。"生用其言，创者即愈。

| 注释 |

①广汉新都：即广汉郡新都县，位于今四川广汉。
②风角：古代占卜之法，以五音占卜四方之风而推定吉凶。
③要术：方术、学术、创作等方面的基本内容或要诀。
④葭（jiā）萌：古县名，秦置苴侯国，汉代改为葭萌县，位于今四川昭化。
⑤挝（zhuā）：击，敲打。

臧仲英遇怪

右扶风臧仲英①，为侍御史②。家人作食，设案，有不清尘土投污之。炊临熟，不知釜处③。兵弩自行，火从箧簏中起④，衣物尽烧，而箧簏故完。妇女婢使，一旦尽失其镜。数日，从堂下掷庭中，有人声言："还汝镜。"女孙年三四岁，亡之，求，不知处。两三日，乃于圊中粪下啼⑤。若此非一。汝南许季山者，素善卜卦，卜之，曰："家当有老青狗物，内中侍御者名益喜，与共为之。诚欲绝，杀此狗，遣益喜归乡里。"仲英从之，怪遂绝。后徙为太尉长史，迁鲁相。

| 注释 |

①右扶风：官职名，又为政区名，为汉代三辅之一。
②侍御史：官职名，秦置，汉代沿设，在御史大夫之下。如果朝官的高级官员犯法，一般由侍御史报告御史中丞然后上报给皇帝，低级官员则可以直接弹劾。
③釜：古代一种锅具。
④箧簏（qièlù）：指竹箱，竹编的盛器。

⑤圊（qīng）：指厕所。

乔玄见白光

太尉乔玄①，字公祖，梁国人也。初为司徒长史②，五月末，于中门卧。夜半后，见东壁正白，如开门明。呼问左右，左右莫见。因起自往手扪摸之，壁自如故。还床，复见，心大怖恐。其友应劭③，适往候之，语次相告。劭曰："乡人有董彦兴者，即许季山外孙也。其探赜索隐④，穷神知化，虽睢孟、京房⑤，无以过也。然天性褊狭⑥，羞于卜筮者⑦。"间来候师王叔茂⑧，请往迎之。须臾，便与俱来。公祖虚礼盛馔，下席行觞⑨。彦兴自陈："下土诸生，无他异分。币重言甘，诚有蹴踖⑩。颇能别者，愿得从事。"公祖辞让再三，尔乃听之。曰："府君当有怪，白光如门明者，然不为害也。六月上旬，鸡鸣时，闻南家哭，即吉。到秋节，迁北行，郡以金为名。位至将军三公。"公祖曰："怪异如此，救族不暇，何能致望于所不图？此相饶耳⑪。"至六月九日未明，太尉杨秉暴薨。七月七日，拜钜鹿太守，"钜"边有"金"。后为度辽将军，历登三事⑫。

| 注释 |

①太尉：古代掌管军事的官职名，与丞相、御史大夫并称"三公"。

②司徒长史：官职名，司徒的属官。

③应劭（shào）：东汉末年著名学者，字仲远，少年时好学，博览多闻。

④探赜（zé）：探索幽深隐秘之事。赜，深奥。索隐：寻求事物隐微的道理。

⑤睢（suī）孟：即睢弘，字孟，西汉鲁国蕃县（今山东滕县）人。年轻时好游侠、斗鸡走马，后从嬴公学《春秋》，做议郎，官至符节令。京房：西汉易学家，本姓李，字君明，东郡顿丘（今河南清丰）人，是西汉象术派易学代表人物，今有作品《周易传》存世。

⑥褊(biǎn)狭：指气量狭隘。
⑦卜筮(shì)：古代推算吉凶祸福，用龟甲的称"卜"，用蓍草的称"筮"，合称"卜筮"。这里泛指占卜。
⑧王叔茂：东汉名士，名畅，王粲的祖父，为官以守正严明著称。
⑨行觞：依次敬酒。
⑩踧踖(cùjí)：恭敬而不安的样子。
⑪相饶：好言宽慰。
⑫三事：即"三公"，官职名。一说"三公"为太师、太傅、太保，一说为司马、司徒、司空。

管辂论怪

管辂字公明①，平原人也②。善《易》卜。安平太守东莱王基③，字伯舆，家数有怪，使辂筮之。卦成，辂曰："君之卦，当有贱妇人，生一男，堕地便走，入灶中死。又，床上当有一大蛇，衔笔，大小共视，须臾便去。又，鸟来入室中，与燕共斗，燕死，鸟去。有此三卦。"基大惊曰："精义之致，乃至于此，幸为占其吉凶。"辂曰："非有他祸，直客舍久远④，魑魅罔两⑤，共为怪耳。儿生便走，非能自走，直宋无忌之妖将其入灶⑥。大蛇衔笔者，直老书佐耳⑦。乌与燕斗者，直老铃下耳⑧。夫神明之正，非妖能害也。万物之变，非道所止也。久远之浮精，必能之定数也。今卦中见象，而不见其凶，故知假托之数，非妖咎之征，自无所忧也。昔高宗之鼎，非雉所雊⑨；太戊之阶，非桑所生⑩。然而野鸟一雊，武丁为高宗；桑榖暂生，太戊以兴。焉知三事不为吉祥？愿府君安身养德，从容光大，勿以神奸污累天真。"后卒无他，迁安南将军。

后辂乡里刘原问辂："君往者为王府君论怪，云'老书佐为蛇，老铃下为乌'。此本皆人，何化之微贱乎？为见于爻象，出君意乎？"辂言:"苟非性与天道,何由背爻象而任心胸者乎?夫万物之化,无有常形;人之变异,无有定体。或大为小,或小为大,固无优劣。万物之化,一例之道也。是以夏鲧⑪,天子之父,赵王如意⑫,汉高之子。而鲧为黄能⑬,意为苍狗⑭,斯亦至尊之位,而为黔喙之类也⑮。况蛇者协辰巳之位,乌者栖太阳之精,此乃腾黑之明象⑯,白日之流景⑰。如书佐、铃下,各以微躯,化为蛇乌,不亦过乎?"

| 注释 |

①管辂(lù):三国时曹魏术士,古代卜卦观相行业祖师。
②平原:古郡名,即今山东平原。
③安平:古郡名,位于今山东临淄。东莱:古郡名,位于今山东莱州。
④客舍:一作"官舍"。
⑤魑魅罔两:也作"魑魅魍魉",指传说中害人的鬼怪,也比喻各种坏人。
⑥宋无忌:传说中的火仙。
⑦书佐:官职名,主办文书的佐吏,又称为门下书佐,位掾、史之下。
⑧铃下:指门卫、侍从。
⑨高宗之鼎,非雉所雊(gòu):据《尚书·高宗肜日》载:"高宗祭成汤,有飞雉升鼎耳而雊。"殷高宗武丁祭祀先祖成汤时,有一只野鸡飞进来,站在祭祀用的大鼎的鼎耳上高声鸣叫,使得朝臣与高宗得到警示,朝野上下修政行德,史称"武丁中兴"。雊,雉鸣叫。
⑩太戊之阶,非桑所生:殷中宗太戊时期,朝堂上有桑树、榖(gǔ)树共生,一夜之间长得有两手合抱那么大,太戊恐惧,于是请教伊陟和巫咸,得到修缮自身、以德治民的建议。
⑪鲧(gǔn):古人名,传说是夏禹的父亲。
⑫如意:指汉高祖刘邦第三子,戚夫人所生。
⑬黄能:神话中的动物,一说黄熊,一说黄龙。任昉《述异记》载:"陆居曰熊,水居曰能。"传说鲧因治水不力被尧杀死在羽山,化为黄能,

归于羽渊。

⑭苍狗：青黑色的狗。汉高祖刘邦欲立赵王如意为储，高后吕雉嫉恨，刘邦死后吕后便设计杀害赵王。据记载高后八年，"吕后……见物如苍犬，据高后掖，忽弗复见。卜之，云赵王如意为祟。高后遂病掖伤"（《史记·吕太后本纪》），所以这里说"意为苍狗"。

⑮黔喙（qiánhuì）：黑嘴，借指牲畜野兽之类。

⑯腾黑：黑暗。

⑰流景：闪耀的光彩，谓如流的光阴。

管辂助颜超增寿

管辂至平原，见颜超貌主夭亡①。颜父乃求辂延命。辂曰："子归，觅清酒一榼，鹿脯一斤，卯日，刈麦地南大桑树下②，有二人围棋次，但酌酒置脯，饮尽更斟，以尽为度。若问汝，汝但拜之，勿言。必合有人救汝。"颜依言而往，果见二人围棋，颜置脯，斟酒于前。其人贪戏，但饮酒食脯，不顾。数巡，北边坐者忽见颜在，叱曰："何故在此？"颜唯拜之。南边坐者语曰："适来饮他酒脯③，宁无情乎？"北坐者曰："文书已定。"南坐者曰："借文书看之。"见超寿止可十九岁，乃取笔挑上，语曰："救汝至九十年活。"颜拜而回。管语颜曰："大助子，且喜得增寿。北边坐人是北斗④，南边坐人是南斗⑤。南斗注生，北斗注死。凡人受胎，皆从南斗过北斗；所有祈求，皆向北斗。"

| 注释 |

①貌主夭亡：面相预示未成年而死亡。

②刈（yì）：割。

③适来：刚才。

④北斗：指北斗真君，其名来源于古人对北斗七星的崇拜，七星依次为

天枢、天璇、天玑、天权、玉衡、开阳、摇光。

⑤南斗：指南斗星君，与北斗星君相对，即二十八星宿中之斗宿，一说为南极仙翁。

管辂筮信都令家

信都令家妇女惊恐①，更互疾病，使辂筮之。辂曰："君北堂西头有两死男子：一男持矛，一男持弓箭；头在壁内，脚在壁外。持矛者主刺头，故头重痛不得举也；持弓箭者主射胸腹，故心中悬痛不得饮食也。昼则浮游，夜来病人②，故使惊恐也。"于是掘其室中，入地八尺，果得二棺。一棺中有矛，一棺中有角弓及箭。箭久远，木皆消烂，但有铁及角完耳。乃徙骸骨去城二十里埋之③，无复疾病。

| 注释 |

①信都：古县名，汉代置，位于今河北冀州。
②病：害。
③徙：迁徙，移走。骸（hái）骨：尸骨。

管辂筮躄疾

利漕民郭恩①，字义博。兄弟三人，皆得躄疾②。使辂筮其所由。辂曰："卦中有君本墓，墓中有女鬼，非君伯母，当叔母也。昔饥荒之世，当有利其数升米者③，排着井中，啧啧有声④，推一大石下，破其头。孤魂冤痛，自诉于天耳。"

| 注释 |

①利漕：指利漕渠，运河名，东汉末曹操所筑。
②躄（bì）疾：瘸腿病。躄同"躃"，瘸腿。

③利：牟利，占有。
④喷喷：形容咂嘴或说话声。

淳于智杀鼠

淳于智字叔平，济北卢人也①。性深沉，有思义。少为书生，能《易》筮，善厌胜之术②。高平刘柔，夜卧，鼠啮其左手中指③，意甚恶之。以问智，智为筮之，曰："鼠本欲杀君而不能，当为使其反死。"乃以朱书手腕横文后三寸④，为田字，可方一寸二分，使夜露手以卧。有大鼠伏死于前。

| 注释 |

①济北卢：即古济北郡卢县，位于今山东长清。
②厌胜之术：指古代的一种巫术。"厌胜"意即"厌而胜之"，系用法术诅咒或祈祷以达到压制人、物或魔怪的目的。
③啮（niè）：啃咬。
④文：纹路。

淳于智卜居宅

上党鲍瑗①，家多丧病，贫苦。淳于智卜之，曰："君居宅不利②，故令君困尔。君舍东北有大桑树。君径至市，入门数十步，当有一人卖新鞭者，便就买还，以悬此树。三年，当暴得财。"瑗承言诣市③，果得马鞭。悬之三年，浚井④，得钱数十万，铜铁器复二万余。于是业用既展⑤，病者亦无恙。

| 注释 |

①上党：古郡名，位于今山西长治。鲍瑗（yuàn）：人名。

②利：吉利。
③诣：前往。
④浚（jùn）：疏浚，疏通水道。
⑤展：振兴。

淳于智卜祸

谯人夏侯藻①，母病困②，将诣智卜。忽有一狐当门向之嗥叫③。藻大愕惧，遂驰诣智。智曰："其祸甚急。君速归，在狐嗥处，拊心啼哭④，令家人惊怪，大小毕出。一人不出，啼哭勿休。然其祸仅可免也。"藻还，如其言，母亦扶病而出⑤。家人既集，堂屋五间拉然而崩⑥。

| 注释 |

①谯（qiáo）：古县名，位于今安徽亳州。
②病困：病得很重。
③嗥（háo）叫：指野兽的咆哮吼叫。
④拊（fǔ）心：拍胸，形容哀痛或悲愤。
⑤扶病：支撑着病体。
⑥拉然：形容房屋塌倒的样子。

淳于智筮病

护军张劭母病笃①。智筮之，使西出市沐猴②，系母臂，令傍人捶拍，恒使作声，三日放去。劭从之。其猴出门，即为犬所咋死③，母病遂差。

| 注释 |

①护军：官职名。笃：形容病势严重。
②沐猴：猕猴，又称猢狲（húsūn）。
③咋（zé）死：咬死。

郭璞撒豆成兵

郭璞字景纯①，行至庐江，劝太守胡孟康急回南渡。康不从。璞将促装去之②，爱其婢，无由得，乃取小豆三斗，绕主人宅散之。主人晨起，见赤衣人数千围其家，就视则灭。甚恶之，请璞为卦。璞曰："君家不宜畜此婢③，可于东南二十里卖之，慎勿争价，则此妖可除也。"璞阴令人贱买此婢。复为投符于井中，数千赤衣人一一自投于井。主人大悦。璞携婢去，后数旬而庐江陷④。

| 注释 |

①郭璞：河东郡闻喜县（今山西闻喜）人，两晋时期著名文学家、训诂学家、风水学者，建平太守郭瑗之子，现存所注《山海经》等。
②促装：急忙整理行装。
③畜：收养，收容。
④旬：十天。

郭璞救死马

赵固所乘马忽死①，甚悲惜之，以问郭璞。璞曰："可遣数十人持竹竿，东行三十里，有山林陵树②，便搅打之。当有一物出，急宜持归。"于是如言，果得一物，似猿。持归，入门，见死马，跳梁走往死马头③，嘘吸其鼻④。顷之，马即能起，奋迅嘶鸣⑤，饮食如常，亦不复见向物⑥。固奇之，厚加资给。

| 注释 |

①赵固：十六国时期汉赵开国君主刘渊的将军。
②陵树：植于陵园的树木。
③跳梁：亦作"跳踉"，蹿跳、跳跃之意。

④嘘吸：吐纳呼吸。

⑤奋迅：形容鸟飞或兽跑迅疾而有气势。嘶鸣：马放声鸣叫。

⑥向物：原来之物，此指原先的怪物。

郭璞筮病

扬州别驾顾球姊①，生十年便病。至年五十余，令郭璞筮，得"大过"之"升"②。其辞曰："'大过'卦者义不嘉，冢墓枯杨无英华。振动游魂见龙车，身被重累婴妖邪③。法由斩祀杀灵蛇，非己之咎先人瑕④。案卦论之可奈何。"球乃迹访其家事，先世曾伐大树，得大蛇，杀之，女便病。病后，有群鸟数千，回翔屋上。人皆怪之，不知何故。有县农行过舍边，仰视，见龙牵车，五色晃烂⑤，其大非常，有顷遂灭。

| 注释 |

①别驾：官职名，一般指别驾从事史，为州刺史的佐官。因其地位较高，出巡时不与刺史同车，别乘一车，故名。

②大过：指大过卦，《周易》第二十八卦，卦形上本卦中间为四阳，上下为二阴，象征阳气过剩而失调。升：指升卦，《周易》第四十六卦，上升之卦，亦犹其爻辞所说的"升阶"之义。"大过"之"升"：指由大过卦变为升卦。

③婴：遭受，遭遇。

④咎：过失，罪过。瑕：与"咎"同义，过失，错误。

⑤晃烂：明亮，有光彩。

郭璞致白牛

义兴方叔保得伤寒①，垂死，令璞占之，不吉，令求白牛厌之。求之不得，唯羊子玄有一白牛，不肯借。璞为致之②，即日有大白牛从西来，径往。临，叔保惊惶，病即愈。

| 注释 |

①义兴：古县名，隋朝废义兴郡，改称义兴县。伤寒：风寒或淫邪侵体而引发人体紊乱的疾病。

②致：招引，使达到。

费孝先善轨革①

西川费孝先善轨革，世皆知名。有大若人王旻②，因货殖至成都③，求为卦。孝先曰："教住莫住④，教洗莫洗。一石谷捣得三斗米。遇明即活，遇暗即死。"再三戒之，令诵此言足矣。旻志之⑤。及行，途中遇大雨，憩一屋下⑥，路人盈塞。乃思曰："教住莫住，得非此耶？"遂冒雨行。未几，屋遂颠覆，独得免焉。

旻之妻已私邻比，欲媾终身之好⑦，俟旋归⑧，将致毒谋。旻既至，妻约其私人曰："今夕新沐者，乃夫也。"将晡⑨，呼旻洗沐，重易巾栉。旻悟曰："教洗莫洗，得非此也？"坚不从。妻怒，不省，自沐，夜半反被害。既觉，惊呼，邻里共视，皆莫测其由，遂被囚系拷讯。狱就，不能自辨。郡守录状，旻泣言："死即死矣。但孝先所言终无验耳！"左右以是语上达。郡守命未得行法，呼旻问曰："汝邻比何人也？"曰："康七。"遂遣人捕之："杀汝妻者，必此人也。"已而果然。因谓僚佐曰："一石谷捣得三斗米，非康七乎？"由是辨雪⑩。诚遇明即活之效。

| 注释 |

①据考证，费孝先为宋代人，此文或为后人辑录《搜神传》时误收，且录之以备。轨革：古代以图画占吉凶的一种术法。

②大若人：信奉道教之人。

③货殖：经商营利。
④住：停止。
⑤志：记下。
⑥憩：休息。
⑦媾（gòu）：结合。
⑧俟（sì）：等待。
⑨晡（bū）：申时，即午后三点至五点，指天黑。
⑩辨雪：辩白昭雪。辨，通"辩"。

隗炤书板

隗炤①，汝阴鸿寿亭民也②，善《易》。临终书板，授其妻曰："吾亡后，当大荒。虽尔，而慎莫卖宅也。到后五年春，当有诏使来顿此亭③，姓龚。此人负吾金④，即以此板往责之。勿负言也。"亡后，果大困，欲卖宅者数矣，忆夫言，辄止。至期，有龚使者，果止亭中，妻遂赍板责之⑤。使者执板，不知所言，曰："我平生不负钱，此何缘尔邪？"妻曰："夫临亡，手书板见命如此，不敢妄也。"使者沉吟良久而悟，乃命取蓍筮之。卦成，抵掌叹曰⑥："妙哉隗生！含明隐迹而莫之闻，可谓镜穷达而洞吉凶者也⑦。"于是告其妻曰："吾不负金，贤夫自有金。乃知亡后当暂穷，故藏金以待太平。所以不告儿妇者，恐金尽而困无已也。知吾善《易》，故书板以寄意耳。金五百斤，盛以青罂，覆以铜柈⑧，埋在堂屋东头，去壁一丈，入地九尺。"妻还掘之，果得金，皆如所卜。

| 注释 |

①隗炤（kuízhào）：人名。
②汝阴：古郡名，秦置，位于今安徽阜阳。亭：秦汉乡、里之间的行政机构。
③诏使：指皇帝派出的特使。顿：停留。

④负:拖欠。
⑤赍:怀抱着,带着。
⑥抵掌:击掌,形容人在谈话中的高兴神情。
⑦镜:明察。
⑧柈(pán):同"盘",指盘子。

韩友祛魅

韩友字景先,庐江舒人也。善占卜,亦行京房厌胜之术。刘世则女病魅积年①,巫为攻祷②,伐空冢故城间,得狸鼍数十③,病犹不差。友筮之,命作布囊,俟女发时,张囊着窗牖间④。友闭户作气,若有所驱。须臾间,见囊大胀,如吹,因决败⑤。女仍大发。友乃更作皮囊二枚沓张之⑥,施张如前,囊复胀满。因急缚囊口,悬着树。二十许日,渐消。开视,有二斤狐毛。女病遂差。

| 注释 |

①病魅:迷信谓因鬼魅作祟而呈现病态。
②攻祷:举行某种祷祝仪式以驱邪除怪。
③鼍(tuó):鼍龙,即扬子鳄,又称猪婆龙,皮可制鼓。
④窗牖(yǒu):窗户。
⑤决败:碎裂,毁坏。
⑥沓:重叠。

严卿禳灾

会稽严卿善卜筮。乡人魏序欲东行,荒年多抄盗①,令卿筮之。卿曰:"君慎不可东行,必遭暴害,而非劫也。"序不信。卿曰:"既必不停,宜有以禳之②。可索西郭外独母家白雄狗,系着船前。"求索,止得驳狗③,

无白者。卿曰:"驳者亦足。然犹恨其色不纯,当余小毒,止及六畜辈耳,无所复忧。"序行半路,狗忽然作声,甚急,有如人打之者。比视④,已死,吐黑血斗余。其夕,序墅上白鹅数头,无故自死。序家无恙。

| 注释 |

①抄盗:劫掠财物的盗贼。

②禳(ráng):祈祷消解灾祸。

③驳狗:杂毛狗。

④比:及,等到。

华佗治疮

沛国华佗①,字元化,一名旉。琅邪刘勋为河内太守②,有女年几二十,苦脚左膝里有疮,痒而不痛,疮愈数十日复发。如此七八年。迎佗使视,佗曰:"是易治之。"当得稻糠黄色犬一头,好马二匹。以绳系犬颈,使走马牵犬,马极辄易③。计马走三十余里,犬不能行。复令步人拖曳④,计向五十里。乃以药饮女,女即安卧不知人。因取大刀断犬腹近后脚之前,以所断之处向疮口,令去二三寸停之。须臾,有若蛇者,从疮中出,便以铁椎横贯蛇头,蛇在皮中动摇良久,须臾不动,乃牵出。长三尺许,纯是蛇,但有眼处而无瞳子,又逆鳞耳。以膏散着疮中,七日愈。

| 注释 |

①沛国:古郡国名,汉初设置,位于今安徽境内。华佗:又名旉(fū),东汉医学家,医术高超,尤精通外科。曾创用麻沸散,给病人麻醉后施行外科手术。因不从曹操征召,为其所杀。所著医书已佚。

②河内:古郡名,管辖今河南黄河北部地区。

③极:疲惫。

④拖曳:牵引,拉扯。

华佗治咽病

佗尝行道,见一人病咽①,嗜食不得下。家人车载,欲往就医。佗闻其呻吟声,驻车往视,语之曰:"向来道边,有卖饼家蒜齑大酢,从取三升饮之,病自当去。"即如佗言,立吐蛇一枚。

| 注释 |

①病咽:喉咙得病。
②蒜齑(jī)大酢(cù):混合蒜泥的醋。齑,葱、姜、蒜等调味菜的碎末。酢,同"醋"。

卷四

风伯雨师

风伯、雨师①,星也。风伯者,箕星也②。雨师者,毕星也③。郑玄谓司中、司命④,文昌第五、第四星也⑤。雨师一曰屏翳⑥,一曰屏号,一曰玄冥。

|注释|

①风伯:又称风师,即风神,神话传说中人面鸟身的神。雨师:即雨神,神话传说中掌管雨的神。
②箕(jī)星:星宿名,即箕宿,是中国神话和天文学中的二十八宿之一,古人以为此宿主风。
③毕星:星宿名,即毕宿,二十八宿之一,古人以为此宿主兵、主雨。
④郑玄:字康成,北海郡高密县(今山东高密)人,东汉大儒、经学大师。司中、司命:星名。
⑤文昌:星宫名,共六星,古人认为是主掌文运功名的星宿。
⑥屏翳(píngyì):这里是雨师的别称,古人或说其为云神、雷神、风神。

张宽说女宿

蜀郡张宽①,字叔文。汉武帝时为侍中,从祀甘泉②。至渭桥,有女子浴于渭水,乳长七尺。上怪其异,遣问之。女曰:"帝后第七车者知我所来。"时宽在第七车。对曰:"天星,主祭祀者。斋戒不洁③,则女人见④。"

| 注释 |

①蜀郡：古郡名，秦置，治所位于今四川成都一带。
②甘泉：宫名，故址位于今陕西淳化西北甘泉山，本为秦代林光宫，汉武帝增筑扩建，其常在此避暑，接见诸侯王等宾客。
③斋戒：指古人在祭祀前沐浴更衣、整洁身心，以示虔诚。
④女人：星宿名，即女宿，也称须女、婺女，为二十八宿之一。

灌坛令当道

文王以太公望为灌坛令①。期年②，风不鸣条③。文王梦一妇人，甚丽，当道而哭。问其故，曰："吾泰山之女，嫁为东海妇。欲归④，今为灌坛令当道有德，废我行；我行必有大风疾雨。大风疾雨，是毁其德也。"文王觉，召太公问之。是日果有疾雨暴风，从太公邑外而过。文王乃拜太公为大司马⑤。

| 注释 |

①太公望：即姜子牙，姜姓、吕氏，名尚，字子牙，号飞熊，又称太公望、吕望、吕尚。姜子牙垂钓于渭水之滨，遇见西伯侯姬昌，被拜为"太师"，尊称太公望，辅佐姬昌建立霸业。
②期年：指一年。
③风不鸣条：和风轻拂，树枝不发出声响，比喻贤人治世、社会安定，语出汉代桓宽《盐铁论·水旱》。
④归：女子出嫁。
⑤大司马：官职名，始称于春秋战国，主军政、军赋，后来汉武帝时置大司马，与大司徒、大司空并称"三公"，共理军国事务。

胡母班致书

　　胡母班，字季友，泰山人也。曾至泰山之侧，忽于树间逢一绛衣驺①，呼班云："泰山府君召②。"班惊愕，逡巡未答③。复有一驺出，呼之。遂随行数十步，驺请班暂瞑④。少顷，便见宫室，威仪甚严。班乃入阁拜谒。主为设食，语班曰："欲见君，无他，欲附书与女婿耳。"班问："女郎何在？"曰："女为河伯妇。"班曰："辄当奉书，不知缘何得达？"答曰："今适河中流，便扣舟呼'青衣'⑤，当自有取书者。"班乃辞出。昔驺复令闭目，有顷，忽如故道。遂西行，如神言而呼青衣。须臾，果有一女仆出，取书而没。少顷，复出，云："河伯欲暂见君。"婢亦请瞑目。遂拜谒河伯。河伯乃大设酒食，词旨殷勤。临去，谓班曰："感君远为致书，无物相奉。"于是命左右："取吾青丝履来！"以贻班。班出，瞑然，忽得还舟。

　　遂于长安经年而还。至泰山侧，不敢潜过，遂扣树自称姓名，从长安还，欲启消息。须臾，昔驺出，引班如向法而进，因致书焉。府君请曰："当别再报。"班语讫，如厕，忽见其父着械徒作⑥，此辈数百人。班进拜流涕问："大人何因及此？"父云："吾死不幸，见谴三年，今已二年矣，困苦不可处。知汝今为明府所识，可为吾陈之，乞免此役，便欲得社公耳⑦。"班乃依教，叩头陈乞。府君曰："生死异路，不可相近，身无所惜。"班苦请，方许之。于是辞出，还家。

　　岁余，儿子死亡略尽。班惶惧，复诣泰山，扣树求见。昔驺遂迎之而见。班乃自说："昔辞旷拙⑧，及还家，儿死亡至尽。今恐祸故未已，辄来启白，幸蒙哀救。"府君拊掌大笑曰："昔语君'死生异路，不可相近'故也。"即敕外召班父。须臾，至庭中，问之："昔求还里社，当为门户作福，而孙息死亡至尽，何也？"答云："久别乡里，自忻得还⑨，又遇酒食充足，实念诸孙,召之。"于是代之。父涕泣而出。班遂还。后有儿皆无恙。

| 注释 |

①驺(zōu):掌管车马的仆从,或指骑马驾车的随从。
②泰山府君:又称太山府君、东岳大帝,是神话中的天神,天帝的孙子,掌管人间生死。
③逡(qūn)巡:形容犹豫、迟疑的样子。
④瞑(míng):闭眼。
⑤青衣:黑色的衣服,这里指穿黑色衣服的人。汉以后卑贱者着青衣,故称婢仆、差役等人为青衣。
⑥徒:徒刑,古代五刑(笞、杖、徒、流、死)之一,即将罪犯拘禁于特定场所,在一定期限内剥夺其自由并强制劳动的刑罚。
⑦社公:指土地神。
⑧旷拙:粗疏失当。
⑨忻(xīn):喜悦,快乐。

河伯冯夷

宋时,弘农冯夷①,华阴潼乡堤首人也。以八月上庚日渡河②,溺死。天帝署为河伯③。又《五行书》曰④:"河伯以庚辰日死。不可治船远行⑤,溺没不返。"

| 注释 |

①弘农:古郡名,治所位于今河南灵宝东北。
②上庚日:指阴历每月上旬的庚日。
③署:委任。河伯:原名冯夷,也作"冰夷""冯迟",传说中黄河的水神。
④《五行书》:应为记载五行吉凶、阴阳祸福、神仙方术的书,已佚。
⑤治船:乘船。

华山使

秦始皇三十六年,使者郑容从关东来,将入函关①。西至华阴②,望见素车白马③,从华山上下。疑其非人,道住止而待之。遂至,问郑容曰:"安之④?"答曰:"之咸阳。"车上人曰:"吾华山使也。愿托一牍书⑤,致镐池君所⑥。子之咸阳,道过镐池,见一大梓⑦,下有文石,取款梓⑧,当有应者。即以书与之。"容如其言,以石款梓树,果有人来取书。明年,祖龙死⑨。

| 注释 |

①函关:即函谷关,中国历史上最早的边关要塞,位于今河南灵宝。
②华阴:指华山之北。古代山北水南为阴,山南水北为阳。
③素车白马:古代遇凶事或丧事所用的车马,后指送葬事宜。
④安之:到哪里去。安,问处所,跟"哪里"相同。
⑤牍(dú)书:官府文书,这里指书信。
⑥镐(hào)池君:指镐池的水神。镐池,又名"滈池"或"鄗池",古水名,位于今陕西西安。
⑦梓:梓树,一种落叶乔木。
⑧款:敲击。
⑨祖龙:指秦始皇。

张璞投女

张璞字公直,不知何许人也。为吴郡太守①,征还,道由庐山。子女观于祠室,婢使指像人以戏曰:"以此配汝。"其夜,璞妻梦庐君致聘曰②:"鄙男不肖③,感垂采择④,用致微意。"妻觉,怪之。婢言其情。于是妻惧,催璞速发。中流,舟不为行。阖船震恐。乃皆投物于水,船犹不行。或曰:"投女。"则船为进。皆曰:"神意已可知也。以一女而灭一门,奈何?"璞曰:"吾不忍见之。"乃上飞庐卧⑤,使妻沉女于水。妻因以璞亡兄孤女代之。置席水中,女坐其上,船乃得去。璞见女之在也,怒曰:"吾何面目于当世也。"乃复投己女。及得渡,遥见二女在下。有吏立于岸侧,曰:"吾庐君主簿也。庐君谢君⑥。知鬼神非匹,又敬君之义,故悉还二女。"后问女,言:"但见好屋吏卒,不觉在水中也。"

| 注释 |

①吴郡:古郡名,治所位于今江苏苏州。
②庐君:指庐山山神。
③鄙男:我的儿子。鄙,谦辞,用于称自己。不肖:自谦用语,指不成材。
④感垂采择:意为感谢选择他做女婿。垂,表示上级对下级动作态度的敬辞。
⑤飞庐:指船上的小楼。
⑥谢:道歉。

建康小吏曹著

建康小吏曹著①,为庐山使所迎,配以女婉。著形意不安,屡屡求请退。婉潸然垂涕②,赋诗序别③,并赠织成裈衫④。

| 注释 |

①建康:即今江苏南京。
②潸(shān)然:流泪哭泣的样子,亦谓流泪。
③序别:话别。
④裈(kūn)衫:指衣裤。裈,满裆裤。

宫亭湖孤石庙二女

宫亭湖孤石庙①,尝有估客至都②,经其庙下,见二女子,云:"可为买两量丝履③,自相厚报。"估客至都,市好丝履,并箱盛之。自市书刀④,亦内箱中。既还,以箱及香置庙中而去,忘取书刀。至河中流,忽有鲤鱼跳入船内,破鱼腹,得书刀焉。

| 注释 |

①宫亭湖:鄱阳湖的古名,也称"彭蠡泽""彭泽"。
②估客:指行商,商人。
③量:通"緉",即"双",量词,古代用以计算鞋的数量。
④书刀:在竹木简上刻镂或削改所用的刀。古称"削",汉人称"书刀"。

宫亭庙神

南州人有遣吏献犀簪于孙权者①,舟过宫亭庙而乞灵焉。神忽下教曰:"须汝犀簪。"吏惶遽不敢应②。俄而犀簪已前列矣。神复下教曰:"俟汝至石头城③,返汝簪。"吏不得已,遂行。自分失簪④,且得死罪。比达石头,忽有大鲤鱼,长三尺,跃入舟。剖之,得簪。

| 注释 |

①南州:指广东、广西地区。犀簪:以犀角制成的发簪。
②惶遽:惊恐慌张,亦作"惶懅"。
③石头城:古城名,又名"石首城",六朝著名遗迹,故址位于今江苏南京清凉山一带。
④自分(fèn):自己寻思。

郭璞卜驴鼠

郭璞过江,宣城太守殷祐引为参军。时有一物,大如水牛,灰色,卑脚①,脚类象,胸前尾上皆白,大力而迟钝,来到城下。众咸怪焉。祐使人伏而取之。令璞作卦，遇"遁"之"蛊"②，名曰"驴鼠"。卜适了，伏者以戟刺，深尺余。郡纲纪上祠请杀之。巫云："庙神不悦。此是䢼亭庐山君使③，至荆山，暂来过我。不须触之。"遂去，不复见。

| 注释 |

①卑脚：短腿。
②遁：《周易》六十四卦之一，此卦象征隐逸退避的道理。蛊：《周易》六十四卦之一，是继承与事业的意象。
③䢼（gōng）亭：指宫亭湖。

欧明求如愿

庐陵欧明①，从贾客②，道经彭泽湖，每以舟中所有，多少投湖中，云："以为礼。"积数年。后复过，忽见湖中有大道，上多风尘③。有数吏，乘车马来候明，云："是青洪君使要④。"须臾达，见有府舍，门下吏卒。明甚怖。吏曰："无可怖！青洪君感君前后有礼，故要君。必有重遗君者，君勿取，独求'如愿'耳。"明既见青洪君，乃求"如愿"，使逐明去⑤。如愿者，青洪君婢也。明将归，所愿辄得，数年，大富。

| 注释 |

①庐陵：古郡名，东汉分豫章而置，治所位于今江西泰和。
②从贾客：跟随商人做生意。
③风尘：比喻纷乱的社会和漂泊的江湖境况。
④青洪君：相传为彭泽湖的湖神。要：邀请。
⑤逐：跟随。

黄石公祠

益州之西①,云南之东,有神祠,克山石为室②,下有神,奉祠之,自称黄公。因言此神,张良所受黄石公之灵也③。清净不宰杀。诸祈祷者,持一百钱,一双笔,一丸墨,置石室中,前请乞,先闻石室中有声,须臾,问:"来人何欲?"既言,便具语吉凶,不见其形。至今如此。

|注释|

①益州:古州名,汉代置,即今四川一带,三国时期为蜀汉政权代称。
②克:通"刻",开凿。
③张良:字子房,一说为颍川城父(今河南郏县)人,一说为沛郡人。秦末汉初杰出谋臣,西汉开国功臣,与韩信、萧何并称"汉初三杰"。黄石公:别称圯(yí)上老人、下邳(pī)神人,下邳(今江苏邳县)人。秦汉时期的隐士,被列入道教神谱,传说将《太公兵法》传给张良。

樊道基

永嘉中,有神见兖州①,自称樊道基。有妪②,号成夫人。夫人好音乐,能弹箜篌②。闻人弦歌,辄便起舞。

|注释|

①见:后作"现",出现。兖(yǎn)州:古代地名,位于今山东地区。
②妪(yù):老年妇女。
③箜篌(kōnghóu):古代传统弹弦乐器,又称拨弦乐器,最初称"坎侯"或"空侯"。

戴文谋疑神

沛国戴文谋,隐居阳城山中①。曾于客堂食际,忽闻有神呼曰:"我天帝使者，欲下凭君②，可乎？"文闻甚惊。又曰："君疑我也？"文乃跪曰："居贫，恐不足降下耳。"既而洒扫设位③，朝夕进食，甚谨。后于室内窃言之。妇曰："此恐是妖魅凭依耳。"文曰："我亦疑之。"及祠飨之时④，神乃言曰："吾相从，方欲相利，不意有疑心异议。"文辞谢之际，忽堂上如数十人呼声，出视之，见一大鸟五色，白鸠数十随之⑤，东北入云而去，遂不见。

| 注释 |

①阳城山：俗名"车岭山""马岭山"，因处古阳城县（今河南登封一带）之北而得名。
②凭：依附。
③洒扫：即洒水打扫。设位：设灵位。
④祠飨（xiǎng）：祭祀时敬献祭品。
⑤白鸠（jiū）：一种类似鸽子的鸟类，通体白色，古人看作祥瑞。

糜竺逢天使

糜竺字子仲，东海朐人也①。祖世货殖，家赀巨万②。常从洛归③，未至家数十里，见路次有一好新妇，从竺求寄载④。行可二十余里，新妇谢去，谓竺曰："我天使也⑤，当往烧东海糜竺家。感君见载，故以相语。"竺因私请之。妇曰："不可得不烧。如此，君可快去，我当缓行。日中必火发。"竺乃急行归，达家，便移出财物。日中而火大发。

| 注释 |

①朐（qú）：县名，位于今江苏连云港地区。
②赀（zī）：通"资"，财物。
③常：通"尝"，曾经。

④寄载：谓附乘别人的交通工具。
⑤天使：天帝的使者。

阴子方祀灶

汉宣帝时①，南阳阴子方者②，性至孝，积恩好施，喜祀灶。腊日晨炊③，而灶神形见。子方再拜受庆。家有黄羊④，因以祀之。自是已后，暴至巨富，田七百余顷，舆马仆隶，比于邦君。子方尝言："我子孙必将强大。"至识三世⑤，而遂繁昌。家凡四侯⑥，牧守数十。故后子孙尝以腊日祀灶，而荐黄羊焉⑦。

| 注释 |

①汉宣帝：刘询，原名病已，字次卿，西汉第十位皇帝，汉武帝刘彻曾孙。
②南阳：古郡名，秦置，汉沿置，即今河南南阳。
③腊日：古时腊祭之日，农历十二月初八，泛指农历十二月。
④黄羊：一种野生羊，毛黄白色，腹下带黄色，故名。又据《太平御览》，黄羊为黄狗，因用于祭祀故称黄羊。后世以黄羊为典，泛指祭灶的供品。
⑤识：即阴识，字次伯，东汉初年外戚将领，光烈皇后阴丽华异母兄。
⑥四侯：据史书记载，阴识与其弟阴兴、阴兴子阴庆、阴博四人皆封侯。
⑦荐：进献，祭献。

张成见蚕神

吴县张成①，夜起，忽见一妇人立于宅南角，举手招成，曰："此是君家之蚕室，我即此地之神。明年正月十五，宜作白粥，泛膏于上②。"以后年年大得蚕。今之作膏糜像此③。

| 注释 |

①吴县：古县名，秦置，为会稽郡治所，故址位于今江苏苏州。

②泛：飘浮，这里是使动用法。膏：油脂。
③膏糜：即上浮油脂的白粥，古人农历正月十五日用以祭祀蚕神。糜，粥。

戴侯祠

豫章有戴氏女，久病不差。见一小石，形像偶人①，女谓曰："尔有人形，岂神？能差我宿疾者②，吾将重汝③。"其夜，梦有人告之："吾将佑汝。"自后疾渐差。遂为立祠山下，戴氏为巫，故名戴侯祠。

| 注释 |

①偶人：用土木陶瓷等制成的人形物。
②宿疾：拖延不愈的疾病，旧病。
③重：指供奉。

刘玘成神

汉阳羡长刘玘尝言①："我死当为神。"一夕，饮醉，无病而卒。风雨，失其柩。夜闻荆山有数千人喊声②，乡民往视之，则棺已成冢。遂改为君山，因立祠祀之。

| 注释 |

①阳羡：古县名，又称"荆溪""荆邑"，秦置，位于今江苏宜兴。
　刘玘（qǐ）：人名。
②喊（hǎn）：喊叫，呼叫。

卷五

蒋子文成神

蒋子文者，广陵人也①。嗜酒好色，挑达无度②。常自谓己骨清，死当为神。汉末，为秣陵尉，逐贼至钟山下③，贼击伤额，因解绶缚之④，有顷遂死。及吴先主之初⑤，其故吏见文于道，乘白马，执白羽扇，侍从如平生。见者惊走，文追之，谓曰："我当为此土地神，以福尔下民。尔可宣告百姓，为我立祠。不尔，将有大咎。"是岁夏，大疫，百姓窃相恐动，颇有窃祠之者矣。文又下巫祝⑥："吾将大启祐孙氏，宜为我立祠。不尔，将使虫入人耳为灾。"俄而小虫如尘虻⑦，入耳皆死，医不能治。百姓愈恐，孙主未之信也。又下巫祝："若不祀我，将又以大火为灾。"是岁，火灾大发，一日数十处。火及公宫。议者以为鬼有所归，乃不为厉⑧，宜有以抚之。于是使使者封子文为中都侯，次弟子绪为长水校尉，皆加印绶⑨。为立庙堂。转号钟山为蒋山，今建康东北蒋山是也。自是灾厉止息，百姓遂大事之。

| 注释 |

①广陵：古郡名，治所位于今江苏扬州。战国楚怀王于邗城上筑广陵城，广陵之名始于此。
②挑达：独自徘徊的样子，此处引申为轻薄、放纵之意。
③钟山：即今江苏南京紫金山。
④绶（shòu）：古代用以系佩玉、官印等物的丝绸，此处指衣带。

⑤吴先主：指三国时吴大帝孙权。
⑥巫祝：古代称事鬼神者为"巫"，祭主赞词者为"祝"，后连用以指掌占卜祭祀的人。下巫祝，即将旨意降下给巫祝。
⑦尘虻（méng）：一种比蚊子小的飞虫。
⑧厉：恶。
⑨印绶：指印信和系印信的丝带。古人会随身带有公私印章，印绶即为其上所系丝带，方便携带在身。后借指官爵。

蒋侯召刘赤父

刘赤父者，梦蒋侯召为主簿。期日促①，乃往庙陈请②："母老，子弱，情事过切③，乞蒙放恕。会稽魏过，多材艺④，善事神。请举过自代。"因叩头流血。庙祝曰⑤："特愿相屈。魏过何人，而有斯举？"赤父固请，终不许。寻而赤父死焉。

| 注释 |

①期日：约定或预测的日数或时间。促：紧急。
②陈请：陈述理由以请求。
③情事过切：这件事非常急迫。情事，情况。切，急迫。
④材艺：才智艺能。
⑤庙祝：掌管庙中香火的人。

蒋山庙戏婚

咸、宁中①，太常卿韩伯子某②，会稽内史王蕴子某③，光禄大夫刘耽子某④，同游蒋山庙。庙有数妇人像，甚端正。某等醉，各指像以戏，自相配匹。即以其夕，三人同梦蒋侯遣传教相闻，曰："家子女并丑陋，而猥垂荣顾⑤。辄刻某日⑥，悉相奉迎。"某等以其梦指适异常⑦，试往相问，而果各得此梦，符协如一。于是大惧，备三牲⑧，诣庙谢罪乞哀。又俱梦蒋侯亲来降己，曰："君等既已顾之，实贪会对。克期垂及，岂容方更中悔？"经少时并亡。

| 注释 |

① 咸、宁中：东晋咸安、宁康年间。
② 太常卿：官职名，主管宗庙礼仪、选试博士等。
③ 内史：官职名，辅佐天子处理爵、禄、废、置等政务。
④ 光禄大夫：官职名，主管顾问、应对等。
⑤ 猥垂荣顾：折辱自身看得上而眷顾。猥，谦辞，即"辱"，降低身份，用于他人对自己的行动。
⑥ 刻：限定。
⑦ 指适：指向。
⑧ 三牲：用于祭祀的牛、羊、猪称为"三牲"，也称"大三牲"，猪、鱼、鸡为"小三牲"。

蒋侯与吴望子

会稽鄮县东野有女子①，姓吴，字望子，年十六，姿容可爱。其乡里有解鼓舞神者，要之，便往。缘塘行②，半路忽见一贵人，端正非常。贵人乘船，挺力十余③，皆整顿。令人问望子："欲何之？"具以事对。贵人云："今正欲往彼，便可入船共去。"望子辞不敢。忽然不见。望子既拜神座，见向船中贵人，俨然端坐，即蒋侯像也。问望子："来何迟？"因掷两橘与之。数数形见，遂隆情好。心有所欲，辄空中下之。尝思噉鲤④，一双鲜鲤随心而至。望子芳香⑤，流闻数里，颇有神验，一邑共事奉。经三年，望子忽生外意，神便绝往来。

| 注释 |

①鄮（mào）：古县名，秦置，位于今浙江宁波。
②塘：堤岸。
③挺力：犹言出力、用力，这里指划船的人。
④噉（dàn）：同"啖"，吃。
⑤芳香：指吴望子盛名远播。

蒋侯助杀虎

陈郡谢玉为琅邪内史①，在京城。所在虎暴，杀人甚众。有一人，以小船载年少妇，以大刀插着船，挟暮来至逻所②。将出语云："此间顷来甚多草秽③，君载细小④，作此轻行，大为不易。可止逻宿也。"相问讯既毕，逻将适还去。其妇上岸，便为虎将去。其夫拔刀大唤，欲逐之。先奉事蒋侯，乃唤求助。如此当行十里，忽如有一黑衣为之导，其人随之，当复二十里，见大树。既至一穴，虎子闻行声，谓其母至，皆走出，其人即其所杀之。便拔刀隐树侧，住良久，虎方至，便下妇着地，倒牵入穴。其人以刀当腰斫断之。虎既死，其妇故活。向晓，能语。问之，云："虎初取，便负着背上，临至而后下之。四体无他⑤，止为草木伤耳。"扶归还船。明夜，梦一人语之曰："蒋侯使助汝，知否？"至家，杀猪祠焉。

| 注释 |

①陈郡：古郡名，秦置，位于今河南淮阳。
②挟暮：指傍晚。暮，傍晚，太阳落山的时候。逻所：指巡逻的哨所。
③顷来：近来。草秽：亦作"艸秽"，代指老虎。
④细小：家眷妻小。
⑤四体：四肢。

丁姑祠

淮南全椒县有丁新妇者①，本丹阳丁氏女②，年十六，适全椒谢家。其姑严酷③，使役有程，不如限者，仍便笞捶不可堪④。九月九日，乃自经死。遂有灵响⑤，闻于民间。发言于巫祝曰："念人家妇女，作息不倦，使避九月九日，勿用作事。"见形，着缥衣⑥，戴青盖，从一婢，至牛渚津⑦，求渡。有两男子共乘船捕鱼，仍呼求载。两男子笑共调弄之，言："听我为妇，当相渡也。"丁妪曰："谓汝是佳人，而无所知。汝是人，当使汝入泥死；是鬼，使汝入水。"便却入草中。须臾，有一老翁乘船载苇。妪从索渡，翁曰："船上无装⑧，岂可露渡？恐不中载耳。"妪言："无苦。"翁因出苇半许，安处着船中，径渡之。至南岸，临去，语翁曰："吾是鬼神，非人也，自能得过。然宜使民间粗相闻知。翁之厚意，出苇相渡，深有惭感⑨，当有以相谢者。若翁速还去，必有所见，亦当有所得也。"翁曰："恐燥湿不至⑩，何敢蒙谢。"翁还西岸，见两男子覆水中。进前数里，有鱼千数跳跃水边，风吹至岸上。翁遂弃苇，载鱼以归。于是丁妪遂还丹阳。江南人皆呼为丁姑。九月九日，不用作事，咸以为息日也。今所在祠之。

| 注释 |

①全椒：古县名，位于今安徽滁州全椒县。新妇：泛指妇人。
②丹阳：古郡名，位于今安徽宣城。
③姑：古称丈夫的母亲为"姑"。
④笞（chī）捶：亦作"笞箠""笞棰"，以竹木之类的棍条抽打。
⑤灵响：灵应。
⑥缥（piǎo）衣：淡青色的衣服。
⑦牛渚津：长江渡口名，位于今安徽当涂地区。
⑧装：指篷盖等舟船载人渡河的用具。

⑨惭感：惭愧、感激，此处偏指感激。
⑩燥湿不至：照顾不周。

王祐与赵公明府参佐

散骑侍郎王祐①，疾困，与母辞诀。既而闻有通宾者，曰："某郡某里某人，尝为别驾。"祐亦雅闻其姓字。有顷，奄然来至②，曰："与卿士类，有自然之分③，又州里，情便款然④。今年国家有大事，出三将军，分布征发。吾等十余人，为赵公明府参佐⑤。至此仓卒，见卿有高门大屋，故来投。与卿相得，大不可言。"祐知其鬼神，曰："不幸疾笃，死在旦夕。遭卿，以性命相托。"答曰："人生有死，此必然之事。死者不系生时贵贱。吾今见领兵三千，须卿，得度簿相付。如此地难得，不宜辞之。"祐曰："老母年高，兄弟无有，一旦死亡，前无供养。"遂欷歔不能自胜⑥。其人怆然曰⑦："卿位为常伯⑧，而家无余财。向闻与尊夫人辞决，言辞哀苦。然则卿国士也，如何可令死。吾当相为。"因起去："明日更来。"其明日又来。祐曰："卿许活吾，当卒恩否？"答曰："大老子业已许卿⑨，当复相欺耶？"见其从者数百人，皆长二尺许，乌衣军服，赤油为志。祐家击鼓祷祀，诸鬼闻鼓声，皆应节起舞，振袖，飒飒有声⑩。祐将为设酒食，辞曰："不须。"因复起去，谓祐曰："病在人体中，如火，当以水解之。"因取一杯水，发被灌之。又曰："为卿留赤笔十余枝，在荐下⑪，可与人，使簪之，出入辟恶灾，举事皆无恙。"因道曰："王甲、李乙，吾皆与之。"遂执祐手与辞。时祐得安眠，夜中忽觉，乃呼左右，令开被："神以水灌我，将大沾濡⑫。"开被而信有水，在上被之下，下被之上，不浸，如露之在荷。量之，得三升七合⑬。于是疾三分愈二，数日大除。凡其所道当取者，皆死亡，唯王文英半年后乃亡。所道与赤笔人，皆经疾病及兵乱，皆亦无恙。初有妖书云⑭："上帝以三将军赵公明、钟士季各督数鬼下取人⑮。"莫知所在。祐病差，见此书，与所道赵公明合。

| 注释 |

①散骑侍郎：官职名。入则规谏过失，备皇帝顾问，出则骑马散从。

②奄然：犹奄忽，忽然。

③分：缘分，情分。

④款然：指关系好。

⑤赵公明：又名赵玄坛，传说是能役雷驭电、除瘟禳灾的神，后也被奉为财神。参佐：部下，僚属。

⑥欷歔（xīxū）：叹息、抽咽声，也作"唏嘘"。

⑦怆（chuàng）然：悲伤的样子。

⑧常伯：官职名。周代君主身边管理民事的大臣，后用以称呼君王近臣。

⑨大老子：老年男子的自称。业：既然。

⑩飒飒（sà）：拟声词。

⑪荐：草席，垫子。

⑫沾濡（rú）：浸湿。

⑬合（gě）：古代量词，十合为一升。

⑭妖书：怪异之书。

⑮钟士季：即钟会，字士季，颍川长社（今河南长葛）人。三国时期魏国军事家、书法家，自幼才华横溢，精通玄学，后也被人奉为瘟神。

周式逢鬼吏

汉下邳周式尝至东海①，道逢一吏，持一卷书，求寄载。行十余里，谓式曰："吾暂有所过，留书寄君船中，慎勿发之。"去后，式盗发视书，皆诸死人录，下条有式名。须臾，吏还，式犹视书。吏怒曰："故以相告，而忽视之。"式叩头流血。良久，吏曰："感卿远相载，此书不可除卿名。

今日已去,还家,三年勿出门,可得度也②。勿道见吾书。"式还,不出。已二年余,家皆怪之。邻人卒亡,父怒,使往吊之。式不得已,适出门,便见此吏。吏曰:"吾令汝三年勿出,而今出门,知复奈何?吾求不见,连累为鞭杖。今已见汝,无可奈何。后三日日中,当相取也。"式还,涕泣具道如此。父故不信,母昼夜与相守。至三日日中时,果见来取,便死。

| 注释 |

① 下邳:古地名。战国时齐威王封邹忌为下邳成侯,始称,治所位于今江苏睢宁。
② 度:逃过劫难。

张助种李

南顿张助于田中种禾①,见李核,欲持去,顾见空桑②,中有土,因植种,以余浆溉灌。后人见桑中反复生李,转相告语。有病目痛者,息阴下,言:"李君令我目愈,谢以一豚。"目痛小疾,亦行自愈。众犬吠声③,盲者得视,远近翕赫④。其下车骑常数千百,酒肉滂沱⑤。间一岁余,张助远出来还,见之,惊云:"此有何神,乃我所种耳。"因就斫之。

| 注释 |

① 南顿:古县名。春秋时顿国为陈国所迫,南迁,故号南顿。西汉置,治所位于今河南项城。
② 空桑:空心的桑树。
③ 众犬吠声:比喻随声附和,人云亦云。
④ 翕(xī)赫:指盛大。
⑤ 滂沱(pāngtuó):本义形容雨下得很大,这里形容丰盛。

新井

王莽居摄①,刘京上言②:"齐郡临淄县亭长辛当③,数梦人谓曰:'吾天使也。摄皇帝当为真。即不信我④,此亭中当有新井出。'亭长起视,亭中果有新井,入地百尺。"

| 注释 |

①王莽:字巨君,魏郡元城县(今河北大名)人,汉元帝皇后王政君之侄,新朝开国皇帝。居摄:因皇帝年幼不能亲政,故由大臣代居其位处理政务。

②刘京:西汉广饶侯。

③齐郡:古郡名,汉代置,郡治在今山东临淄。亭长:官职名。秦、汉时在乡村每十里设一亭,亭长负责治安、缉盗、民事、外地人留宿等工作。

④即:假若。

卷六

论妖怪

妖怪者，盖精气之依物者也。气乱于中，物变于外。形神气质，表里之用也。本于五行①，通于五事②，虽消息升降③，化动万端，其于休咎之征④，皆可得域而论矣。

| 注释 |

①五行：指金、木、水、火、土五种元素。
②五事：指貌、言、视、听、思。
③消息：指消长、盛衰。
④休咎之征：指吉凶祸福的征兆。休咎，吉凶善恶。

论山徙

夏桀之时厉山亡①，秦始皇之时三山亡②，周显王三十二年宋大丘社亡③，汉昭帝之末④，陈留、昌邑社亡。京房《易传》曰："山默然自移，天下兵乱，社稷亡也。"故会稽山阴琅邪中有怪山，世传本琅邪东武海中山也。时天夜，风雨晦冥，旦而见武山在焉。百姓怪之，因名曰怪山。时东武县山，亦一夕自亡去，识其形者，乃知其移来。今怪山下见有东武里，盖记山所自来，以为名也。又交州山移至青州朐县⑤。凡山徙，皆不极之异也⑥。此二事未详其世。《尚书·金縢》曰⑦："山徙者，人君不用道士⑧，贤者不兴；或禄去公室，赏罚不由君，私门成群。不救，当为易世变号。"说曰:"善言天者,必质于人;善言人者,必本于天。故天有四时,日月相推,寒暑迭代。其转运也,和而为雨,怒而为风,散而为露,乱而为雾,凝而为霜雪,张而为虹霓⑨。此天之常数也。人有四肢五脏,一觉一寐,呼吸吐纳,精气往来,流而为荣卫⑩,彰而为气色,发而为声音。此亦人之常数也。若四时失运,寒暑乖违,则五纬盈缩⑪,星辰错行,日月薄蚀,彗孛流飞⑫,此天地之危诊也⑬。寒暑不时,此天地之蒸否也⑭。石立土踊,此天地之瘤赘也。山崩地陷,此天地之痈疽也⑮。冲风,暴雨,此天地之奔气也。雨泽不降,川渎涸竭,此天地之焦枯也。"

| 注释 |

①厉山:位于今湖北随州地区,相传为炎帝神农诞生地。

②三山:传说中的三座海上仙山,即蓬莱、方丈、瀛洲。

③周显王:又称周显圣王、周显声王,姬姓,名扁,东周君主。大丘:即太丘,古地名,位于今河南永城地区。社:古代祭神的场所。

④汉昭帝:刘弗陵,西汉第八位皇帝,汉武帝刘彻之子,母为钩弋夫人。

⑤交州:古地名,又称交趾(阯),汉武帝置十三刺史部之一,位于今越南北部红河流域。青州:《尚书·禹贡》中所记载的古"九州"之一,汉武帝时十三刺史部之一,今河北、山东半岛的一片区域。

⑥不极:不合中正的准则,指不一般的。

⑦《尚书·金縢》:《尚书》最早名为《书》,又称《书经》,是儒家五经之一,分为《虞书》《夏书》《商书》《周书》。《金縢》为《周书》之一,但其下内容实际出自《洪范》。

⑧道士:指有道之士。

⑨虹霓:亦作"虹蜺""蝃蝀(dìdōng)",为雨后或日出、日落之时天空中出现的七色圆弧。虹霓常分两环,内环色彩更鲜明,称虹,也称正虹、雄虹;外环称霓,也称副虹、雌霓。

⑩荣卫:中医学名词。荣也通"营",指血的循环;卫指气的周流。荣

气行于脉中，属阴；卫气行于脉外，属阳。荣卫则泛指气血。
⑪五纬：金、木、水、火、土五星。
⑫彗孛（bèi）：彗星和孛星。古人认为彗孛出现是灾祸或战争的预兆。孛，古人指光芒四射的一种彗星。
⑬危诊：不祥的征兆。
⑭蒸否：气息闭塞不通。
⑮痈疽（yōngjū）：发生于体表、四肢、内脏的急性化脓性疾患，是一种毒疮，比喻为祸患。

龟毛兔角

商纣之时，大龟生毛，兔生角①。兵甲将兴之象也②。

| 注释 |

①龟毛、兔角：乌龟身上生毛，兔子头上长角，比喻不可能存在或有名无实的东西。
②象：象征，先兆。

马化狐

周宣王三十三年①，幽王生②。是岁，有马化为狐。

| 注释 |

①周宣王：姬姓，名静，一作"靖"，周厉王之子，西周第十一代君主。
②幽王：姬姓，名宫涅，周宣王之子，西周最后一任君主。

人化蜮

晋献公二年①，周惠王居于郑②，郑人入玉府③，多取玉，玉化为蜮④，射人。

| 注释 |

①晋献公：姬姓晋氏，名诡诸，晋国曲沃（今山西闻喜）人，晋武公之子，春秋时期晋国第十九任君主。
②周惠王：姬姓，名阆，周釐王姬胡齐之子，东周第五任君主。
③玉府：我国历史上第一个有文字记载的专职管玉的管理机构，隶属于天官冢宰，由上士主管。
④蜮（yù）：传说中的一种动物，又名短狐、水狐、水弩、射工。形状像鳖，有三只脚，相传在水中含沙射人为害。

地暴长

周隐王二年四月①，齐地暴长，长丈余，高一尺五寸。京房《易妖》曰②："地四时暴长，占：春、夏多吉，秋、冬多凶。"历阳之郡，一夕沦入地中而为水泽，今麻湖是也③。不知何时。《运斗枢》曰④："邑之沦，阴吞阳，下相屠焉。"

| 注释 |

①周隐王：姬姓，名延，即周赧（nǎn）王，战国时期周朝最后一任君主。
②《易妖》：即《周易妖占》，京房所著，今已散佚。
③麻湖：湖泊名，又称沥湖、历阳湖，位于今安徽和县、含山县界。
④《运斗枢》：书名，《春秋纬》的一种，为帝王所取则，故曰"运斗枢"，今已散佚。斗枢，北斗七星的第一星，名"天枢"，又称"贪狼星"，象征着统治者的权力地位。

一妇四十子

周哀王八年①，郑有一妇人，生四十子，其二十人为人，二十人死。其九年，晋有豕生人。吴赤乌七年②，有妇人一生三子。

| 注释 |

①周哀王：姬姓，名去疾，周贞定王长子，东周君王。在位仅三个月即为其弟杀害，葬处不明，此处"八年""九年"均应为误写。
②赤乌：吴大帝孙权的年号。

御人产龙

周烈王六年①，林碧阳君之御人产二龙。

| 注释 |

①周烈王：姬姓，名喜，又称周夷烈王，周安王之子，东周君王。

彭生为豕祸

鲁严公八年①，齐襄公田于贝丘②，见豕，从者曰："公子彭生也③。"公怒，射之，豕人立而啼。公惧，坠车，伤足，丧屦④。刘向以为近豕祸也⑤。

| 注释 |

①鲁严公：即鲁庄公，姬姓，名同，鲁国第十六任君主，与"春秋五霸"之一的齐桓公同时代。
②齐襄公：姜姓，吕氏，名诸儿，齐僖公长子，齐桓公异母之兄，春秋时齐国第十四位君主。田：打猎。贝丘：古地名，位于今山东博兴。
③彭生：即齐国公子彭生，奉齐襄公之命杀害鲁桓公，后被齐襄公杀之。
④屦（jù）：以麻、葛等制成的单底鞋，后亦泛指鞋。
⑤刘向：原名更生，字子政，沛郡丰邑（今江苏徐州）人。西汉经学家、文学家，中国目录学鼻祖，今存《新序》《说苑》《列女传》《战国策》等集作。豕祸：古代迷信，认为猪会给人带来灾祸，故名。

蛇斗

鲁严公时,有内蛇与外蛇斗郑南门中,内蛇死。刘向以为近蛇孽也①。京房《易传》曰:"立嗣子疑,厥妖蛇居国门斗②。"

|注释|

①蛇孽(niè):蛇的妖孽。这里指蛇预示了和后嗣有关的灾祸。
②厥:乃,于是。

龙斗

鲁昭公十九年①,龙斗于郑时门之外洧渊②。刘向以为近龙孽也③。京房《易传》曰:"众心不安,厥妖龙斗其邑中也。"

|注释|

①鲁昭公:姬姓,名裯,鲁襄公之子,春秋时鲁国第二十四任君王。
②时门:郑国的城门名。洧(wěi)渊:古潭名,位于今河南新郑。
③龙孽:指龙出现时机不当所形成的灾殃。

九蛇绕柱

鲁定公元年①,有九蛇绕柱,占以为九世庙不祀②,乃立炀宫③。

|注释|

①鲁定公:姬姓,名宋,鲁昭公的弟弟,春秋时鲁国君主。
②不祀:不祭祖先,无人奉祀,比喻亡国或绝后。
③炀(yáng)宫:祭祀鲁炀公的祠庙。鲁炀公,名熙,一名"怡",鲁国第三位国君,伯禽之子。

马生人

秦孝公二十一年①,有马生人。昭王二十年②,牡马生子而死③。刘向以为皆马祸也。京房《易传》曰:"方伯分威④,厥妖牡马生子。上无天子,诸侯相伐,厥妖马生人。"

| 注释 |

①秦孝公:嬴姓,名渠梁,秦献公之子,战国时秦国国君。
②昭王:即秦昭襄王,又称秦昭王,嬴姓,名则,一名"稷",秦惠文王之子。战国时秦国国君,在位五十六年,是中国古代在位时间较长的国君。
③牡马:雄性的马。牡,雄性的鸟或兽,也指植物的雄株,与"牝"相对。
④方伯:原指一方诸侯之长,后泛指地方长官。

女子化为丈夫

魏襄王十三年①,有女子化为丈夫,与妻生子。京房《易传》曰:"女子化为丈夫,兹谓阴昌,贱人为王。丈夫化为女子,兹谓阴胜阳,厥咎亡。"一曰:"男化为女宫刑滥②,女化为男妇政行也。"

| 注释 |

①魏襄王:姬姓,名嗣,一名"赫",战国时魏国第四任国君。
②宫刑:刑罚名,指男子去势、女子幽闭之肉刑。

五足牛

秦惠文王五年①,游朐衍②,有献五足牛。时秦世大用民力,天下叛之。京房《易传》曰:"兴繇役③,夺民时,厥妖牛生五足。"

| 注释 |

①秦惠文王:嬴姓,名驷,秦孝公之子,战国时秦国国君。

②朐（xū）衍：战国时期北方民族名，分布在今宁夏盐池县一带，也用以指其生活的地区。相传秦惠文王在此置，也称朐衍。

③繇（yáo）役：即徭役，古代统治者强制平民承担的无偿劳动。繇，通"徭"。

临洮大人

秦始皇二十六年①，有大人长五丈，足履六尺，皆夷狄服，凡十二人，见于临洮②，乃作金人十二以象之。

| 注释 |

①秦始皇：嬴姓，名政，秦襄王之子，战国末期秦代君王，中国古代杰出的政治家。首次统一全国，建立中国历史上第一个大一统王朝——秦朝，也是中国第一个称"皇帝"的君主。

②临洮（táo）：古县名，位于今甘肃岷县。

龙现井中

汉惠帝二年正月癸酉旦①，有两龙现于兰陵廷东里温陵井中②，至乙亥夜去。京房《易传》曰："有德遭害，厥妖龙见井中。"又曰："行刑暴恶，黑龙从井出。"

| 注释 |

①汉惠帝：刘盈，汉高帝刘邦嫡长子，西汉第二位皇帝，母为汉高后吕雉。

②兰陵：古县名，战国楚国置，位于今山东兰陵。

马生角

汉文帝十二年①，吴地有马生角，在耳前，上向，右角长三寸，左角长二寸，皆大二寸。刘向以为马不当生角，犹吴不当举兵向上也，吴将反之变云。京房《易传》曰："臣易上，政不顺，厥妖马生角。兹谓贤士不足。"又曰："天子亲伐，马生角。"

| 注释 |

①汉文帝：刘恒，汉高祖刘邦第四子，西汉第五位皇帝，母为薄姬。

狗生角

文帝后元五年六月，齐雍城门外有狗生角①。京房《易传》曰："执政失，下将害之，厥妖狗生角。"

| 注释 |

①雍城：古地名，位于今山东滕州地区。

人生角

汉景帝元年九月①，胶东下密人年七十余②，生角，角有毛。京房《易传》曰："冢宰专政③，厥妖人生角。"《五行志》以为人不当生角④，犹诸侯不敢举兵以向京师也。其后遂有七国之难⑤。至晋武帝泰始五年⑥，元城人⑦，年七十，生角。殆赵王伦篡乱之应也⑧。

| 注释 |

①汉景帝：刘启，汉文帝刘恒嫡长子，西汉第六位皇帝，母为孝文窦皇后窦氏。
②胶东：古郡国名，汉景帝时期参加七国叛乱的郡国之一。下密：古县名，位于今山东昌邑。
③冢宰：周代官职名，六卿之首，后世也用来指称宰相。
④《五行志》：指《汉书·五行志》，记载各种天文现象、灾害以及阴阳学说。

⑤七国之难：即七国之乱。汉景帝采用御史大夫晁错的《削藩策》，削弱诸侯、加强集权，吴王刘濞于是联合另外六个刘姓诸侯王，以"清君侧"的名义发动叛乱，三个月内被平定。
⑥晋武帝：司马炎，字安世，河内郡温县（今河南温县）人，晋宣帝司马懿之孙，晋文帝司马昭嫡长子，西晋开国皇帝。
⑦元城：古县名，位于今河北大名东。
⑧赵王伦：即司马伦，司马懿第九子，封赵王，西晋开国时期"八王之乱"的参与者之一。

狗与彘交

汉景帝三年，邯郸有狗与彘交①。是时赵王悖乱②，遂与六国反，外结匈奴以为援。《五行志》以为，犬兵革失众之占，豕北方匈奴之象。逆言失听，交于异类，以生害也。京房《易传》曰："夫妇不严，厥妖狗与豕交。兹谓反德，国有兵革。"

| 注释 |

①邯郸：古郡县名，即今河北邯郸。彘：猪。
②赵王：刘遂，西汉宗室、诸侯王，汉高祖刘邦的孙子，赵幽王刘友的儿子。汉景帝时，参与"七国之乱"，后兵败自杀。悖（bèi）乱：指叛乱。

白黑乌斗

景帝三年十一月，有白颈乌与黑乌群斗楚国吕县①。白颈不胜，堕泗水中死者数千②。刘向以为近白黑祥也③。时楚王戊暴逆无道④，刑辱申公⑤，与吴谋反。乌群斗者，师战之象也；白颈者小，明小者败也；堕于水者，将死水地。王戊不悟，遂举兵应吴，与汉大战，兵败而走，至于丹徒⑥，为越人所斩，堕泗水之效也。京房《易传》曰："逆亲亲⑦，厥妖白黑乌斗于国中。"燕王旦之谋反也⑧，又有一乌一鹊斗于燕宫中池上，乌堕池死。《五行志》以为楚、燕皆骨肉藩臣，骄恣而谋不义，俱有乌鹊斗死之祥。行同而占合，此天人之明表也。燕阴谋未发，独王自杀于宫，故一乌而水色者死；楚炕阳举兵⑨，军师大败于野，故乌众而金色者死。天道精微之效也。京房《易传》曰："颛征劫杀⑩，厥妖乌鹊斗。"

| 注释 |

① 吕县：古县名，位于今江苏铜山。
② 泗水：水名，发源于今山东泗水地区。四源并发，故名。
③ 祥：凶或吉的预兆。
④ 楚王戊：即刘戊，西汉宗室，楚元王刘交之孙，楚夷王刘郢客之子。勾结吴王刘濞起兵谋反，掀起"七国之乱"，兵败自杀。
⑤ 申公：名培，西汉学者，鲁人，为《诗经》作传，称《鲁诗》，后衍生出今文经学学派——"鲁诗学"。
⑥ 丹徒：古郡县名，秦置，位于今江苏镇江地区。
⑦ 亲亲：亲属，亲戚。
⑧ 燕王旦：刘旦，西汉宗室，汉武帝刘彻第三子，母为李姬。
⑨ 炕阳：干涸，枯涸。这里指统治者残暴专横。
⑩ 颛：通"专"，专门。

牛足出背

景帝十六年，梁孝王田北山①，有献牛足上出背上者。刘向以为近牛祸。内则思虑霿乱②，外则土功过制，故牛祸作。足而出于背，下奸上之象也。

| 注释 |

① 梁孝王：刘武，西汉诸侯王，汉文帝刘恒次子，汉景帝刘启同母之弟。

②霿（méng）乱：愚蒙纷乱。

内外蛇斗

汉武帝太始四年七月①，赵有蛇从郭外入，与邑中蛇斗孝文庙下。邑中蛇死。后二年秋，有卫太子事②，自赵人江充起。

| 注释 |

①汉武帝：刘彻，西汉第七位皇帝，汉景帝刘启之子，在位五十五年。
②卫太子：刘据，又称"戾太子"，西汉宗室，汉武帝刘彻嫡长子，母为卫子夫。赵人江充陷害刘据埋木人行巫蛊之术诅咒武帝，武帝追捕刘据。刘据兵败自杀，后武帝查明真相，修建一座"思子宫"。此事前后牵连万余人，史称"巫蛊之祸"。

鼠舞门

汉昭帝元凤元年九月，燕有黄鼠衔其尾舞王宫端门中①。王往视之，鼠舞如故。王使吏以酒脯祠，鼠舞不休，一日一夜死。时燕王旦谋反，将死之象也。京房《易传》曰："诛不原情②，厥妖鼠舞门。"

| 注释 |

①端门：宫殿的正南门。
②原情：追究原本的实情。

石自立

昭帝元凤三年正月，泰山芜莱山南汹汹有数千人声。民往视之，有大石自立，高丈五尺，大四十八围，入地深八尺，三石为足。石立后，有白乌数千集其旁。宣帝中兴之瑞也。

食叶成文

昭帝时上林苑中大柳树断①,仆地。一朝起立,生枝叶。有虫食其叶,成文字,曰"公孙病已立②"。

| 注释 |

①上林苑:古宫苑名,故址大致位于今陕西西安一带。汉武帝刘彻在秦代一旧苑上扩建而成,规模宏伟,宫室众多。
②公孙:诸侯王子孙。病已:指汉宣帝刘询,其原名为刘病已。

狗冠

昭帝时,昌邑王贺见大白狗冠方山冠而无尾①。至熹平中,省内冠狗带绶以为笑乐②。有一狗突出,走入司空府门③。或见之者,莫不惊怪。京房《易传》曰:"君不正,臣欲篡,厥妖狗冠出朝门。"

| 注释 |

①昌邑王:刘贺,又称汉废帝、海昏侯,汉武帝刘彻之孙,西汉第九位皇帝。方山冠:又名巧士冠,古代祭祀时帝王侍从官吏和乐师等所戴之礼帽。
②省内:指宫禁之中。
③司空:官职名,周朝六卿之一,汉朝改御史大夫为大司空。

雌鸡化雄

汉宣帝黄龙元年,未央殿辂轸中雌鸡化为雄①,毛衣变化,而不鸣,不将②,无距③。元帝初元元年④,丞相府史家雌鸡伏子,渐化为雄,冠距鸣将。至永光中有献雄鸡生角者。《五行志》以为王氏之应。京房《易传》曰:"贤者居明夷之世⑤,知时而伤,或众在位,厥妖鸡生角。"又曰:"妇人专政,国不静;牝鸡雄鸣⑥,主不荣。"

| 注释 |

①未央殿：即未央宫，西汉的大朝正宫，建于汉高祖七年。长乐宫与未央宫分别坐落于长安城安门大街之东西两面，故又称东宫与西宫。辂辂（lùlíng）：汉代厩名，指豢养牲畜、家禽的厩棚。
②将（jiàng）：统帅，指挥。此指带领鸡群。
③距：雄鸡爪子后面突出像脚趾的部分。
④元帝：刘奭，西汉第十一位皇帝，汉宣帝刘询之子。
⑤明夷：指明夷卦，《周易》六十四卦之一，意为光明受损，比喻为无人选贤举能的乱世。
⑥牝鸡：母鸡，代指擅权专政的女人。牝，雌性的鸟或兽，与"牡"相对。

范延寿断讼

宣帝之世，燕、岱之间①，有三男共取一妇，生四子。及至将分妻子而不可均，乃致争讼。廷尉范延寿断之曰②："此非人类，当以禽兽，从母不从父也。请戮三男，以儿还母。"宣帝嗟叹曰："事何必古？若此，则可谓当于理而厌人情也。"延寿盖见人事而知用刑矣，未知论人妖将来之验也。

| 注释 |

①燕、岱：指河北北部一带。燕，河北旧称，也指河北北部地区。岱，古国名，位于今河北蔚县东北。
②廷尉：官职名，秦始置，九卿之一，主管司法刑狱。

天雨草

汉元帝永光二年八月，天雨草，而叶相樛结①，大如弹丸。至平帝元始三年正月②，天雨草，状如永光时。京房《易传》曰："君吝于禄，信衰，贤去，厥妖天雨草。"

| 注释 |

①樛（jiū）结：纠结。樛，纠缠，绞。
②平帝：指汉平帝刘衎，原名刘箕子，西汉第十四位皇帝，汉元帝刘奭之孙。

断槐复立

元帝建昭五年，兖州刺史浩赏，禁民私所自立社。山阳橐茅乡社有大槐树①，吏伐断之，其夜树复立故处。说曰："凡枯断复起，皆废而复兴之象也。"是世祖之应耳。

| 注释 |

①橐（tuó）茅乡：乡名。

鼠巢

汉成帝建始四年九月，长安城南，有鼠衔黄藁、柏叶①，上民冢柏及榆树上为巢。桐柏为多②。巢中无子，皆有干鼠矢数升。时议臣以为恐有水灾。鼠盗窃小虫，夜出昼匿。今正昼去穴而登木，象贱人将居贵显之占。桐柏，卫思后园所在也③。其后赵后自微贱登至尊④，与卫后同类。赵后终无子而为害。明年，有鸢焚巢杀子之象云⑤。京房《易传》曰："臣私禄罔干⑥，厥妖鼠巢。"

| 注释 |

①黄藁（gǎo）：枯黄的草秆。
②桐柏：地名，位于今河南南阳。
③卫思后：指卫子夫，汉武帝皇后，巫蛊之祸后被废自杀，其孙汉宣帝

追谥曰"思后"。
④赵后：指赵飞燕，汉成帝皇后，独创"踽（jǔ）步"和"掌上舞"。
⑤鸢：鸢鸟，俗称鹞（yào）鹰、老鹰。
⑥私禄周干：将俸禄看作私有的，妄自侵占。

犬祸

成帝河平元年，长安男子石良、刘音相与同居。有如人状在其室中，击之，为狗，走出。去后，有数人披甲持弓弩至良家。良等格击①，或死或伤，皆狗也。自二月至六月乃止。其于《洪范》②，皆犬祸，言不从之咎也。

| 注释 |

①格击：格斗。
②《洪范》：指《洪范五行传》，刘向所著，是阐释《尚书·洪范》的重要文献。《汉书·五行志》以此为本写成，内容是以阴阳五行、天人感应的思想来解释人间之事凶吉。

鸟焚巢

成帝河平元年二月庚子，泰山山桑谷有鷃焚其巢①。男子孙通等闻山中群鸟鷃鹊声，往视之，见巢燃，尽堕池中，有三鷃鷇烧死②。树大四围，巢去地五丈五尺。《易》曰："鸟焚其巢，旅人先笑后号咷③。"后卒成易世之祸云。

| 注释 |

①山桑谷：泰山中的一山谷名。鷃（yuān）：多作"鸢"。
②鷇（kòu）：必须由母鸟哺食的初生小鸟。
③号咷（táo）：放声大哭。

雨鱼

成帝鸿嘉四年秋,雨鱼于信都,长五寸以下。至永始元年春,北海出大鱼①,长六丈,高一丈,四枚。哀帝建平三年②,东莱平度出大鱼,长八丈,高一丈一尺,七枚。皆死。灵帝熹平二年③,东莱海出大鱼二枚④,长八九丈,高二丈余。京房《易传》曰:"海数见巨鱼,邪人进,贤人疏。"

| 注释 |

①北海:秦汉时对北方大泽的泛称。
②哀帝:指汉哀帝刘欣,西汉第十三位皇帝,汉元帝刘奭之孙,汉成帝刘骜之侄。
③灵帝:指汉灵帝刘宏,东汉第十二位皇帝,汉章帝刘炟的玄孙,汉少帝刘辩及汉献帝刘协之父。
④东莱海:即今渤海莱州湾。

木生人状

成帝永始元年二月,河南街邮樗树生枝如人头①,眉目须皆具,亡发耳。至哀帝建平三年十月,汝南西平遂阳乡有材仆地生枝,如人形,身青黄色,面白,头有髭发②,稍长大,凡长六寸一分。京房《易传》曰:"王德衰,下人将起,则有木生为人状。"其后有王莽之篡③。

| 注释 |

①街邮:古亭名。樗(chū)树:臭椿树。
②髭(zī)发:须发。
③王莽:字巨君,魏郡元城人,新朝的建立者。西汉末年掌握朝政,后毒死平帝,自称为帝。

马出角

成帝绥和二年二月,大厩马生角①,在左耳前,围长各二寸。是时王莽为大司马,害上之萌,自此始矣。

| 注释 |

①大厩:天子的马厩。

燕生雀

成帝绥和二年三月,天水平襄有燕生雀①,哺食至大,俱飞去。京房《易传》曰:"贼臣在国,厥咎燕生雀,诸侯销②。"又曰:"生非其类,子不嗣世。"

| 注释 |

①天水:古郡名,汉武帝置,郡治位于平襄,即今甘肃通渭地区。
②销:衰败。

三足驹

汉哀帝建平三年,定襄有牡马生驹①,三足,随群饮食。《五行志》以为:马,国之武用;三足,不任用之象也。

| 注释 |

①定襄:古郡名,汉代置,郡治位于今内蒙古和林格尔北。

僵树自立

哀帝建平三年,零陵有树僵地①,围一丈六尺,长十丈七尺。民断其本②,长九尺余,皆枯。三月,树卒自立故处。京房《易传》曰:"弃正作淫，厥妖木断自属③。妃后有颛④，木仆反立，断枯复生。"

| 注释 |

①零陵：古郡名，汉代置，位于今广西全州。
②本：根。
③属（zhǔ）：连接。
④颛：通"专"，专权。

儿啼腹中

哀帝建平四年四月，山阳方与女子田无啬生子①。未生二月前，儿啼腹中，及生，不举②，葬之陌上。后三日，有人过，闻儿啼声，母因掘收养之。

| 注释 |

①方与：古县名，县治位于今山东鱼台北。
②举：抚养。

西王母传书

哀帝建平四年夏，京师郡国民聚会里巷阡陌①，设张博具歌舞②，祠西王母。又传书曰："母告百姓，佩此书者不死。不信我言，视门枢下③，当有白发。"至秋乃止。

| 注释 |

①阡陌：田间小路；田野。这里指田野。
②博具：古代六博等博戏的用具。
③门枢：门扇的转轴。

男子化女

哀帝建平中,豫章有男子化为女子,嫁为人妇,生一子。长安陈凤曰:"阳变为阴,将亡继嗣,自相生之象。"一曰:"嫁为人妇,生一子者,将复一世乃绝。"故后哀帝崩,平帝没,而王莽篡焉。

人死复生

汉平帝元始元年二月,朔方广牧女子赵春病死①,既棺殓,积七日,出在棺外,自言见夫死父,曰:"年二十七,汝不当死。"太守谭以闻②。说曰:"至阴为阳,下人为上。厥妖人死复生。"其后王莽篡位。

| 注释 |

① 朔方:古郡名,西汉置,治所位于今内蒙古自治区杭锦旗北。广牧:古县名,属朔方郡,治所位于今内蒙古五原。
② 谭:通"谈",说。

人生两头

汉平帝元始元年六月,长安有女子生儿,两头两颈,面俱相向,四臂共胸,俱前向,尻上有目①,长二寸所②。京房《易传》曰:"'睽孤③,见豕负涂。'厥妖人生两头。下相攘善④,妖亦同。人若六畜首目在下,兹谓亡上,政将变更。厥妖之作,以谴失正,各象其类。两颈,下不一也;手多,所任邪也;足少,下不胜任,或不任下也。凡下体生于上,不敬也;上体生于下,媟渎也⑤;生非其类,淫乱也;人生而大,上速成也;生而能言,好虚也。群妖推此类。不改,乃成凶也。"

| 注释 |

①尻（kāo）：脊骨末端，屁股。
②所：大约，用于数量词后，表示大概的数目。
③睽（kuí）孤：指遗腹孤，离家在外的孤子。睽，隔离。
④攘善：掠夺他人之美以求善名，意思是抢功。
⑤媟渎（xièdú）：行为放荡、不庄重。

三足乌

汉章帝元和元年，代郡高柳乌生子①，三足，大如鸡，色赤，头有角，长寸余。

| 注释 |

①代郡：古郡名，战国时置，郡治原为代县（今河北蔚县代王城），东汉时移至高柳（今山西阳高），晋代移回代县。

德阳殿蛇

汉桓帝即位①，有大蛇见德阳殿上②。洛阳市令淳于翼曰③："蛇有鳞，甲兵之象也。见于省中，将有椒房大臣受甲兵之象也④。"乃弃官遁去。到延熹二年，诛大将军梁冀⑤，捕治家属，扬兵京师也。

| 注释 |

①汉桓帝：刘志，东汉第十一位皇帝，汉章帝刘炟曾孙。
②德阳殿：东汉皇宫宫殿名。
③市令：官职名，掌管市场。
④椒房：皇后居住的宫殿，这里泛指后妃。
⑤梁冀：字伯卓，安定郡乌氏县（今宁夏固原）人。东汉时的外戚、奸臣，两个妹妹梁妠（nà）、梁女莹分别为顺帝、桓帝皇后，专断朝政近二十年。

后梁氏被汉桓帝诛灭,梁冀自杀。

雨肉

汉桓帝建和三年秋七月,北地廉雨肉①,似羊肋,或大如手。是时梁太后摄政②,梁冀专权,擅杀诛太尉李固、杜乔③,天下冤之。其后,梁氏诛灭。

| 注释 |

①北地:古郡名,秦置,辖境位于今陕西、甘肃、宁夏一带。廉:古县名,故址位于今宁夏平罗县。
②梁太后:指汉顺帝刘保的顺烈皇后梁妠、梁冀之妹,顺帝驾崩后临朝摄政。
③李固:字子坚,东汉中期名臣,梁冀擅权期间,因不依附梁冀而被免职,后又被诬杀。杜乔:字叔荣,东汉时期名臣,因不附梁冀,与李固同死于狱中。

梁冀妻妆

汉桓帝元嘉中,京都妇女作愁眉、啼妆、堕马髻、折腰步、龋齿笑。愁眉者,细而曲折。啼妆者,薄拭目下若啼处。堕马髻者,作一边。折腰步者,足不任下体①。龋齿笑者,若齿痛,乐不欣欣。始自大将军梁冀妻孙寿所为,京都翕然②,诸夏效之③。天戒若曰:"兵马将往收捕。妇女忧愁,踧眉啼哭④;吏卒掣顿⑤,折其腰脊,令髻邪倾;虽强语笑,无复气味也⑥。"到延熹二年,冀举宗合诛。

| 注释 |

①任:任凭,听凭。这里的意思是脚不随着身体移动,支撑不住的样子。

②翕然：一致的样子。
③诸夏：全国。夏，即华夏。
④踧眉：皱眉忧虑之状。踧，通"蹙"。
⑤掣顿：硬拉，强夺。
⑥气味：比喻意趣或情调。

牛生鸡

桓帝延熹五年，临沅县有牛生鸡①，两头四足。

| 注释 |

①临沅：古县名，秦置，为黔中郡治，治所即今湖南常德。

赤厄三七

汉灵帝数游戏于西园中，令后宫采女为客舍主人，身为佔服①，行至舍间，采女下酒食，因共饮食，以为戏乐。是天子将欲失位，降在皂隶之谣也②。其后天下大乱。古志有曰："赤厄三七③。"三七者，经二百一十载，当有外戚之篡，丹眉之妖。篡盗短祚④，极于三六，当有飞龙之秀，兴复祖宗。又历三七，当复有黄首之妖，天下大乱矣。自高祖建业，至于平帝之末，二百一十年，而王莽篡，盖因母后之亲。十八年而山东贼樊子都等起⑤，实丹其眉，故天下号曰"赤眉"。于是光武以兴祚，其名曰秀。至于灵帝中平元年，而张角起⑥，置三十六方，徒众数十万，皆是黄巾，故天下号曰"黄巾贼"。至今道服，由此而兴。初起于邺，会于真定⑦，诳惑百姓曰："苍天已死，黄天立。岁名甲子年，天下大吉。"起于邺者，天下始业也，会于真定也。小民相向跪拜趋信，荆、扬尤甚。乃弃财产，流沉道路，死者无数。角等初以二月起兵，其冬十二月悉破自光武中兴至黄巾之起，未盈二百一十年，而天下大乱，汉祚废绝，实应三七之运。

| 注释 |

①估服：商贩穿的衣服。
②皂隶：指贱役。皂，黑色。
③赤厄：指汉朝的厄运。赤，汉为火德王朝，火德即赤。三七：即"三七之运"，指的是二百一十年的轮回命数。
④短祚（zuò）：表示在皇位的年限很短。祚，帝位；福运。
⑤樊子都：樊崇，字细君，西汉末期琅邪（今山东诸城）人，赤眉起义的领袖。
⑥张角：名不详，东汉时钜鹿（今河北平乡）人，太平道创始人，黄巾起义领袖。
⑦真定：汉代国名，故城位于今河北正定南。

长短衣裾

灵帝建宁中，男子之衣好为长服，而下甚短；女子好为长裾①，而上甚短。是阳无下而阴无上，天下未欲平也。后遂大乱。

| 注释 |

①长裾（jū）：这里指长的衣裙。裾，衣服的大襟。

夫妇相食

灵帝建宁三年春，河内有妇食夫，河南有夫食妇。夫妇阴阳二仪①，有情之深者也，今反相食。阴阳相侵，岂特日月之眚哉②。灵帝既没，天下大乱，君有妄诛之暴，臣有劫弑之逆③，兵革相残，骨肉为仇，生民之祸极矣。故人妖为之先作。而恨不遭辛有、屠黍之论④，以测其情也。

| 注释 |

①仪:匹配。
②岂特:难道只是,何止。眚(shěng):灾异。
③弑(shì):本意是指子女杀父母、臣杀君主,这里特指后者。
④辛有:春秋时周朝大夫。据《左传》载,辛有随周平王东迁途经伊川,见有人披发在野外祭祀,感叹其不合于礼,说:"不及百年,此其戎乎!其礼先亡矣。"屠黍:一作"屠余",春秋末期、战国初期晋国太史。据《吕氏春秋》载,屠黍因见晋国内政不修,出公不贤,于是携带图录法典逃奔于周。周威王问屠黍天下谁先亡国,屠黍回答"晋先亡""中山次之""君(周)次之",以前二者的应验警醒周威王。

寺壁黄人

灵帝熹平二年六月,洛阳民讹言,虎贲寺东壁中①,有黄人,形容须眉良是。观者数万,省内悉出②,道路断绝。到中平元年二月,张角兄弟起兵冀州,自号"黄天"。三十六方,四面出和。将帅星布,吏士外属。因其疲馁牵而胜之③。

| 注释 |

①虎贲(bēn)寺:洛阳寺院名。
②省内:宫禁之中,这里指宫里的人。
③馁(něi):饥饿。

木不曲直

灵帝熹平三年,右校别作中有两榎树①,皆高四尺许。其一株宿昔暴长②,长一丈余,粗大一围③,作胡人状,头目鬓须发俱具。其五年十月壬午,正殿侧有槐树,皆六七围,自拔,倒竖,根上枝下。又中平中,长安城西北六七里，空树中有人面，生鬓。其于《洪范》，皆为木不曲直④。

| 注释 |

① 右校：官署名，掌管工徒。别作：附属的作坊。
② 宿昔：即旦夕，比喻时间很短。
③ 围：量词，古代计算周长的约略单位，指两手的拇指、食指相合的长度，或两臂合抱的长度。
④ 木不曲直：《尚书·洪范》有言："木曰曲直。"指树木的本性或曲或直。"曲直"是指树木的生长形态，为枝干曲直，向上、向外周舒展。树木生长不茂盛，多折损、枯槁，为变怪而失其本性，称为"木不曲直"，是奸邪的征兆。

雌鸡欲化雄

灵帝光和元年，南宫侍中寺雌鸡欲化为雄①，一身毛皆似雄，但头冠尚未变。

| 注释 |

① 南宫：秦、汉宫殿名，故址位于今河南洛阳东。侍中：官署名，汉置。侍中本为正规官职外的加官之一，侍从于皇帝左右，出入宫廷，后渐得亲信，职权相当于宰相，宋时被废。寺：官署。

儿生两头

灵帝光和二年，洛阳上西门外女子生儿：两头，异肩，共胸，俱前向。以为不祥，堕地，弃之。自是之后，朝廷霿乱，政在私门①，上下无别，二头之象。后董卓戮太后②，被以不孝之名，放废天子，后复害之。汉元以来③，祸莫逾此④。

| 注释 |

①私门:权贵,有权势者。
②董卓:字仲颖,陇西临洮(今甘肃岷县)人,东汉末年军阀、权臣。
太后:指汉灵帝皇后何氏,为汉少帝刘辩生母。董卓掌权后,废汉少帝刘辩而立汉献帝刘协,杀害刘辩,又以不孝敬婆母之名毒死何太后,终为其亲信吕布所杀。
③元:开端,建国。
④逾:越过。

梁伯夏后

光和四年,南宫中黄门寺有一男子①,长九尺,服白衣。中黄门解步呵问:"汝何等人?白衣妄入宫掖②!"曰:"我,梁伯夏后③。天使我为天子。"步欲前收之,因忽不见。

| 注释 |

①中黄门寺:中黄门所在的官舍。中黄门,指在宫内供职的太监。
②宫掖:指皇宫。
③梁伯夏后:梁伯夏的后人。梁伯夏,即梁商,字伯夏,汉顺帝年间大将军。其子梁冀权倾朝野,专断朝政。

草作人状

光和七年,陈留济阳、长垣①、济阴②、东郡③、冤句④、离狐界中⑤,路边生草,悉作人状,操持兵弩⑥;牛马龙蛇鸟兽之形,白黑各如其色,羽毛、头、目、足、翅皆备,非但彷彿⑦,像之尤纯。旧说曰:"近草妖也。"是岁有黄巾贼起,汉遂微弱。

| 注释 |

①陈留：古郡名，汉武帝时置，治所位于今河南开封市陈留。济阳、长垣：皆为陈留郡之属地。
②济阴：古郡名，汉置，治所位于今山东菏泽定陶区。
③东郡：古郡名，秦置，治所位于今河南濮阳。
④冤句：古县名，位于今山东菏泽地区，故址无存。
⑤离狐：古县名，故城位于今山东菏泽牡丹区西北。
⑥兵弩：兵刃和弓弩，泛指武器。
⑦彷佛：同"仿佛"，相似。

两头共身

灵帝中平元年六月壬申，洛阳男子刘仓，居上西门外，妻生男，两头共身。至建安中，女子生男，亦两头共身。

怀陵雀

中平三年八月中，怀陵上有万余雀①，先极悲鸣，已因乱斗，相杀，皆断头悬着树枝枳棘②。到六年，灵帝崩。夫陵者，高大之象也；雀者，爵也。天戒若曰："诸怀爵禄而尊厚者，还自相害，至灭亡也。"

| 注释 |

①怀陵：汉冲帝刘炳之陵寝。刘炳两岁继位，三岁即病亡。
②枳（zhǐ）棘：枳树与棘树，因多刺而被称为恶木，多用来比喻恶人或小人。

魁櫑挽歌

汉时，京师宾婚嘉会，皆作魁櫑①，酒酣之后，续以挽歌。魁櫑，丧家之乐；挽歌，执绋相偶和之者②。天戒若曰："国家当急殄悴③，诸贵乐皆死亡也。"自灵帝崩后，京师坏灭，户有兼尸虫而相食者，"魁櫑""挽歌"，斯之效乎？

| 注释 |

①魁櫑（kuǐlěi）：即傀儡，原为丧家之乐，后演变为木偶戏。
②绋（fú）：古代出殡时拉棺材用的大绳。
③殄悴（tiǎncuì）：同"殄瘁"，困苦。

京师童谣

灵帝之末，京师谣言曰："侯非侯，王非王，千乘万骑上北邙①。"到中平六年，史侯登蹑至尊②，献帝未有爵号，为中常侍段珪等所执③，公卿百僚，皆随其后，到河上，乃得还。

| 注释 |

①北邙：即邙山，因在洛阳之北而称北邙。东汉、魏、晋的王侯公卿多葬于此，故也代指坟墓或陵寝。
②史侯：指汉少帝刘辩，其出生时寄养在史姓人家，故号"史侯"。登蹑（niè）：晋升职位，此指登上天子之位。至尊：天子之位。
③执：掌握，控制。

桓氏复生

汉献帝初平中①，长沙有人姓桓氏，死，棺敛月余②，其母闻棺中有声，发之，遂生。占曰："至阴为阳，下人为上。"其后曹公由庶士起③。

| 注释 |

①汉献帝：刘协，字伯和，东汉末代皇帝，汉灵帝刘宏次子，汉少帝刘

辩异母之弟。
②棺敛：即棺殓，以棺木收殓死者。
③庶士：杂佐小吏。

建安人妖

献帝建安七年，越嶲有男子化为女子①。时周群上言②："哀帝时亦有此变，将有易代之事。"至二十五年，献帝封山阳公③。

| 注释 |

①越嶲（xí）：古郡名，汉置，故地即今四川西昌地区。
②周群：字仲直，三国时期蜀国大臣，官至儒林校尉。擅长观占天象，曾让刘备谨慎对待进攻汉中之事，刘备不听，事后应验，于是周群被举荐为茂才。
③献帝封山阳公：曹丕篡位，汉献帝被废为山阳公。

荆州童谣

建安初，荆州童谣曰："八九年间始欲衰，至十三年无孑遗①。"言自中兴以来②，荆州独全；及刘表为牧③，民又丰乐；至建安九年，当始衰。始衰者，谓刘表妻死，诸将并零落也。十三年无孑遗者，表又当死，因以丧败也。是时华容有女子④，忽啼呼曰："将有大丧。"言语过差，县以为妖言，系狱。月余，忽于狱中哭曰："刘荆州今日死。"华容去州数百里，即遣马里验视，而刘表果死。县乃出之。续又歌吟曰："不意李立为贵人。"后无几，曹公平荆州，以涿郡李立字建贤为荆州刺史。

| 注释 |

①孑（jié）遗：遗留，残存。
②中兴：指光武中兴，光武帝刘秀重建刘汉政权。

③刘表：字景升，山阳郡高平县（今山东微山）人，东汉末年宗室、名士、军阀，汉末群雄之一，任荆州牧，故也称"刘荆州"。牧：指郡国或州郡长官。

④华容：古县名，西汉置，位于今湖北潜江地区。

树出血

建安二十五年正月，魏武在洛阳起建始殿①，伐濯龙树而血出②。又掘徙梨，根伤而血出。魏武恶之，遂寝疾，是月崩。是岁，为魏文黄初元年③。

| 注释 |

①魏武：指魏武帝曹操，字孟德，一名"吉利"，小字阿瞒，沛国谯县人，东汉末年权相，曹魏的奠基者，古代杰出的政治家、军事家、文学家。魏文帝曹丕登基后，被追尊为太祖武皇帝。建始殿：古代洛阳宫殿名。

②濯（zhuó）龙：汉代宫殿名，位于今河南洛阳。

③魏文：指魏文帝曹丕，字子桓，沛国谯县人，魏武帝曹操之子，曹魏开国皇帝，三国时期政治家、文学家。

燕巢生鹰

魏黄初元年，未央宫中有鹰生燕巢中，口爪俱赤。至青龙中①，明帝为凌霄阁②，始构③，有鹊巢其上。帝以问高堂隆④，对曰："《诗》云⑤：'惟鹊有巢，惟鸠居之。'今兴起宫室，而鹊来巢，此宫室未成，身不得居之象也。"

| 注释 |

①青龙：魏明帝曹叡的年号。

②明帝：指魏明帝曹叡，字元仲，沛国谯县人，魏文帝曹丕的长子，三

国时期魏国第二位皇帝。
③搆（gòu）：同"构"，构建，建造。
④高堂隆：字升平，泰山郡平阳县（今山东新泰）人，三国时曹魏名臣，魏明帝时任散骑常侍。
⑤《诗》：指《诗经》，是中国最早的一部诗歌总集，收集了西周初年至春秋中叶的诗歌，共三百余篇。文中所引应出自《诗·国风·召南·鹊巢》。

妖马

魏齐王嘉平初①，白马河出妖马，夜过官牧边鸣呼，众马皆应。明日，见其迹，大如斛②，行数里，还入河。

| 注释 |

①魏齐王：曹芳，字兰卿，沛国谯县人，三国时期魏国第三位皇帝，魏明帝曹叡的养子。
②斛（hú）：古代计量单位，十斗为一斛。

燕生巨鷇

魏景初元年，有燕生巨鷇于卫国李盖家，形若鹰，吻似燕。高堂隆曰："此魏室之大异。宜防鹰扬之臣于萧墙之内①。"其后宣帝起②，诛曹爽③，遂有魏室。

| 注释 |

①鹰扬：形容威风凛凛的样子，后作武官名号。萧墙：古代宫室内当门而立作为屏障的矮墙，借指内部。
②宣帝：指晋宣帝司马懿。司马懿，字仲达，河内郡温县人，三国时魏国权臣，西晋政权的奠基人。晋武帝司马炎开国称帝后，追尊司马懿

为晋宣帝。

③曹爽：字昭伯，三国时期曹魏权臣。魏明帝临终托孤，拜大将军，封武安侯，专权乱政，后被司马懿诛灭。

谯周书柱

蜀景耀五年，宫中大树无故自折。谯周深忧之①，无所与言，乃书柱曰："众而大，期之会。具而授②，若何复？"言曹者，众也；魏者，大也。众而大，天下其当会也。具而授，如何复有立者乎？蜀既亡，咸以周言为验。

| 注释 |

①谯周：字允南，巴西郡西充国县（今四川西充）人，三国时期蜀汉大臣。邓艾攻打成都时，谯周力劝刘禅投降以保全蜀国。
②具而授：指刘备与刘禅。具，即具备，暗指刘备。授，即禅让，暗指刘禅。

孙权死征

吴孙权太元元年八月朔，大风，江海涌溢，平地水深八尺。拔高陵树二千株①，石碑差动，吴城两门飞落。明年，权死。

| 注释 |

①高陵：吴大帝孙权之父孙坚墓，位于今江苏丹阳西。

孙亮草妖

吴孙亮五凤元年六月①，交阯秖草化为稻②。昔三苗将亡③，五谷变种。此草妖也。其后亮废。

|注释|

①孙亮：字子明，吴大帝孙权第七子，三国时期孙吴第二位皇帝。他试图联合除掉权臣孙綝，事情泄露，被废为会稽王，又贬为侯官侯，前往封地途中去世。
②交阯：古地名，又称交趾，汉武帝始置。本为《礼记》中描述南蛮民族风俗之词，后用以指代其所居区域，泛指五岭以南地区。稗（bài）草：叶子像稻、食如黍米的一种植物，可食用，可作饲料。
③三苗：古国名，辖境位于今江淮、荆州一带。

大石自立

吴孙亮五凤二年五月，阳羡县离里山大石自立①。是时孙皓承废故之家②，得复其位之应也。

|注释|

①阳羡：古县名，故城位于今江苏宜兴地区。
②孙皓：字元宗，又字皓宗，吴郡富春县人，吴大帝孙权之孙，东吴末代皇帝。

陈焦复生

吴孙休永安四年①，安吴民陈焦死七日②，复生，穿冢出。乌程孙皓承废故之家得位之祥也③。

|注释|

①孙休：即吴景帝，字子烈，吴大帝孙权第六子，东吴第三位皇帝。
②安吴：古县名，东汉置，县治位于今安徽泾县。
③乌程：吴景帝孙休登基后，封孙皓为乌程侯。

孙休服制

孙休后,衣服之制,上长下短,又积领五六①,而裳居一二②。盖上饶奢③,下俭逼④,上有余,下不足之象也。

| 注释 |

①领:用于计算衣服、铠甲的量词。
②裳:指下身穿的衣裙。
③饶奢:以衣服过分长、大,喻富饶奢侈。
④俭逼:以衣服瘦、窄,喻穷困节俭。

卷七

开石文字

初,汉元、成之世,先识之士有言曰:"魏年有和,当有开石于西三千余里,系五马,文曰'大讨曹'。"及魏之初兴也,张掖之柳谷有开石焉。始见于建安,形成于黄初,文备于太和。周围七寻①,中高一仞②,苍质素章③,龙马、麟鹿④、凤皇、仙人之象,粲然咸著⑤。此一事者,魏、晋代兴之符也。至晋泰始三年,张掖太守焦胜上言:"以留郡本国图校今石文⑥,文字多少不同。谨具图上。"案其文有五马象:其一,有人平上帻⑦,执戟而乘之⑧;其一有若马形而不成。其字有"金",有"中",有"大司马",有"王",有"大吉",有"正",有"开寿";其一成行,曰"金当取之⑨"。

| 注释 |

①寻:古代长度单位,一般八尺为一寻,也有说六尺或七尺为一寻的。
②仞:古代长度单位,周制八尺为一仞,汉制七尺为一仞。
③苍质素章:苍青色的质地,素白色的花纹。
④麟鹿:即神兽麒麟。
⑤粲然:形容鲜明、清楚。
⑥留郡本国图:指高堂隆《张掖郡玄石图》。
⑦平上帻:又称"平巾帻",魏晋以来武官所戴的一种平顶头巾。至隋代,侍臣武官都佩戴。帻,即帻巾,又称"帻梁",古代包扎发髻的头巾。
⑧执戟(jǐ):值勤时手持戟。

⑨金当取之：魏德为土德，魏禅让给晋，土生金，晋朝的德运确定为金德，故金当取之即指晋朝当统一天下。

西晋祸征

晋武帝泰始初，衣服上俭下丰，着衣者皆厌腰①。此君衰弱，臣放纵之象也。至元康末，妇人出两裆②，加乎交领之上③。此内出外也。为车乘者，苟贵轻细，又数变易其形，皆以白篾为纯④。盖古丧车之遗象，晋之祸征也。

| 注释 |

①厌腰：束腰。
②两裆：又作"祸裆"或"两当"，一种盛行于两晋南北朝的服装，形似今之背心，前后各一片衣襟，从肩部以两条带子相连，腰间常系腰带。
③交领：古代叠交于胸前的衣领。
④白篾（miè）：指竹片最里面的白色部分，质地较脆。纯（zhǔn）：镶边，边缘。

翟器翟食

胡床、貊盘①，翟之器也②。羌煮、貊炙③，翟之食也。自晋武帝泰始以来，中国尚之④。贵人富室，必畜其器⑤。吉享嘉宾，皆以为先。戎翟侵中国之前兆也。

| 注释 |

①胡床：又称交床，古时一种可以折叠的轻便坐具，与今马扎类似的小板凳，但坐面是可卷折的布或绳等，交叉的腿可以合起来。貊（mò）盘：古代貊族装食物的盛器。貊，古代北方的民族部落名。
②翟（dí）：通"狄"，秦汉后对北方少数民族的泛称。
③羌煮：指古代西北少数民族的一种食品，后传入内地，是煮制的鹿头、

猪肉等。

④尚：追捧，盛行。

⑤畜（xù）：收藏，保存。

蟛蚑化鼠

晋太康四年，会稽郡蟛蚑及蟹①，皆化为鼠。其众覆野，大食稻，为灾。始成，有毛肉而无骨，其行不能过田塍②。数日之后，则皆为牝。

|注释|

①蟛蚑（péngqí）：又作"蟛蜞"，像螃蟹，而螯足无毛，步足有毛，红色的食腐动物。

②田塍（chéng）：即田埂，用以分界并蓄水。

太康二龙

太康五年正月，二龙见武库井中①。武库者，帝王威御之器所宝藏也。屋宇邃密②，非龙所处。是后七年，藩王相害。二十八年，果有二胡僭窃神器③，皆字曰"龙"。

|注释|

①武库：古代储存兵器的仓库。

②邃（suì）密：幽深。

③二胡：两个胡人，指石勒（字世龙）与石虎（字季龙）。石勒为十六国时期后赵开国皇帝，石虎是其堂侄，也是后赵的第三位皇帝。

两足虎

晋武帝太康六年，南阳获两足虎。虎者，阴精而居乎阳①，金兽也。

南阳，火名也②。金精入火，而失其形，王室乱之妖也。其七年十一月丙辰，四角兽见于河间③。天戒若曰："角，兵象也。四者，四方之象。当有兵革起于四方。"后河间王遂连四方之兵，作为乱阶。

| 注释 |

①阴精：阴间的精怪。阳：阳间，人世。
②火名：依五行学说，南方属火，故南阳为火名。
③河间：古郡国名、县名，战国时赵国置，汉代置国，隋代置，即今河北河间。

死牛头语

太康九年，幽州塞北有死牛头语①。时帝多疾病，深以后事为念，而付托不以至公。思瞀乱之应也②。

| 注释 |

①幽州：古"九州"之一。汉武帝时十三刺史部之一。
②瞀（mào）乱：昏乱。

武库飞鱼

太康中，有鲤鱼二枚，现武库屋上。武库，兵府；鱼有鳞甲，亦是兵之类也。鱼既极阴，屋上太阳，鱼现屋上，象至阴以兵革之祸干太阳也。及惠帝初，诛皇后父杨骏①，矢交宫阙，废后为庶人，死于幽宫。元康之末，而贾后专制②，谮杀太子，寻亦诛废。十年之间，母后之难再兴，是其应也。自是祸乱搆矣。京房《易妖》曰："鱼去水，飞入道路，兵且作。"

| 注释 |

①杨骏：字文长，弘农华阴人，西晋初年权臣、外戚，其女为晋武帝司

马炎的皇后。杨骏趁晋武帝病重篡改诏书，于晋惠帝时独揽朝政，后被诛杀。

②贾后：晋惠帝司马衷的皇后，小名旹（shí），字南风，平阳襄陵（今山西襄汾）人，太宰贾充之女。贾后谋害杨骏一族，以及王侯、储君，得以专擅朝政，终被赵王司马伦赐死。

方头屐

初作屐者①，妇人圆头，男子方头。盖作意欲别男女也。至太康中，妇人皆方头屐，与男无异。此贾后专妒之征也。

| 注释 |

①屐（jī）：一种笨重的木底鞋，底大多有二齿，以行泥地。

撷子髻

晋时，妇人结发者，既成，以缯急束其环，名曰"撷子髻"①。始自宫中，天下翕然化之也。其末年，遂有怀、愍之事②。

| 注释 |

①撷（xié）子髻：晋时流行的妇女发髻名。撷，摘取。
②怀、愍（mǐn）之事：指晋怀帝、晋愍帝被前赵刘曜俘虏杀害一事。晋怀帝，即司马炽，字丰度，西晋第三位皇帝，晋武帝司马炎第二十五子。晋愍帝，即司马邺，一作"司马业"，字彦旗，西晋末代皇帝，晋武帝司马炎之孙，晋惠帝司马衷和晋怀帝司马炽之侄。

晋世宁舞

太康中，天下为《晋世宁》之舞。其舞，抑手以执杯盘而反覆之。

歌曰:"晋世宁,舞杯盘。"反覆,至危也。杯盘,酒器也。而名曰"晋世宁"者,言时人苟且饮食之间,而其智不可及远,如器在手也。

毡绺头

太康中,天下以毡为绺头及络带、袴口①。于是百姓咸相戏曰:"中国其必为胡所破也。"夫毡,胡之所产者也,而天下以为绺头、带身、裤口。胡既三制之矣,能无败乎?

| 注释 |

①绺(mò)头:古代男子束发的头巾。绺,古同"帕"。络带:腰带。袴:同"裤"。

折杨柳歌

太康末,京洛为《折杨柳》之歌①。其曲始有兵革苦辛之辞,终以擒获斩截之事。自后杨骏被诛,太后幽死,《杨柳》之应也。

| 注释 |

①《折杨柳》:汉乐府旧题,属《横吹曲辞》之一,内容多为出征兵阵之事,词多哀苦。后更多代表亲友辞别之情。

辽东马

晋武帝太熙元年,辽东有马生角,在两耳下,长三寸。及帝晏驾①,王室毒于兵祸。

| 注释 |

①晏驾:即驾崩,古时称皇帝死亡的讳辞。

妇人兵饰

晋惠帝元康中①,妇人之饰有五佩兵②。又以金、银、象角、玳瑁之属,为斧、钺、戈、戟而载之,以当笄③。男女之别,国之大节,故服食异等。今妇人而以兵器为饰,盖妖之甚者也。于是遂有贾后之事。

| 注释 |

①晋惠帝:司马衷,字正度,西晋第二位皇帝,晋武帝司马炎嫡次子。
②五佩兵:五种兵器的装饰。
③笄(jī):古代女子用以插住挽起的头发或帽子的一种簪子。汉族女子十五岁称为"及笄",行笄礼表示成年。

钟出涕

晋元康三年闰二月,殿前六钟皆出涕,五刻乃止①。前年贾后杀杨太后于金墉城②,而贾后为恶不悛③,故钟出涕,犹伤之也。

| 注释 |

①刻:计时单位。古代以漏壶计时,一昼夜为一百刻。今日一刻等于十五分钟。
②金墉城:古城名,位于今河南洛阳东。
③悛(quān):悔改,停止。

一身二体

惠帝之世,京洛有人一身而男女二体,亦能两用人道①,而性尤好淫。天下兵乱,由男女气乱,而妖形作也。

| 注释 |

①人道:指男女交合。

安丰女子

惠帝元康中，安丰有女子曰周世宁①，年八岁，渐化为男。至十七八，而气性成。女体化而不尽，男体成而不彻，畜妻而无子。

| 注释 |

①安丰：古郡名，治所安风县，位于今安徽霍邱。

临淄大蛇

元康五年三月，临淄有大蛇①，长十许丈，负二小蛇，入城北门，径从市入汉城阳景王祠中②，不见。

| 注释 |

①临淄：周时齐国故城，汉代时为齐王治所。
②城阳景王：即刘章，汉高祖刘邦的孙子，因诛灭吕氏有功而封城阳王，去世后谥号为景。

吕县流血

元康五年三月，吕县有流血，东西百余步。其后八载，而封云乱徐州①，杀伤数万人。

| 注释 |

①封云：西晋末年张昌起义军的将领之一。

雷破高禖石

元康七年，霹雳破城南高禖石①。高禖，宫中求子祠也。贾后妒忌，将杀怀、愍，故天怒贾后，将诛之应也。

| 注释 |

①高禖（méi）：即媒神，古帝王求子所祀之神，其祠在郊。高，一说为高辛氏之指，一说通"郊"。

乌杖柱掖

元康中，天下始相效为乌杖，以柱掖①。其后稍施其镦②，住则植之。及怀、愍之世，王室多故，而中都丧败③，元帝以藩臣树德东方④，维持天下，柱掖之应也。

| 注释 |

①柱掖：扶助。
②镦（duì）：矛戟柄末的平底金属套。
③中都：指西晋故都洛阳。
④元帝：指晋元帝司马睿，字景文，河内郡温县人，东晋开国皇帝，晋宣帝司马懿曾孙。藩臣：拱卫王室之臣。

贵游倮身

元康中，贵游子弟相与为散发倮身之饮①，对弄婢妾。逆之者伤好，非之者负讥，希世之士②。耻不与焉。胡狄侵中国之萌也。其后遂有二胡之乱③。

| 注释 |

①贵游：无官职的王公贵族。倮（luǒ）身：赤身裸体。
②希世：迎合世俗。希，谋求，迎合。
③二胡之乱：指永嘉之乱。匈奴贵族刘渊称帝，建立汉赵政权，晋怀帝永嘉五年，其子刘聪率领石勒等匈奴军南侵，攻陷洛阳并俘掳晋怀帝，杀害平民大臣数万人，史称"永嘉之乱"。它导致西晋灭亡，使中国

再次走向分裂。东晋政权南迁,史称"衣冠南渡"。

浮石登岸

惠帝太安元年,丹阳湖熟县夏架湖①,有大石浮二百步而登岸。百姓惊叹,相告曰:"石来!"寻而石冰入建邺②。

| 注释 |

① 湖熟县:古县名,西汉初置,治所位于今南京湖熟。
② 寻:不久。石冰:西晋末张昌起义军将领之一。建邺:古地名,即今南京。

贱人入禁

太安元年四月,有人自云龙门入殿前①,北面再拜②,曰:"我当作中书监③。"即收斩之。禁庭尊秘之处,今贱人竟入,而门卫不觉者,宫室将虚,下人逾上之妖也。是后帝迁长安④,宫阙遂空焉。

| 注释 |

① 云龙门:晋都洛阳宫殿门名。
② 再拜:古代一种礼节,拜两次,表达敬意。
③ 中书监:官职名,三国时魏国始置,与中书令职务相当。
④ 帝迁长安:指永嘉之乱晋怀帝被掳走后,晋国群臣拥立居于长安的司马邺为太子,后为晋愍帝。

牛能言

太安中,江夏功曹张骋所乘牛忽言曰①:"天下方乱,吾甚极为,乘我何之?"骋及从者数人皆惊怖,因绐之曰②:"令汝还,勿复言。"乃中道还。至家，未释驾，又言曰："归何早也？"骋益忧惧，秘而不言。安陆县有善卜者③，骋从之卜。卜者曰："大凶。非一家之祸，天下将有兵起。一郡之内，皆破亡乎！"骋还家，牛又人立而行，百姓聚观。其秋张昌贼起④。先略江夏，诳曜百姓以汉祚复兴⑤，有凤凰之瑞，圣人当世。从军者皆绛抹头，以彰火德之祥。百姓波荡，从乱如归。骋兄弟并为将军都尉。未几而败。于是一郡破残，死伤过半，而骋家族矣⑥。京房《易妖》曰："牛能言，如其言占吉凶。"

|注释|

①江夏：古郡名，西汉置。晋代改江夏郡为武昌郡，位于今湖北境内。
②绐（dài）：古同"诒"，欺骗。
③安陆：古县名，即今湖北安陆。
④张昌：西晋时农民起义军首领，后起义失败被杀。
⑤诳曜（kuángyào）：欺骗迷惑。
⑥族：灭族。

败屦聚道

元康、太安之间，江、淮之域，有败屦自聚于道①，多者至四五十量②。人或散去之，投林草中，明日视之，悉复如故。或云："见猫衔而聚之。"世之所说："屦者，人之贱服。而当劳辱，下民之象也。败者，疲弊之象也。道者，地理，四方所以交通，王命所由往来也。今败屦聚于道者，象下民疲病，将相聚为乱，绝四方而壅王命也。"

|注释|

①败屦（juē）：破草鞋。
②量：通"緉"，量词，双。

戟锋火光

晋惠帝永兴元年，成都王之攻长沙也①，反军于邺，内外陈兵。是夜，戟锋皆有火光，遥望如悬烛，就视则亡焉。其后终以败亡。

| 注释 |

①成都王：指司马颖，字章度，河内温县人，西晋宗室大臣，晋武帝司马炎第十六子，"八王之乱"中的八王之一。

万详婢生怪子

晋怀帝永嘉元年，吴郡吴县万详婢生一子，鸟头，两足马蹄，一手无毛，尾黄色，大如碗。

严根婢生他物

永嘉五年，枹罕令严根婢①，产一龙，一女，一鹅。京房《易传》曰："人生他物，非人所见者，皆为天下大兵。"时帝承惠帝之后，四海沸腾②，寻而陷于平阳③，为逆胡所害④。

| 注释 |

①枹（fú）罕：古县名，秦置，属陇西郡，县治位于今甘肃临夏。
②沸腾：比喻社会动荡。
③平阳：古县名，秦置，故城位于今山西临汾。
④逆胡：旧称侵扰中原地区的北方少数民族。

狗作人言

永嘉五年，吴郡嘉兴张林家，有狗忽作人言曰："天下人俱饿死。"于是果有二胡之乱，天下饥荒焉。

延陵鼹鼠

永嘉五年十一月,有鼹鼠出延陵①。郭璞筮之,遇"临"之"益"②。曰:"此郡之东县,当有妖人欲称制者③,寻亦自死矣。"

| 注释 |

①鼹(yǎn)鼠:即鼹(yǎn)鼠,又称田鼠。延陵:古县名。故址位于今江苏常州、江阴一带。

②"临":指"临卦",《易经》六十四卦的第十九卦。即以上临下,以尊贵临卑贱,谓统治者如何统治人民的卦象。"益":指"益卦",《易经》六十四卦的第四十二卦。象征增益之意,卦义主于损上益下。

③称制:即位称帝。从秦始皇时起,皇帝的命令专称"制",布告公文称"诰",故以称制为当朝处理国政之意。

辛螫之木

永嘉六年正月,无锡县欻有四枝茱萸树相樛而生①,状若连理②。先是,郭璞筮延陵鼹鼠,遇"临"之"益",曰:"后当复有妖树生,若瑞而非,辛螫之木也③。傥有此④,东西数百里,必有作逆者。"及此生木,其后吴兴徐馥作乱⑤,杀太守袁琇。

| 注释 |

①无锡:秦置,沿用至今,即今江苏无锡。

②连理:不同根的草木、枝干连生在一起,古人认为是祥瑞之象。

③辛螫:毒虫刺螫人,比喻毒害残害。

④傥(tǎng):假如。

⑤吴兴:古郡名,三国时吴主孙皓取"吴国兴盛"之意改乌程为吴兴并设郡,郡治位于今浙江湖州。徐馥:吴兴郡人,聚众作乱,杀太守袁琇,

后为部下所杀。

豕生人两头

永嘉中,寿春城内有豕生人①,两头而不活。周馥取而观之②。识者云:"豕,北方畜,胡狄象。两头者,无上也。生而死,不遂也。天戒若曰,易生专利之谋,将自致倾覆也。"俄为元帝所败。

| 注释 |

① 寿春:古邑名,故城位于今安徽寿县寿春镇。
② 周馥:字祖宣,汝南郡安成县人,晋朝时期大臣。因得罪太傅司马越,受到夹攻,兵败逃奔,遭到新蔡王司马确拘禁,忧愤而死。

生笺单衣

永嘉中,士大夫竞服生笺单衣①。识者怪之,曰:"此古缌衰之布②,诸侯所以服天子也。今无故服之,殆有应乎?"其后怀、愍晏驾。

| 注释 |

① 士大夫:古时指当官有职位的人,也指没做官但有声望的读书人。生笺单衣:指用细而稀疏的麻布做成的单衣。
② 缌衰(suī cuī):指五月之丧服。衰,通"缞",指用粗麻布做成的衣服。

无颜帢

昔魏武军中无故作白帢①。此缟素凶丧之征也②。初,横缝其前以别后,名之曰"颜帢",传行之。至永嘉之间,稍去其缝,名"无颜帢"。而妇人束发,其缓弥甚,纷之坚不能自立③,发被于额,目出而已。无颜者,愧之言也。覆额者，惭之貌也。其缓弥甚者，言天下亡礼与义，放纵情性，及其终极，至于大耻也。其后二年，永嘉之乱，四海分崩，下人悲难，无颜以生焉。

| 注释 |

①帢（qià）：士人所戴的一种丝织的便帽。
②缟（gǎo）素：白色丧服。
③紒（jì）：束发。

任乔妻生女连体

晋愍帝建兴四年，西都倾覆①，元皇帝始为晋王，四海宅心②。其年十月二十二日，新蔡县吏任乔妻胡氏年二十五③，产二女，相向，腹心合，自腰以上，脐以下，各分。此盖天下未一之妖也。时内史吕会上言："按《瑞应图》云④：'异根同体，谓之连理。异亩同颖⑤，谓之嘉禾。'草木之属，犹以为瑞；今二人同心，天垂灵象。故《易》云：'二人同心，其利断金。'休显见生于陕东之国⑥，盖四海同心之瑞。不胜喜跃，谨画图上。"时有识者哂之⑦。君子曰："知之难也。以臧文仲之才⑧，犹祀爰居焉⑨。布在方册，千载不忘。故士不可以不学。古人有言：'木无枝谓之瘣⑩，人不学谓之瞽⑪。'当其所蔽，盖阙如也⑫。可不勉乎？"

| 注释 |

①西都倾覆：指晋愍帝司马邺投降前兆，西晋灭亡。
②宅心：归顺，心悦诚服而归附。
③新蔡：地名，春秋时蔡国迁都于此而得名。秦置，即今河南新蔡。
④《瑞应图》：应为古人讲解祥瑞祸福的图籍。
⑤亩：通"母"，本源。颖：指谷穗。

⑥休显：显赫，荣耀。这里指天降的祥瑞。
⑦哂（shěn）：讥笑。
⑧臧文仲：姬姓，臧氏，名辰，曲阜（今山东曲阜）人，春秋时鲁国大夫，以贤明著称，谥号为文，世称臧文仲。
⑨爰（yuán）居：海鸟名。据《左传·文公二年》，臧文仲祭祀一只落在鲁国城门的爰居鸟，因而被孔子评价为"不知"。
⑩瘣（huì）：内因成病。此指树木瘿肿，枝叶不繁茂。
⑪瞽（gǔ）：盲人。
⑫阙如：因存疑而空缺不言。阙，同"缺"。

淳于伯冤死

晋元帝建武元年六月，扬州大旱；十二月，河东地震。去年十二月，斩督运令史淳于伯①，血逆流上柱二丈三尺，旋复下流四尺五寸。是时淳于伯冤死，遂频旱三年。刑罚妄加，群阴不附，则阳气胜之罚，又冤气之应也②。

| 注释 |

①督运令史：古官名。督运为督察漕运的官员，督运令史是督运的属官，掌督运军粮。淳于伯：长安被石勒攻破时，司马睿因粮运不及时，杀督运令史淳于伯，此被认为是一起冤案。
②冤气：因受冤枉而郁结的不平之气。

牛生犊两头

晋元帝建武元年七月，晋陵东门有牛生犊①，一体两头。京房《易传》曰："牛生子二首一身，天下将分之象也。"

| 注释 |

①晋陵：古县名，故城位于今江苏常州。

地震涌水

元帝太兴元年四月，西平地震①，涌水出。十二月，庐陵、豫章、武昌、西陵地震②，涌水出，山崩。此王敦陵上之应也③。

| 注释 |

①西平：古郡名，东汉置，治所位于西都（今青海西宁）。
②武昌：古郡名。三国时吴孙权分江夏、豫章、庐陵三郡置，治所位于武昌（今湖北鄂州）。西陵：古郡名，治所位于今湖北宜昌。
③王敦：字处仲，琅琊临沂（今山东临沂）人，东晋时期大臣，娶晋武帝司马炎之女襄城公主为妻，后谋夺司马氏政权，病死军中。陵：古同"凌"，凌驾。

牛生怪犊

太兴元年三月，武昌太守王谅有牛生子，两头，八足，两尾，共一腹。不能自生，十余人以绳引之。子死，母活。其三年后，苑中有牛生子①，一足三尾，生而即死。

| 注释 |

①苑：古代养禽兽、植林木的地方，多指帝王的花园。

马生驹两头

太兴二年，丹阳郡吏濮阳演马生驹，两头，自项前别。生而死。此政在私门，二头之象也。其后王敦陵上。

太兴初女子

太兴初，有女子其阴在腹，当脐下。自中国来至江东①，其性淫而不产。又有女子，阴在首，居在扬州，亦性好淫。京房《易妖》曰："人生子，阴在首，则天下大乱；若在腹，则天下有事；若在背，则天下无后。"

| 注释 |

①江东：由于长江在芜湖至南京一段是西南—东北走向，故古代以江东指代自此以下的长江南岸地区。江，长江。

武昌火灾

太兴中，王敦镇武昌，武昌灾。火起，兴众救之，救于此，而发于彼，东西南北数十处俱应，数日不绝。旧说所谓"滥灾妄起，虽兴师不能救之"之谓也。此臣而行君，亢阳失节①。是时王敦陵上，有无君之心，故灾也。

| 注释 |

①亢（kàng）阳：极盛的阳气。

绛囊缚纷

太兴中，兵士以绛囊缚纷。识者曰："纷在首，为乾，君道也。囊者，为坤，臣道也。今以朱囊缚纷，臣道侵君之象也。"为衣者，上带短，才至于掖；着帽者，又以带缚项，下逼上，上无地也。为袴者，直幅为口，无杀①，下大之象也。寻而王敦谋逆，再攻京师。

| 注释 |

①杀：收束。

仪仗生花

太兴四年，王敦在武昌，铃下仪仗生花①，如莲花，五六日萎落。说曰："《易》说：'枯杨生花，何可久也？'今狂花生枯木②，又在铃阁之间③，言威仪之富，荣华之盛，皆如狂花之发，不可久也。"其后王敦终以逆命，加戮其尸。

| 注释 |

①仪仗：古代用于仪卫的器具，帝王、官员出行时护卫所持的旗、伞、扇、兵器等。
②狂花：不按时令开放的花朵。
③铃阁：翰林院以及将帅或州郡长官办事之处。

羽扇长柄

旧为羽扇柄者，刻木象其骨形，列羽用十，取全数也。初，王敦南征，始改为长柄，下出，可捉。而减其羽，用八。识者尤之曰①："夫羽扇，翼之名也。创为长柄，将执其柄以制其羽翼也。改十为八，将未备夺已备也。此殆敦之擅权，以制朝廷之柄，又将以无德之材，欲窃非据也②。"

| 注释 |

①尤：责备，怪罪。
②非据：指非分占据的职位。

武昌大蛇

晋明帝太宁初①，武昌有大蛇，常居故神祠空树中，每出头从人受食。京房《易传》曰："蛇见于邑，不出三年，有大兵，国有大忧。"寻有王敦之逆。

| 注释 |

①晋明帝：指司马绍，字道畿（jī），东晋第二位皇帝，晋元帝司马睿之长子。

卷八

舜得玉历

虞舜耕于历山①,得玉历于河际之岩②。舜知天命在己,体道不倦。舜,龙颜大口③,手握褒。宋均注曰④:"握褒,手中有'褒'字。喻从劳苦受褒饬致大祚也⑤。"

| 注释 |

①虞舜:舜,姚姓,一作"妫"姓,名重华,上古帝王名,因建国于虞地故称虞舜,号有虞氏。历山:古山名,所在地点说法不一。
②玉历:本义为历数,引申为正朔,指国运。
③龙颜:指眉骨突出隆起,比喻帝王的相貌。
④宋均:字叔庠,南阳安众(今河南邓州)人,东汉时期名臣,经学大师郑玄之弟子。
⑤饬(chì):古通"敕",告诫,命令。

汤祷桑林

汤既克夏①,大旱七年,洛川竭②。汤乃以身祷于桑林,剪其爪、发,自以为牺牲③,祈福于上帝。于是大雨即至,洽于四海④。

| 注释 |

①汤:即商汤,子姓,名履,又称武汤、成汤。商族首领,起兵灭夏,建立商王朝。

②洛川：洛水，即今河南洛河。
③牺牲：指祭品，供祭祀用的纯色全体牲畜。
④洽：沾湿，浸润。

吕望钓于渭阳

吕望钓于渭阳①。文王出游猎，占曰："今日猎得一兽，非龙非螭②，非熊非罴③。合得帝王师。"果得太公于渭之阳。与语，大悦，同车载而还。

| 注释 |

①吕望：即姜子牙，吕氏，名尚，号飞熊。商末周初政治家、军事家，辅佐周文王、周武王建立周朝，受封于齐地，称太公。渭阳：指渭水之北。
②螭（chī）：传说中一种没有角的龙。
③罴（pí）：熊的一种，俗称人熊、马熊。

武王定风波

武王伐纣，至河上。雨甚，疾雷，晦冥，扬波于河。众甚惧。武王曰："余在，天下谁敢干余者①！"风波立济。

| 注释 |

①干（gān）：触犯，冒犯。

孔子夜梦

鲁哀公十四年①，孔子夜梦三槐之间②，丰、沛之邦③，有赤氲气起④，乃呼颜回、子夏同往观之。驱车到楚西北范氏街，见刍儿打麟，伤其左前足，束薪而覆之。孔子曰："儿来！汝姓为谁？"儿曰："吾姓为赤松，名时乔，字受纪。"孔子曰："汝岂有所见乎？"儿曰："吾所见一禽，如麕⑤，羊头，头上有角，其末有肉。方以是西走。"孔子曰："天下已有主也。为赤刘，陈、项为辅。五星入井，从岁星。"儿发薪下麟示孔子。孔子趋而往。麟向孔子，蒙其耳，吐三卷图，广三寸，长八寸，每卷二十四字。其言赤刘当起曰："周亡，赤气起，火耀兴，玄丘制命⑥，帝卯金⑦。"

| 注释 |

① 鲁哀公：姬姓，名将，春秋时期鲁国最后一位君主。
② 三槐之间：传说周朝宫廷外有三棵槐树，这里借三槐代指周朝宫廷。
③ 丰：古县名，汉代置，即今江苏丰县。沛：古县名，战国时期楚国置，即今江苏沛县。
④ 氤（yīn）：烟气。
⑤ 麕（jūn）：同"麇"，獐子。
⑥ 玄丘：即孔丘，古人奉孔子为"玄圣"。玄，黑色，指平民。
⑦ 卯金：指代"刘"字。"刘"字由"卯、金、刂"组成。

赤虹化玉

孔子修《春秋》①，制《孝经》②。既成，斋戒，向北辰而拜，告备于天。天乃洪郁起白雾③，摩地，赤虹自上而下，化为黄玉，长三尺，上有刻文。孔子跪受而读之，曰："宝文出，刘季握④。卯金刀，在轸北。字禾子，天下服。"

| 注释 |

①《春秋》：中国第一部编年体史书，记录了鲁隐公元年到鲁哀公十四年鲁国的历史。相传为孔子依据鲁国史书编纂而成，后被奉为儒家经典。
②《孝经》：中国古代汉族政治伦理著作，阐述孝道和孝治思想。该书

应为孔子弟子所作,成书于秦汉之际,后被奉为儒家经典。
③洪郁:谓云气大量郁积。
④刘季:即刘邦,字季,沛丰邑人,汉朝开国皇帝。

陈宝祠

秦穆公时,陈仓人掘地得物①,若羊非羊,若猪非猪。牵以献穆公,道逢二童子。童子曰:"此名为媪②。常在地食死人脑。若欲杀之,以柏插其首。"媪曰:"彼二童子名为陈宝。得雄者王,得雌者伯③。"陈仓人舍媪逐二童子。童子化为雉,飞入平林。陈仓人告穆公,穆公发徒大猎,果得其雌。又化为石,置之汧、渭之间④。至文公时,为立祠名陈宝。其雄者飞至南阳。今南阳雉县,是其地也。秦欲表其符,故以名县。每陈仓祠时,有赤光长十余丈,从雉县来,入陈仓祠中,有声殷殷如雄雉。其后光武起于南阳。

| 注释 |

①陈仓:古县名,位于今陕西宝鸡东。
②媪(ǎo):常谓老妇人。
③伯:古通"霸",古代诸侯联盟的首领。
④汧(qiān):水名,渭水支流,即今千河。

邢史子臣说天道

宋大夫邢史子臣明于天道①。周敬王之三十七年②,景公问曰③:"天道其何祥?"对曰:"后五十年五月丁亥,臣将死。死后五年五月丁卯,吴将亡。亡后五年,君将终。终后四百年,邾王天下④。"俄而皆如其言所云。邾王天下者,谓魏之兴也。邾,曹姓,魏亦曹姓,皆邾之后。其年数则错。未知邢史失其数耶?将年代久远,注记者传而有谬也?

| 注释 |

①天道：指观天象以预测吉凶。
②周敬王：姬姓，名匄（gài），东周第十四任君主，周景王之子，周悼王之弟。其去世时间被作为划分春秋、战国两个时期的分界点。
③景公：指宋景公。子姓，名栾，宋元公之子，宋国第二十八任国君。
④邾（zhū）：即邾国，春秋时周朝东方方国之一，又称邾娄国、邹国，曹姓。

荧惑星预言

吴以草创之国，信不坚固，边屯守将，皆质其妻子，名曰"保质"。童子少年以类相与娱游者，日有十数。孙休永安二年三月，有一异儿，长四尺余，年可六七岁，衣青衣，忽来从群儿戏。诸儿莫之识也，皆问曰："尔谁家小儿，今日忽来？"答曰："见尔群戏乐，故来耳。"详而视之，眼有光芒，爚爚外射①。诸儿畏之，重问其故。儿乃答曰："尔恐我乎？我非人也，乃荧惑星也②，将有以告尔：三公归于司马③。"诸儿大惊，或走告大人。大人驰往观之。儿曰："舍尔去乎！"耸身而跃，即以化矣。仰而视之，若曳一疋练以登天④。大人来者，犹及见焉。飘飘渐高，有顷而没。时吴政峻急，莫敢宣也。后四年而蜀亡，六年而魏废，二十一年而吴平，是归于司马也。

| 注释 |

①爚爚（yuè）：光彩耀目的样子。
②荧惑星：即火星。古人因其时隐时现，令人迷惑，故称。
③三公归于司马：三公为古代朝廷最高的三种官职，故指代政权。这里的意思是政权最终归于司马氏。
④疋（pǐ）：同"匹"，量词，用于整卷的布、绸等，或用于马、骡等。练：白绢。

戴洋梦神

都水马武举戴洋为都水令史①，洋请急还乡②，将赴洛，梦神人谓之曰："洛中当败，人尽南渡。后五年，扬州必有天子③。"洋信之，遂不去。既而皆如其梦。

| 注释 |

①都水：官职名，掌管船运等事。都水令史：都水的属官。
②请急：请假。急：古代休假名。
③天子：这里指晋元帝司马睿。

卷九

应妪见神光

后汉中兴初，汝南有应妪者①，生四子而寡。昼见神光照社。妪见光，以问卜人。卜人曰："此天祥也。子孙其兴乎！"乃探得黄金。自是子孙宦学，并有才名。至玚②，七世通显。

| 注释 |

① 汝南：古郡名。上古属豫州，春秋时属蔡国，汉高祖始建汝南郡，郡治位于上蔡（今河南上蔡）。

② 玚（yáng）：指应玚，字德琏，汝南南顿人，东汉末年文学家，"建安七子"之一，擅长作赋及诗歌，与其弟应璩齐名。

冯绲绶笥有蛇

车骑将军巴郡冯绲①，字鸿卿，初为议郎②，发绶笥③，有二赤蛇，可长二尺，分南北走。大用忧怖。许季山孙宪，字宁方，得其先人秘要。绲请使卜，云："此吉祥也。君后三岁，当为边将，东北四五千里，官以东为名。"后五年，从大将军南征。居无何，拜尚书郎、辽东太守、南征将军。

| 注释 |

① 车骑将军：古代高级将领名号。汉时置，位仅次于大将军及骠骑将军，掌管京师兵卫。巴郡：古郡名，辖今之重庆和四川部分区域。冯

绲（gǔn）：人名。
②议郎：官职名，秦置，西汉沿置。职为顾问应对，毋须轮流当值。
③绶笥（sì）：盛印绶的箱子。笥：盛衣物或饭食等的方形竹器。

张颢得金印

常山张颢为梁州牧①。天新雨后，有鸟如山鹊，飞翔入市，忽然坠地。人争取之，化为圆石。颢椎破之，得一金印，文曰："忠孝侯印。"颢以上闻，藏之秘府。后议郎汝南樊衡夷上言："尧舜时旧有此官。今天降印，宜可复置。"颢后官至太尉。

| 注释 |

①常山：古郡国名。秦时置，郡治位于今河北正定。东汉时改为国。梁州：古"九州"之一，三国时魏国置，郡治位于今陕西勉县。

张氏传钩

京兆长安有张氏①，独处一室，有鸠自外入，止于床。张氏祝曰："鸠来，为我祸也，飞上承尘②；为我福也，即入我怀。"鸠飞入怀。以手探之，则不知鸠之所在，而得一金钩。遂宝之。自是子孙渐富，资财万倍。蜀贾至长安，闻之，乃厚赂婢，婢窃钩与贾。张氏既失钩，渐渐衰耗。而蜀贾亦数罹穷厄③，不为己利。或告之曰："天命也，不可力求。"于是赍钩以反张氏，张氏复昌。故关西称张氏传钩云④。

| 注释 |

①京兆：汉朝京畿都城地域，三辅之一，西安的古称，后用以称呼都城辖域。
②承尘：承受尘土，指古代承接尘土的帐子或小帐幕。

③罹（lí）：遭受。
④关西：指函谷关或潼关以西的地区。

何比干得符策

汉征和三年三月，天大雨。何比干在家①，日中，梦贵客车骑满门。觉以语妻。语未已，而门有老妪，可八十余，头白，求寄避雨。雨甚，而衣不沾渍。雨止，送至门，乃谓比干曰："公有阴德，今天锡君策②，以广公之子孙。"因出怀中符策，状如简，长九寸，凡九百九十枚，以授比干，曰："子孙佩印绶者，当如此算。"

| 注释 |

①何比干：汉武帝时期任廷尉正。
②锡：通"赐"，赏赐、给予。

魏舒诣野王

魏舒字阳元，任城樊人也①。少孤，尝诣野王②。主人妻夜产，俄而闻车马之声，相问曰："男也？女也？"曰："男。""书之，十五以兵死。"复问："寝者为谁？"曰："魏公舒。"后十五载，诣主人，问所生童何在，曰："因条桑③，为斧伤而死。"舒自知当为公矣。

| 注释 |

①任城：古郡国名，东汉置任城国，三国时魏置任城郡。樊：古县名，故城位于今山东滋阳一带。
②野王：古县名，位于今河南沁阳。
③条（tiāo）桑：采桑。

贾谊与鹏鸟

贾谊为长沙王太傅①,四月庚子日,有鹏鸟飞入其舍②,止于坐隅,良久乃去。谊发书占之,曰:"野鸟入室,主人将去。"谊忌之,故作《鹏鸟赋》,齐死生而等祸福,以致命定志焉。

| 注释 |

①贾谊:洛阳人,西汉著名政论家、文学家,世称贾生。因受排挤,曾被谪为长沙王太傅。著作主要有散文和辞赋两类,代表作有《过秦论》《吊屈原赋》《鹏(fú)鸟赋》等。
②鹏鸟:一种形似猫头鹰的鸟。

狗啮群鹅

王莽居摄,东郡太守翟义知其将篡汉,谋举义兵。兄宣教授,诸生满堂。群鹅雁数十在中庭,有狗从外入,啮之,皆死。惊救之,皆断头。狗走出门,求不知处。宣大恶之。数日,莽夷其三族。

公孙渊家数怪

魏司马太傅懿平公孙渊①,斩渊父子。先时,渊家数有怪:一犬着冠帻绛衣,上屋;欻有一儿,蒸死甑中②。襄平北市生肉③,长围各数尺,有头目口喙④,无手足而动摇。占者曰:"有形不成,有体无声,其国灭亡。"

| 注释 |

①懿:即司马懿。公孙渊:字文懿,辽东郡襄平县(今辽宁辽阳)人。三国时魏国辽东太守,后自立为燕王,被司马懿斩杀。
②甑(zèng):一种古代炊具,底部有许多透蒸气的小孔,放在鬲上蒸煮食物。

③襄平：古县名，战国时燕国置，位于今辽宁辽阳。
④喙（huì）：特指鸟兽的嘴，也借指人的嘴。

诸葛恪被杀

吴诸葛恪征淮南归①，将朝会之夜，精爽扰动，通夕不寐。严毕趋出②，犬衔引其衣。恪曰："犬不欲我行耶？"出仍入坐。少顷，复起，犬又衔衣。恪令从者逐之。及人，果被杀。其妻在室，语使婢曰："尔何故血臭？"婢曰："不也。"有顷，愈剧。又问婢曰："汝眼目瞻视何以不常？"婢蹶然起跃③，头至于栋，攘臂切齿而言曰④："诸葛公乃为孙峻所杀。"于是大小知恪死矣。而吏兵寻至。

| 注释 |

①诸葛恪（kè）：字元逊，琅琊阳都（今山东沂南）人，三国时吴国名将、权臣，大将军诸葛瑾长子。辅佐孙亮，后被孙峻所杀。
②严：整饬，整备。这里是穿戴朝服之意。
③蹶然：突然。
④攘臂：捋起袖子，露出胳膊，表示激愤的样子。

邓喜射人头

吴戍将邓喜杀猪祠神①，治毕悬之，忽见一人头，往食肉。喜引弓射，中之，咋咋作声，绕屋三日。后人白喜谋叛②，合门被诛。

| 注释 |

①戍（shù）将：戍边将领。
②白：报告。

贾充见府公

贾充伐吴时①,常屯项城②,军中忽失充所在。充帐下都督周勤时昼寝,梦见百余人录充③,引入一径。勤惊觉,闻失充,乃出寻索。忽睹所梦之道,遂往求之。果见充行至一府舍,侍卫甚盛,府公南面坐④,声色甚厉,谓充曰:"将乱吾家事者,必尔与荀勖⑤。既惑吾子,又乱吾孙,间使任恺黜汝而不去⑥,又使庚纯詈汝而不改⑦。今吴寇当平,汝方表斩张华⑧。汝之暗戆⑨,皆此类也。若不悛慎⑩,当旦夕加诛。"充因叩头流血。府公曰:"汝所以延日月而名器若此者⑪,是卫府之勋耳。终当使系嗣死于钟虡之间⑫,大子毙于金酒之中,小子困于枯木之下。荀勖亦宜同。然其先德小浓,故在汝后。数世之外,国嗣亦替。"言毕命去。充忽然得还营,颜色憔悴,性理昏错,经日乃复。至后,谧死于钟下⑬,贾后服金酒而死,贾午考竟用大杖终⑭。皆如所言。

| 注释 |

①贾充:字公闾,平阳襄陵(今山西襄汾)人,西晋开国元勋,晋惠帝贾后之父。
②项城:古县名,汉代置,属汝南郡,即今河南项城。
③录:逮捕。
④府公:六朝官府幕僚称其主为府公。唐、五代时,官府幕僚沿旧习,称节度使、观察使为府公。
⑤荀勖(xù):字公曾,颍川颍阴(今河南许昌)人,西晋开国功臣。
⑥任恺:字元褒,乐安郡博昌县(今山东博兴县)人,魏晋至西晋时期官员。
⑦庚纯:字谋甫,颍川鄢陵(今河南鄢陵)人,西晋官员。詈(lì):责骂。
⑧张华:字茂先,范阳郡方城县(今河北固安)人,西晋大臣、文学家,西汉留侯张良的十六世孙。力主伐吴,遭贾充反对。

⑨暗戆(zhuàng)：愚蠢。
⑩悛慎：悔改戒慎。
⑪日月：时光，指寿命。名器：古代用来区别尊卑贵贱等级的名号与车服仪制。
⑫系嗣：继嗣。钟虡(jù)：悬挂乐钟的格架。
⑬谧：指贾充的小女儿贾午之子韩谧，西晋官吏。因过继于贾家为嗣，故改名贾谧，继承贾充爵位。赵王司马伦废贾后，贾谧被杀。
⑭考竟：拷问，刑讯穷竟。

庾亮受罚

庾亮字文康①，鄢陵人②，镇荆州。登厕，忽见厕中一物，如方相③，两眼尽赤，身有光耀，渐渐从土中出。乃攘臂以拳击之，应手有声，缩入地。因而寝疾。术士戴洋曰："昔苏峻事④，公于白石祠中祈福，许赛其牛⑤，从来未解⑥，故为此鬼所考，不可救也。"明年，亮果亡。

| 注释 |

①庾亮：字元规，颍川郡鄢陵县（今河南鄢陵）人，东晋名臣，晋明帝皇后庾文君之兄。
②鄢(yān)陵：古地名，位于今河南鄢陵西北。
③方相：旧时民间普遍信仰的神祇，传说为驱疫避邪的神。
④苏峻：字子高，长广掖县（今山东莱州）人。东晋将领，曾以讨伐庾亮之名叛乱，后被温峤、陶侃讨伐诛杀。
⑤赛：酬报，古代还愿酬神的说法。
⑥解：祈神还愿。

刘宠军败

东阳刘宠字道和①,居于湖熟。每夜,门庭自有血数升,不知所从来。如此三四。后宠为折冲将军②,见遣北征。将行,而炊饭尽变为虫。其家人蒸糗③,亦变为虫。其火愈猛,其虫愈壮。宠遂北征,军败于坛丘,为徐龛所杀④。

| 注释 |

①东阳:古郡名,三国时吴国置,郡治位于今浙江金华。
②折冲将军:武官名号,新莽时置,有折冲将军阎迁。东汉末年曹操亦置。折冲,挫退敌方的一种战车名。
③糗(chǎo):干粮,炒米。
④徐龛(kān):泰山人。西晋末年封为泰山太守,后反复投降晋与后赵间,终被石虎捉拿。

卷十

和熹邓皇后梦

汉和熹邓皇后①,尝梦登梯以扪天②,体荡荡正清滑,有若钟乳状,乃仰噏饮之③。以讯诸占梦,言:"尧梦攀天而上,汤梦及天舐之④,斯皆圣王之前占也。吉不可言。"

| 注释 |

① 邓皇后:指汉和帝第二任皇后邓绥,南阳郡新野县(今河南新野)人,中国历史上出色的女政治家之一。汉和帝驾崩后,先后拥立汉殇帝和汉安帝,以"女君"之名亲政长达十六年,去世后谥号"和熹皇后",与汉和帝合葬于慎陵。
② 扪(mén):按,摸。
③ 噏(xī):古同"吸"。
④ 舐(shì):舔。

孙坚夫人梦

孙坚夫人吴氏①,孕而梦月入怀,已而生策。及权在孕,又梦日入怀。以告坚曰:"妾昔怀策,梦月入怀;今又梦日,何也?"坚曰:"日月者,阴阳之精,极贵之象,吾子孙其兴乎?"

| 注释 |

① 孙坚:字文台,吴郡富春人,东汉末年将领、军阀,三国孙吴政权的

奠基者，吴大帝孙权之父。

蔡茂梦

汉蔡茂字子礼，河内怀人也①。初在广汉②，梦坐大殿，极上有禾三穗③，茂取之，得其中穗，辄复失之。以问主簿郭贺，贺曰："大殿者，官府之形象也；极而有禾，人臣之上禄也；取中穗，是中台之象也④。于字，'禾''失'为'秩'，虽曰失之，乃所以禄也。衮职中阙⑤，君其补之。"旬月而茂征焉。

| 注释 |

①怀：古县名，位于今河南武陟。
②广汉：古郡名，汉代置，治所位于今四川广汉北。
③极：房屋的正梁。
④中台：代指司徒或司空。
⑤衮（gǔn）职：古代指"三公"的职位，亦借指"三公"。

周擥啧梦

周擥啧者①，贫而好道。夫妇夜耕，困息卧，梦天公过而哀之，敕外有以给与②。司命按录籍③，云："此人相贫，限不过此。唯有张车子，应赐钱千万。车子未生，请以借之。"天公曰："善。"曙觉，言之。于是夫妇戮力，昼夜治生，所为辄得，赀至千万。先时，有张妪者，尝往周家佣赁，野合有身，月满当孕，便遣出外，驻车屋下，产得儿。主人往视，哀其孤寒，作粥糜食之④。问："当名汝儿作何？"妪曰："今在车屋下而生，梦天告之，名为车子。"周乃悟曰："吾昔梦从天换钱，外白以张车子钱贷我，必是子也。财当归之矣。"自是居日衰减。车子长大，富于周家。

| 注释 |

①周擥啧（lǎnzé）：人名。
②外：下属，臣僚。
③司命：掌管凡人寿命的神。录籍：记载官俸等级的簿册。
④粥糜：即粥。

卢汾梦

夏阳卢汾①，字士济，梦入蚁穴，见堂宇三间，势甚危豁②，题其额曰"审雨堂"③。

| 注释 |

①夏阳：古县名，故城位于今陕西韩城。
②危豁：高大开阔。
③额：指匾额。

刘卓梦

吴选曹令史刘卓病笃①，梦见一人以白越单衫与之②，言曰："汝着衫，污，火烧便洁也。"卓觉，果有衫在侧。污，辄火浣之③。

| 注释 |

①选曹：官职名，主掌选官吏之事。
②白越：细布名。
③浣：洗。

刘雅梦

淮南书佐刘雅①,梦见青蜥蜴从屋落其腹内。因苦腹痛病。

| 注释 |

①淮南:古郡国名,三国时改淮南国为淮南郡。郡治位于今安徽寿县。
　书佐:官职名,主办文书的佐吏。

张奂妻梦

后汉张奂为武威太守①,其妻梦带奂印绶,登楼而歌。觉以告奂。奂令占之,曰:"夫人方生男,后临此郡,命终此楼。"后生子猛。建安中,果为武威太守,杀刺史邯郸商,州兵围急,猛耻见擒,乃登楼自焚而死。

| 注释 |

①武威:古郡、县名,西汉时置,位于今甘肃民勤一带。

汉灵帝梦

汉灵帝梦见桓帝怒曰:"宋皇后有何罪过①,而听用邪孽,使绝其命?渤海王悝既已自贬②,又受诛毙。今宋氏及悝,自诉于天,上帝震怒,罪在难救。"梦殊明察。帝既觉而恐,寻亦崩。

| 注释 |

①宋皇后:指汉灵帝的皇后,扶风平陵(今陕西咸阳)人。因遭中常侍王甫等人诬陷,被废黜并打入冷宫,忧郁而死。
②悝(kuī):即刘悝,东汉汉章帝刘炟曾孙,汉桓帝刘志之弟,封为渤海王。因与王甫结怨,被诬谋反,于狱中自杀。

吕石梦

吴时嘉兴徐伯始病①,使道士吕石安神座②。石有弟子戴本、王思二人,居住海盐③,伯始迎之以石助。昼卧,梦上天北斗门下,见外鞍马三匹,云:"明日当以一迎石,一迎本,一迎思。"石梦觉,语本、思云:"如此,死期。可急还,与家别。"不卒事而去。伯始怪而留之。曰:"惧不得见家也。"间一日,三人同时死。

| 注释 |

①嘉兴:古县名,即今浙江嘉兴。
②神座:神像座位。
③海盐:古县名,故地位于今浙江平湖东南。

谢郭同梦

会稽谢奉与永嘉太守郭伯猷善①。谢忽梦郭与人于浙江上争樗蒲钱②,因为水神所责,堕水而死,已营理郭凶事。及觉,即往郭许③,共围棋。良久,谢云:"卿知吾来意否?"因说所梦。郭闻之怅然,云:"吾昨夜亦梦与人争钱,如卿所梦。何期太的的也④?"须臾,如厕,便倒气绝。谢为凶具⑤,一如其梦。

| 注释 |

①谢奉:字弘道,东晋会稽山阴(今浙江绍兴)人。郭伯猷(yóu):人名。
②浙江:这里指钱塘江。樗蒲(chūpú):一种赌博游戏,类似于掷骰子。其中的木制掷具一组五枚,最初由樗木制成,故称樗蒲,又称五木之戏。
③许:处所。
④的的:指清楚明白。
⑤凶具:棺材等丧葬用具。

徐泰梦

嘉兴徐泰,幼丧父母,叔父隗养之,甚于所生。隗病,泰营侍甚勤。是夜三更中,梦二人乘船持箱,上泰床头,发箱,出簿书示曰:"汝叔应死。"泰即于梦中叩头祈请。良久,二人曰:"汝县有同姓名人否?"泰思得,语二人云:"有张隗,不姓徐。"二人云:"亦可强逼①。念汝能事叔父,当为汝活之。"遂不复见。泰觉,叔病乃差。

| 注释 |

①强逼:勉强接近。

卷十一

熊渠子射虎（附李广射虎）

楚熊渠子夜行①，见寝石②，以为伏虎，弯弓射之，没金铩羽③。下视，知其石也。因复射之，矢摧，无迹。汉世复有李广④，为右北平太守⑤，射虎，得石，亦如之。刘向曰："诚之至也，而金石为之开，况于人乎？夫唱而不和，动而不随，中必有不全者也。夫不降席而匡天下者，求之己也。"

| 注释 |

①熊渠子：西周时诸侯国楚国国君。
②寝石：指卧石，横卧着的石头。
③金：金属做成的箭头。铩（shā）羽：这里指摧落箭尾的羽毛。
④李广：陇西成纪（今甘肃秦安）人。西汉名将，抗击匈奴，被称为"飞将军"。
⑤右北平：古郡名，战国时燕国置，位于今河北遵化地区。

养由基射猿（附更羸射鸟）

楚王游于苑，白猿在焉。王令善射者射之，矢数发，猿搏矢而笑。乃命由基①。由基抚弓，猿即抱木而号。及六国时，更羸谓魏王曰②："臣能为虚发而下鸟。"魏王曰："然则射可至于此乎？"羸曰："可。"有顷，闻雁从东方来，更羸虚发而鸟下焉。

| 注释 |

①由基：即养由基，养国（今安徽阜阳）人。春秋时的神箭手，据说能百步穿杨。
②更羸（léi）：战国时魏国大臣，著名的射箭能手。

古冶子杀鼋

齐景公渡于江、沅之河①，鼋衔左骖②，没之。众皆惊惕。古冶子于是拔剑从之③，邪行五里，逆行三里，至于砥柱之下④，杀之，乃鼋也。左手持鼋头，右手挟左骖，燕跃鹄踊而出⑤，仰天大呼，水为逆流三百步。观者皆以为河伯也。

| 注释 |

①江、沅：即长江、沅江。据记载，齐景公并未到过长江、沅江，故或言此事发生于黄河。
②鼋（yuán）：一种体形很大的淡水龟鳖，似龟短尾。骖（cān）：古人驾车时位于两旁的马。左骖，三马、四马中左边的马。
③古冶子：春秋时齐国的三勇士之一，善游泳，后被齐相晏婴所杀。
④砥柱：山名，又称三门山，位于今河南三门峡市黄河中。
⑤燕跃鹄踊：形容动作迅捷威猛。

三王墓

楚干将、莫邪为楚王作剑①，三年乃成，王怒，欲杀之。剑有雌雄。其妻重身当产，夫语妻曰："吾为王作剑，三年乃成。王怒，往必杀我。汝若生子，是男，大，告之曰：'出户，望南山，松生石上，剑在其背。'"于是即将雌剑往见楚王。王大怒，使相之："剑有二，一雄一雌。雌来，雄不来。"王怒，即杀之。

莫邪子名赤比，后壮，乃问其母曰："吾父所在？"母曰："汝父为楚王作剑，三年乃成。王怒，杀之。去时嘱我：'语汝子，出户，望南山，松生石上，剑在其背。'"于是子出户，南望，不见有山，但睹堂前松柱下石砥之上，即以斧破其背，得剑。日夜思欲报楚王。

王梦见一儿，眉间广尺，言欲报仇。王即购之千金②。儿闻之，亡去。入山，行歌。客有逢者，谓："子年少，何哭之甚悲耶？"曰："吾干将、莫邪子也。楚王杀吾父，吾欲报之。"客曰："闻王购子头千金，将子头与剑来，为子报之。"儿曰："幸甚！"即自刎，两手捧头及剑奉之，立僵。客曰："不负子也。"于是尸乃仆。客持头往见楚王，王大喜。客曰："此乃勇士头也。当于汤镬煮之③。"王如其言。煮头三日三夕，不烂。头踔出汤中④，瞋目大怒⑤。客曰："此儿头不烂，愿王自往临视之，是必烂也。"王即临之。客以剑拟王，王头随堕汤中。客亦自拟己头，头复堕汤中。三首俱烂，不可识别。乃分其汤肉葬之，故通名"三王墓"。今在汝南北宜春县界。

| 注释 |

① 干将、莫邪：传说为春秋时期善于铸剑的一对夫妻之名，后人以此命名他们所铸的雄雌二剑。
② 购：悬赏征拿。
③ 镬（huò）：无足鼎，大锅。
④ 踔（chuō）：跳跃，腾起。
⑤ 瞋（chēn）目：瞪大眼睛，表示愤怒。

贾雍失头

汉武时，苍梧贾雍为豫章太守①，有神术。出界讨贼，为贼所杀，失头，上马回营。营中咸走来视雍。雍胸中语曰："战不利，为贼所伤。

诸君视有头佳乎？无头佳乎？"吏涕泣曰："有头佳。"雍曰："不然，无头亦佳。"言毕，遂死。

| 注释 |

①苍梧：古郡名，汉武帝时置，郡治位于今广西梧州。

断头语

渤海太守史良好一女子①，许嫁而不果。良怒，杀之，断其头而归，投于灶下，曰："当令火葬。"头语曰："使君，我相从，何图当尔！"后梦见曰："还君物。"觉而得昔所与香缨、金钗之属②。

| 注释 |

①渤海：古郡名，治所位于今河北沧州。
②香缨：彩带、五彩绳，古代女子所佩的饰物。

苌弘血化碧

周灵王时①，苌弘见杀②。蜀人因藏其血，三年，乃化而为碧③。

| 注释 |

①周灵王：姬姓，名泄心，东周第十一代君主。
②苌（cháng）弘：亦作"苌宏"，字叔，古蜀地资州（今四川资阳、资中）人。周景王大臣刘文公的家臣，曾为孔子之师。因在晋国内斗中帮助范氏得罪赵氏，为周人所杀。
③碧：碧玉。传说苌弘被杀三年后，其血化为碧玉。后以"碧血"称忠臣烈士为正义所做的牺牲。

东方朔消患

汉武帝东游,未出函谷关,有物当道。身长数丈,其状象牛,青眼而曜睛①,四足入土,动而不徙。百官惊骇。东方朔乃请以酒灌之②。灌之数十斛而物消。帝问其故,答曰:"此名为患,忧气之所生也。此必是秦之狱地,不然,则罪人徒作之所聚。夫酒忘忧,故能消之也。"帝曰:"吁!博物之士,至于此乎!"

| 注释 |

①曜(yào):照耀,明亮。
②东方朔:字曼倩,平原郡厌次县(今山东德州)人。汉武帝时著名的辞赋家,博学广识,诙谐善辩,虽得汉武帝赏识,但并未重用于朝政。

谅辅祷雨

后汉谅辅,字汉儒,广汉新都人。少给佐吏①,浆水不交②。为从事③,大小毕举,郡县敛手④。时夏枯旱,太守自曝中庭,而雨不降。辅以五官掾出祷山川⑤,自誓曰:"辅为郡股肱,不能进谏纳忠,荐贤退恶,和调百姓,至令天地否隔,万物枯焦,百姓喁喁⑥,无所控诉,咎尽在辅。今郡太守内省责己,自曝中庭,使辅谢罪,为民祈福。精诚恳到,未有感彻。辅今敢自誓:若至日中无雨,请以身塞无状⑦。"乃积薪柴,将自焚焉。至日中时,山气转黑,起雷,雨大作,一郡沾润。世以此称其至诚。

| 注释 |

①佐吏:古代地方长官的僚属。佐,辅助。
②浆水不交:即浆水不沾,谓为官清廉,无取于民。
③从事:官职名,即从吏史,亦称从事掾,汉代刺史的佐吏。汉以后,"三公"及州郡长官皆自辟僚属,多称从事。

④敛手：拱手，表示恭敬、尊敬。
⑤五官掾：州郡的属官。
⑥喁喁（yóng）：形容仰头期盼的样子。
⑦无状：罪行不可言状。

何敞消灾

何敞，吴郡人。少好道艺①，隐居。里以大旱，民物憔悴，太守庆洪遣户曹掾致谒，奉印绶，烦守无锡。敞不受。退，叹而言曰："郡界有灾，安能得怀道！"因跋涉之县，驻明星屋中，蝗蝝消死②，敞即遁去。后举方正、博士③，皆不就，卒于家。

| 注释 |

①道艺：本指学问和技能，此指道士、方士修炼长生之术。
②蝝（yuán）：指尚未长翅膀的小蝗虫。
③方正：这里指汉文帝时制科之一。博士：学官名，学术上有所专长，而负责传授经学的官职。

蝗虫避徐栩

后汉徐栩，字敬卿，吴由拳人①。少为狱吏，执法详平②。为小黄令时③，属县大蝗，野无生草，过小黄界，飞逝不集。刺史行部责栩不治④，栩弃官，蝗应声而至。刺史谢，令还寺舍⑤，蝗即飞去。

| 注释 |

①由拳：古县名，秦置，故治位于今浙江嘉兴地区。
②详平：公平。
③小黄：古县名，故治位于汴州陈留县（今河南开封地区）。
④刺史：官职名，汉武帝为监督各地官员于十三州部各置一刺史。刺，

是检核问事的意思,即监察之职。行部:即刺史巡行所属部域,考核地方官吏政绩。

⑤寺舍:这里指官舍。

白虎墓

王业字子香,汉和帝时为荆州刺史。每出行部,沐浴斋素,以祈于天地:当启佐愚心,无使有枉百姓。在州七年,惠风大行,苛慝不作①,山无豺狼。卒于枝江②,有二白虎,低头,曳尾,宿卫其侧。及丧去,虎逾州境,忽然不见。民共为立碑,号曰"枝江白虎墓"。

| 注释 |

①苛慝(tè):暴虐邪恶。慝,奸邪,邪恶。
②枝江:古县名,汉代置,即今湖北枝江。

葛祚碑

吴时,葛祚为衡阳太守①,郡境有大槎横水②,能为妖怪。百姓为立庙,行旅祷祀,槎乃沉没;不者,槎浮,则船为之破坏。祚将去官,乃大具斧斤,将去民累。明日当至,其夜闻江中汹汹有人声,往视之,槎乃移去,沿流下数里,驻湾中。自此行者无复沉覆之患。衡阳人为祚立碑,曰:"正德祈禳,神木为移。"

| 注释 |

①衡阳:古郡名,三国时吴国置,郡治即今湖南衡阳蒸湘区。
②槎(chá):指树的枝丫。

曾子之孝

曾子从仲尼在楚而心动[1],辞归问母,母曰:"思尔,啮指[2]。"孔子曰:"曾参之孝,精感万里。"

|注释|

①曾子:名参,字子舆,鲁国南武城(今山东平邑)人。春秋末年思想家,孔子弟子之一,以孝顺著称。心动,心中有所触动。
②啮指:咬指头,表达母亲对儿女或儿女对母亲的思念之情。

周畅立义冢

周畅性仁慈,少至孝,独与母居。每出入,母欲呼之,常自啮其手,畅即觉手痛而至。治中从事未之信。候畅在田,使母啮手,而畅即归。元初二年,为河南尹[1],时夏大旱,久祷无应。畅收葬洛阳城旁客死骸骨万余,为立义冢,应时澍雨[2]。

|注释|

①尹:官职名,多指各级主管之官。
②澍(shù)雨:暴雨。澍,及时雨。

王祥孝母

王祥字休征,琅邪人,性至孝。早丧亲,继母朱氏不慈,数谮之[1],由是失爱于父,每使扫除牛下。父母有疾,衣不解带。母常欲生鱼,时天寒,冰冻。祥解衣将剖冰求之,冰忽自解,双鲤跃出,持之而归。母又思黄雀炙,复有黄雀数十入其幕[2],复以供母。乡里惊叹,以为孝感所致。

| 注释 |

①谮（zèn）：污蔑，构陷。
②幞（mù）：同"幕"，幕帐。

王延叩凌求鱼

王延，性至孝。继母卜氏，尝盛冬思生鱼，敕延求而不获，杖之流血。延寻汾①，叩凌而哭。忽有一鱼，长五尺，跃出冰上，延取以进母。卜氏食之，积日不尽。于是心悟，抚延如己子。

| 注释 |

①汾：水名，即汾水、汾河，发源于山西宁武，黄河的第二大支流。

楚僚卧冰求鲤

楚僚早失母，事后母至孝。母患痈肿①，形容日悴。僚自徐徐吮之，血出，迨夜即得安寝②。乃梦一小儿语母曰："若得鲤鱼食之，其病即差，可以延寿。不然，不久死矣。"母觉而告僚。时十二月冰冻，僚乃仰天叹泣，脱衣上冰，卧之。有一童子，决僚卧处③，冰忽自开，一双鲤鱼跃出。僚将归奉其母，病即愈，寿至一百三十三岁。盖至孝感天神，昭应如此④。此与王祥、王延事同。

| 注释 |

①痈肿：毒疮脓肿。
②迨（dài）：等到，达到。
③决：通"抉"，挖。
④昭应：应验。

蛴螬炙

盛彦字翁子,广陵人。母王氏,因疾失明,彦躬自侍养。母食,必自哺之。母疾既久,至于婢使数见捶挞①。婢忿恨,闻彦暂行,取蛴螬炙饴之②。母食,以为美,然疑是异物,密藏以示彦。彦见之,抱母恸哭③,绝而复苏④。母目豁然即开,于此遂愈。

| 注释 |

①捶挞(tà):鞭打,杖击。
②蛴螬(qícáo):金龟子幼虫。饴:通"饲",喂养。
③恸(tòng):极其悲哀。
④绝:断气,休克。

蚺蛇胆

颜含字宏都,次嫂樊氏因疾失明。医人疏方①,须蚺蛇胆②,而寻求备至,无由得之。含忧叹累时。尝昼独坐,忽有一青衣童子,年可十三四,持一青囊授含。含开视,乃蛇胆也。童子逡巡出户③,化成青鸟飞去。得胆,药成,嫂病即愈。

| 注释 |

①疏:分条记录或陈述,此处为开药方之意。
②蚺(rán)蛇:应指今蟒蛇。
③逡巡:向后退开,恭顺的样子。

郭巨埋儿

郭巨,隆虑人也①,一云河内温人。兄弟三人,早丧父,礼毕,二弟求分。以钱二千万,二弟各取千万。巨独与母居客舍,夫妇佣赁以给供养②。居有顷，妻产男。巨念与儿妨事亲，一也；老人得食，喜分儿孙，减馔，二也。乃于野凿地，欲埋儿。得石盖，下有黄金一釜，中有丹书，曰："孝子郭巨，黄金一釜，以用赐汝。"于是名振天下。

| 注释 |

①隆虑：古县名，故地位于今河南林州。
②佣赁：谓受雇于人。

刘殷居丧

新兴刘殷①，字长盛，七岁丧父，哀毁过礼②，服丧三年，未尝见齿③。事曾祖母王氏，尝夜梦人谓之曰："西篱下有粟。"寤而掘之，得粟十五钟④。铭曰："七年粟百石，以赐孝子刘殷。"自是食之，七岁方尽。及王氏卒，夫妇毁瘠⑤，几至灭性⑥。时柩在殡，而西邻失火，风势甚猛，殷夫妇叩殡号哭，火遂灭。后有二白鸠来巢其树庭。

| 注释 |

①新兴：古郡名，郡治位于今湖北江陵东。
②哀毁：指因守丧过分悲伤而导致伤害身体，常作居丧尽礼之辞。
③未尝见齿：没有露出过牙齿，形容表情严肃的样子。
④钟：古代容量计量单位，一钟等于六斛四斗。
⑤毁瘠：意近哀毁，因守丧过于悲伤致使身体十分虚弱。
⑥性：通"生"，生命。

杨伯雍种玉

杨公伯雍，雒阳县人也①。本以侩卖为业②，性笃孝。父母亡，葬无终山③，遂家焉。山高八十里，上无水，公汲水④，作义浆于坂头⑤，行者皆饮之。三年,有一人就饮,以一斗石子与之,使至高平好地有石处种之,云:"玉当生其中。"杨公未娶,又语云:"汝后当得好妇。"语毕不见。乃种其石。数岁,时时往视,见玉子生石上,人莫知也。有徐氏者,右北平著姓,女甚有行,时人求,多不许。公乃试求徐氏,徐氏笑以为狂,因戏云:"得白璧一双来,当听为婚⑥。"公至所种玉田中,得白璧五双,以聘。徐氏大惊,遂以女妻公。天子闻而异之,拜为大夫。乃于种玉处,四角作大石柱,各一丈,中央一顷地名曰"玉田"。

| 注释 |

① 雒(luò)阳:即洛阳。
② 侩(kuài):也称牙侩,古时以拉拢买卖、从中获利为职业的人。
③ 无终山:位于今河北玉田西北。
④ 汲水:打水,取水。
⑤ 义浆:指免费的茶水供应点。坂头:山坡上。
⑥ 听:听凭,任凭。

衡农梦虎啮足

衡农字剽卿,东平人也①。少孤,事继母至孝。常宿于他舍,值雷风,频梦虎啮其足。农呼妻相出于庭,叩头三下。屋忽然而坏,压死者三十余人,唯农夫妻获免。

| 注释 |

① 东平:西汉置东平国,东晋改为郡,治所位于今山东东平。

罗威为母温席

罗威字德仁,八岁丧父,事母性至孝。母年七十,天大寒,常以身自温席而后授其处①。

| 注释 |

①温席：指温被。冬日严寒时，以身温暖床上席被，以待父母就寝，为古代侍奉父母的孝行。

王裒守墓

王裒①字伟元，城阳营陵人也②。父仪，为文帝所杀③。裒庐于墓侧，旦夕常至墓所拜跪，攀柏悲号，涕泣着树，树为之枯。母性畏雷，母没，每雷，辄到墓曰："裒在此。"

| 注释 |

①王裒（póu）：西晋学者，因其父为司马昭所杀，不仕西晋而隐居。
②城阳：古郡名，郡治位于今山东莒县。营陵：古县名，县治位于今山东昌乐。
③文帝：即司马昭，字子上，西晋王朝的奠基人之一，晋宣帝司马懿次子，晋武帝司马炎之父。司马炎追尊其为晋文帝。

白鸠郎

郑弘迁临淮太守①。郡民徐宪在丧致哀，有白鸠巢户侧。弘举为孝廉②，朝廷称为"白鸠郎"。

| 注释 |

①临淮：古郡名，郡治位于今江苏盱眙地区。
②孝廉：汉武帝时设立的察举制科目，用以选拔官吏，方式是由地方长官向朝廷举荐人才。孝廉是"孝顺亲长、廉能正直"的意思。后代，"孝廉"这个称呼也变成明朝、清朝对举人的雅称。

东海孝妇

汉时,东海孝妇养姑甚谨①。姑曰:"妇养我勤苦。我已老,何惜余年,久累年少。"遂自缢死。其女告官云:"妇杀我母。"官收系之,拷掠毒治。孝妇不堪苦楚,自诬服之。时于公为狱吏②,曰:"此妇养姑十余年,以孝闻彻,必不杀也。"太守不听。于公争不得理,抱其狱词哭于府而去。自后郡中枯旱,三年不雨。后太守至,于公曰:"孝妇不当死,前太守枉杀之,咎当在此。"太守即时身祭孝妇冢,因表其墓。天立雨,岁大熟。长老传云:"孝妇名周青。青将死,车载十丈竹竿,以悬五幡③。立誓于众曰:'青若有罪,愿杀,血当顺下;青若枉死,血当逆流。'既行刑已,其血青黄,缘幡竹而上,极标,又缘幡而下云。"

| 注释 |

①姑:旧时妻称夫的母亲,即婆母。
②于公:指汉宣帝时廷尉于定国的父亲。曾任县狱吏、郡决曹,精通法律,秉公断案,很得民心,百姓在他生时便为他立祠,称作于公祠。
③幡(fān):用竹竿等挑起来直着挂的长条形旗子,泛指旗帜。

犍为孝女

犍为叔先泥和①,其女名雄。永建三年,泥和为县功曹②,县长赵祉遣泥和拜檄谒巴郡太守③。以十月乘船,于城湍堕水死,尸丧不得。雄哀恸号咷,命不图存,告弟贤及夫人,令勤觅父尸,若求不得,"吾欲自沉觅之"。时雄年二十七,有子男贡,年五岁,贯,年三岁。乃各作绣香囊一枚,盛以金珠环,预婴二子④。哀号之声,不绝于口,昆族私忧。至十二月十五日,父丧不得。雄乘小船于父堕处,哭泣数声,竟自投水中,旋流没底。见梦告弟云:"至二十一日,与父俱出。"至期,如梦,与父相持并浮出江。县长表言，郡太守肃登承上尚书，乃遣户曹掾为雄立碑，图象其形，令知至孝。

| 注释 |

①犍（qián）为：古郡名，汉代置，治所位于今四川宜宾。
②功曹：官职名，秦时即置，为郡守、县令的主要佐吏，主管考察记录业绩。汉代有功曹史，除掌人事外，可参与一郡、县的政务。
③檄（xí）：古代官府用来征召、声讨、晓谕的公文，后泛指信函。
④婴：缠绕。这里是佩戴在脖颈上的意思。

乐羊子妻

河南乐羊子之妻者，不知何氏之女也。躬勤养姑。尝有他舍鸡谬入园中，姑盗杀而食之。妻对鸡不食而泣。姑怪问其故，妻曰："自伤居贫，使食有他肉。"姑竟弃之。后盗有欲犯之者，乃先劫其姑，妻闻，操刀而出。盗曰："释汝刀。从我者可全；不从我者，则杀汝姑。"妻仰天而叹，刎颈而死。盗亦不杀姑。太守闻之，捕杀盗贼，赐妻缣帛①，以礼葬之。

| 注释 |

①缣帛（jiānbó）：质地轻薄的绢类丝织物。

庾衮侍兄

庾衮字叔褒。咸宁中大疫，二兄俱亡，次兄毗复殆①。疠气方盛②，父母诸弟皆出次于外，衮独留不去。诸父兄强之，乃曰："衮性不畏病。"遂亲自扶持，昼夜不眠。间复抚柩哀临不辍③。如此十余旬，疫势既退，家人乃返。毗病得差，衮亦无恙。

| 注释 |

①毗（pí）：人名，这里指庾衮的二哥庾毗。殆：这里形容病得厉害。
②疠（lì）：疫病。
③哀临：泛指到灵堂为死者吊丧。

相思树

宋康王舍人韩凭娶妻何氏①，美，康王夺之。凭怨，王囚之，论为城旦②。妻密遗凭书，缪其辞曰③："其雨淫淫，河大水深，日出当心。"既而王得其书，以示左右，左右莫解其意。臣苏贺对曰："其雨淫淫，言愁且思也。河大水深，不得往来也。日出当心，心有死志也。"俄而凭乃自杀。其妻乃阴腐其衣。王与之登台，妻遂自投台，左右揽之，衣不中手而死。遗书于带曰："王利其生，妾利其死。愿以尸骨，赐凭合葬。"王怒，弗听。使里人埋之，冢相望也。王曰："尔夫妇相爱不已，若能使冢合，则吾弗阻也。"宿昔之间，便有大梓木，生于二冢之端，旬日而大盈抱，屈体相就，根交于下，枝错于上。又有鸳鸯，雌雄各一，恒栖树上，晨夕不去，交颈悲鸣，音声感人。宋人哀之，遂号其木曰"相思树"。"相思"之名，起于此也。南人谓此禽即韩凭夫妇之精魂。今睢阳有韩凭城④，其歌谣至今犹存。

| 注释 |

①宋康王：子姓，戴氏，名偃，又称宋王偃、宋献王，战国时期宋国末代国君，因暴虐而被称为"桀宋"。
②城旦：古代刑罚名，一种筑城四年的劳役。
③缪（miù）其辞：指隐晦言辞原意。
④睢阳：古县名，县治位于今河南商丘南。

饮水生儿

汉末,零阳郡太守史满有女①,悦门下书佐,乃密使侍婢取书佐盥手残水饮之,遂有妊②。已而生子,至能行,太守令抱儿出,使求其父。儿匍匐直入书佐怀中,书佐推之,仆地,化为水。穷问之,具省前事③。遂以女妻书佐。

| 注释 |

①零阳:古县名,西汉改慈姑县为零阳县,故城位于今湖南慈利地区。历史上零阳并未称郡,或指零陵郡,治所位于今湖南永州。
②妊(rèn):怀孕。
③省:知晓,醒悟。

望夫冈

鄱阳西有望夫冈①。昔县人陈明与梅氏为婚,未成,而妖魅诈迎妇去。明诣卜者,决云:"行西北五十里求之。"明如言,见一大穴,深邃无底。以绳悬人,遂得其妇。乃令妇先出,而明所将邻人秦文,遂不取明。其妇乃自誓执志,登此冈首而望其夫,因以名焉。

| 注释 |

①鄱(pó)阳:古郡县名。汉代改秦番县为鄱阳县,南朝时鄱阳县为鄱阳郡治,故城位于今江西鄱阳地区。冈(gāng):山脊,山岭。

邓元义妻更嫁

后汉南康邓元义①,父伯考,为尚书仆射②。元义还乡里,妻留事姑,甚谨。姑憎之,幽闭空室,节其饮食,羸露③,日困,终无怨言。时伯考怪而问之,元义子朗,时方数岁,言:"母不病,但苦饥耳。"伯考流涕曰:

"何意亲姑反为此祸!"遣归家,更嫁为应华仲妻④。仲为将作大匠⑤,妻乘朝车出⑥,元义于路旁观之,谓人曰:"此我故妇,非有他过,家夫人遇之实酷,本自相贵。"其子朗,时为郎,母与书,皆不答,与衣裳,辄以烧之。母不以介意。母欲见之,乃至亲家李氏堂上,令人以他词请朗。朗至,见母,再拜涕泣,因起出。母追谓之曰:"我几死。自为汝家所弃,我何罪过,乃如此耶?"因此遂绝。

| 注释 |

① 南康:古郡名,西晋置,郡治位于今江西于都地区。
② 仆射(yè):官职名,秦始置,汉以后因之,职权渐重,唐宋左右仆射为宰相之职,宋以后废。
③ 羸露:瘦弱到露骨。
④ 应华仲:应顺,字华仲,东汉明帝时大臣。
⑤ 将作大匠:官职名,秦始置,称将作少府,主管宫室、宗庙、陵寝等的土木建造。
⑥ 朝车:古代君臣行朝夕礼及宴饮时出入用车。

严遵破案

严遵为扬州刺史,行部,闻道傍女子哭声不哀。问所哭者谁,对云:"夫遭烧死。"遵敕吏舁尸到①,与语讫,语吏云:"死人自道不烧死。"乃摄女,令人守尸,云:"当有枉。"吏曰:"有蝇聚头所。"遵令披视,得铁锥贯顶。考问,以淫杀夫。

| 注释 |

① 舁(yú):抬。

死友

汉范式,字巨卿,山阳金乡人也①,一名氾。与汝南张劭为友,劭字元伯。二人并游太学,后告归乡里,式谓元伯曰:"后二年,当还。将过拜尊亲,见孺子焉。"乃共克期日②。后期方至,元伯具以白母,请设馔以候之。母曰:"二年之别,千里结言,尔何相信之审耶?"曰:"巨卿信士,必不乖违。"母曰:"若然,当为尔酝酒。"至期,果到。升堂拜饮,尽欢而别。后元伯寝疾,甚笃,同郡郅君章、殷子征晨夜省视之。元伯临终叹曰:"恨不见我死友③。"子征曰:"吾与君章尽心于子,是非死友,复欲谁求?"元伯曰:"若二子者,吾生友耳④。山阳范巨卿,所谓死友也。"寻而卒。式忽梦见元伯,玄冕垂缨,屣履而呼曰⑤:"巨卿,吾以某日死,当以尔时葬。永归黄泉。子未忘我,岂能相及?"式恍然觉悟,悲叹泣下,便服朋友之服⑥,投其葬日,驰往赴之。未及到而丧已发引。既至圹⑦,将窆⑧,而柩不肯进。其母抚之曰:"元伯,岂有望耶?"遂停柩。移时,乃见素车白马,号哭而来。其母望之,曰:"是必范巨卿也。"既至,叩丧言曰:"行矣元伯!死生异路,永从此辞。"会葬者千人,咸为挥涕。式因执绋而引柩,于是乃前。式遂留止冢次,为修坟树,然后乃去。

| 注释 |

①金乡:古县名,东汉置,故治位于今山东嘉祥地区。
②克期日:约定见面的日期。克,限定期限。
③死友:指至死不渝的好友。
④生友:生时的朋友,指一般的朋友。
⑤屣(xǐ)履:拖着鞋子走路,形容走路急忙的样子。
⑥朋友之服:为朋友服丧时所穿的衣服。
⑦圹(kuàng):墓穴。
⑧窆(biǎn):下葬,把死者的棺材放进墓穴。

卷十二

论五气变化

天有五气，万物化成。木清则仁，火清则礼，金清则义，水清则智，土清则思，五气尽纯，圣德备也。木浊则弱，火浊则淫，金浊则暴，水浊则贪，土浊则顽，五气尽浊，民之下也。中土多圣人，和气所交也。绝域多怪物，异气所产也。苟禀此气，必有此形；苟有此形，必生此性。故食谷者智慧而文，食草者多力而愚，食桑者有丝而蛾，食肉者勇憨而悍①，食土者无心而不息，食气者神明而长寿，不食者不死而神。大腰无雄②，细腰无雌③。无雄外接，无雌外育。三化之虫④，先孕后交；兼爱之兽⑤，自为牝牡。寄生因夫高木⑥，女萝托乎茯苓⑦。木株于土，萍植于水。鸟排虚而飞⑧，兽蹠实而走⑨，虫土闭而蛰⑩，鱼渊潜而处。本乎天者亲上，本乎地者亲下，本乎时者亲旁，各从其类也。千岁之雉，入海为蜃⑪；百年之雀，入海为蛤；千岁龟鼋，能与人语；千岁之狐，起为美女；千岁之蛇，断而复续；百年之鼠，而能相卜。数之至也。春分之日，鹰变为鸠；秋分之日，鸠变为鹰。时之化也。故腐草之为萤也，朽苇之为蚕也⑫，稻之为蛩也⑬，麦之为蝴蝶也，羽翼生焉，眼目成焉，心智在焉。此自无知化为有知而气易也。雀之为蛤也⑭，蛇之为鳖也，蚕之为虾也，不失其血气，而形性变也。若此之类，不可胜论。应变而动，是为顺常；苟错其方，则为妖眚⑮。故下体生于上，上体生于下，气之反者也。人生兽，兽生人，气之乱者也。男化为女，女化为男，气之贸者也⑯。鲁牛哀得疾，七日化而为虎，形体变易，爪牙施张。其兄启户而入，搏而食之。方其为人，不知其将为虎也；方有为虎，不知其常为人也。故晋太康中，陈留阮士瑀伤于虺⑰，不忍其痛，数嗅其疮，已而双虺成于鼻中。元康中，历阳纪元载客食道龟⑱，已而成瘕⑲，医以药攻之，下龟子数升，大如小钱，头足咸备，文甲皆具，惟中药已死。夫妻非化育之气，鼻非胎孕之所，享道非下物之具⑳。从此观之，万物之生死也，与其变化也，非通神之思，虽求诸己，恶识所自来㉑？然朽草之为萤，由乎腐也；麦之为蝴蝶，由乎湿也。尔则万物之变，皆有由也。农夫止麦之化者，沤之以灰㉒；圣人理万物之化者，济之以道。其与不然乎？

| 注释 |

①憪（xiàn）：本义为怒，这里是气势强盛的样子。

②大腰：指龟鳖类动物。

③细腰：指蜂类动物。

④三化：指蚕经过了三次变化。

⑤兼爱之兽：传说中身具雌雄二性的兽类。一说即为《山海经》中所载的"类"，雌雄同体，人食之不生嫉妒之心，故名兼爱之兽。一说为香狸。

⑥寄生：指芝菌类依附树木生长的植物。

⑦女萝：植物名，即松萝，寄生于高树上，呈丝条状下垂。茯苓：中药名，菌类，寄生在松树根上，可入药。

⑧排虚：凌空。

⑨蹠（zhí）：脚掌。

⑩蛰（zhé）：指动物冬眠，藏起来不吃不动。

⑪蜃（shèn）：大蛤。

⑫蛬（qióng）：蟋蟀。

⑬蛢（jiā）：米中的小黑虫。

⑭隺（hè）：古通"鹤"。
⑮妖眚：灾异，妖异之气，后喻黑暗腐朽的统治。
⑯贸：交错，改变。
⑰虺（huǐ）：传说中的一种毒蛇。土虺蛇亦称"土骨蛇""土脚蛇"，某种蝮蛇的俗称。
⑱道龟：得道的神龟。
⑲瘕（jiǎ）：腹中结块的病症，或指腹中因生虫而结块的病。
⑳享道：消化道。
㉑恶（wū）：古同"乌"，哪，何。
㉒沤（òu）：壅埋堆积。

土中贲羊

季桓子穿井①，获如土缶，其中有羊焉。使问之仲尼，曰："吾穿井而获狗，何耶？"仲尼曰："以丘所闻，羊也。丘闻之：木石之怪夔、蝄蜽②，水中之怪龙、罔象③，土中之怪曰贲羊④。"《夏鼎志》曰⑤："罔象如三岁儿，赤目，黑色，大耳，长臂，赤爪。索缚，则可得食。"王子曰："木精为游光，金精为清明也。"

| 注释 |

①季桓子：即季孙斯，姬姓，季氏，名斯，谥桓，春秋末年鲁国大夫，三桓之季孙氏宗主兼鲁国执政。
②夔（kuí）：传说中像龙的一足怪物。蝄蜽（wǎngliǎng）：又作"蝄蜽"，传说中的山中精怪。
③罔象：传说中的水怪。
④贲（fén）羊：传说中土里的怪物，又作"坟羊"。
⑤《夏鼎志》：应为解说夏鼎上所铸怪物图的书籍。

地中犀犬

　　晋惠帝元康中，吴郡娄县怀瑶家忽闻地中有犬声隐隐①。视声发处，上有小窍，大如螾穴②。瑶以杖刺之，入数尺，觉有物。乃掘视之，得犬子，雌雄各一，目犹未开，形大于常犬。哺之，而食。左右咸往观焉。长老或云③："此名犀犬，得之者，令家富昌。宜当养之。"以目未开，还置窍中，覆以磨砻④。宿昔发视，左右无孔，遂失所在。瑶家积年无他祸福。

　　至太兴中，吴郡太守张懋，闻斋内床下犬声，求而不得。既而地坼⑤，有二犬子。取而养之，皆死。其后懋为吴兴兵沈充所杀。《尸子》曰⑥："地中有犬，名曰地狼；有人，名曰无伤。"《夏鼎志》曰："掘地而得狗，名曰贾；掘地而得豚，名曰邪；掘地而得人，名曰聚。"聚，无伤也。此物之自然，无谓鬼神而怪之。然则贾与地狼名异，其实一物也。《淮南万毕》曰⑦："千岁羊肝，化为地宰；蟾蜍得苽⑧，卒时为鹑。"此皆因气化以相感而成也。

| 注释 |

①娄县：古县名，西汉时改秦喇县为娄县，故治位于今江苏昆山。
②螾（yǐn）：古同"蚓"，即蚯蚓。
③长老：年长的人。
④磨砻（lóng）：即磨石。
⑤坼（chè）：裂开。
⑥《尸子》：书名。战国时楚人尸佼所著，记述了尸佼综合诸子各家思想形成的对政治、人性等方面的看法。
⑦《淮南万毕》：书名，即《淮南万毕术》。西汉淮南学派所著，主要谈论各种各样人为和自然的变化。
⑧苽（gū）：同"菰"，一种菌类植物。

山精傒囊

吴诸葛恪为丹阳太守，尝出猎，两山之间，有物如小儿，伸手欲引人。恪令伸之，乃引去故地。去故地，即死。既而参佐问其故，以为神明。恪曰："此事在《白泽图》内①，曰：'两山之间，其精如小儿，见人，则伸手欲引人，名曰傒囊②。引去故地，则死。'无谓神明而异之，诸君偶未见耳。"

|注释|

①《白泽图》：又名《白泽精怪图》，一部记载山川草木精怪之状貌，以及避忌、劾制之术的古书，已佚。白泽，传说中趋吉避凶的神兽。
②傒（xī）囊：传说中的精怪名。

池阳小人庆忌

王莽建国四年，池阳有小人景①，长一尺余，或乘车，或步行，操持万物，大小各自相称，三日乃止。莽甚恶之。自后盗贼日甚，莽竟被杀。《管子》曰②："涸泽数百岁，谷之不徙，水之不绝者，生庆忌。庆忌者，其状若人，其长四寸，衣黄衣，冠黄冠，戴黄盖，乘小马，好疾驰。以其名呼之，可使千里外一日反报。"然池阳之景者，或庆忌也乎？又曰："涸小水精生蚔③。蚔者，一头而两身，其状若蛇，长八尺。以其名呼之，可使取鱼鳖。"

|注释|

①池阳：原为古县名，汉代置，治所位于今陕西泾阳。这里指汉代宫殿池阳宫。景：影子。
②《管子》：书名，相传为春秋时齐国管仲所著，实为托名，成书大致于战国到西汉年间。内容庞杂，包罗诸子百家思想。文中所引出自《管

子·水地》。

③蚳（chí）：传说中的一种动物。

霹雳落地

晋扶风杨道和①，夏于田中，值雨，至桑树下，霹雳下击之，道和以锄格②，折其股，遂落地，不得去。唇如丹，目如镜，毛角长三寸余，状似六畜，头似猕猴。

| 注释 |

①扶风：古县名，位于今陕西宝鸡东。
②格：格斗，击杀。

落头民

秦时南方有落头民，其头能飞。其种人部有祭祀，号曰"虫落"，故因取名焉。吴时，将军朱桓得一婢，每夜卧后，头辄飞去。或从狗窦①，或从天窗中出入，以耳为翼。将晓，复还。数数如此，傍人怪之，夜中照视，唯有身无头，其体微冷，气息裁属②。乃蒙之以被。至晓，头还，碍被不得安，两三度堕地，噫咤甚愁③，体气甚急，状若将死。乃去被，头复起傅颈④。有顷，和平。桓以为大怪，畏不敢畜，乃放遣之。既而详之，乃知天性也。时南征大将，亦往往得之。又尝有覆以铜盘者，头不得进，遂死。

| 注释 |

①窦（dòu）：指洞穴。
②裁属：呼吸勉强接上，形容气息极其微弱。裁，通"才"，仅，只。
③噫咤（yīzhà）：同"咤噫"，叹息。
④傅：附着，依附。

貙人化虎

江汉之域，有貙人①。其先，禀君之苗裔也②，能化为虎。长沙所属蛮县东高居民，曾作槛捕虎。槛发，明日众人共往格之，见一亭长，赤帻，大冠，在槛中坐。因问："君何以入此中？"亭长大怒曰："昨忽被县召，夜避雨，遂误入此中。急出我。"曰："君见召，不当有文书耶？"即出怀中召文书。于是即出之。寻视，乃化为虎，上山走。或云："貙虎化为人，好着紫葛衣③，其足无踵④。虎有五指者，皆是貙。"

| 注释 |

①貙（chū）人：散布在长江、汉水一带的部族，相传其人能化为虎形。
②禀君：巴人的始祖。苗裔：子孙后代。
③葛衣：用葛布制成的夏衣。
④踵（zhǒng）：脚后跟。

猳国马化

蜀中西南高山之上，有物与猴相类，长七尺，能作人行，善走逐人，名曰猳国①，一名马化，或曰玃猿②。伺道行妇女有美者，辄盗取将去，人不得知。若有行人经过其旁，皆以长绳相引，犹故不免。此物能别男女气臭，故取女，男不取也。若取得人女，则为家室。其无子者，终身不得还。十年之后，形皆类之，意亦迷惑，不复思归。若有子者，辄抱送还其家，产子皆如人形。有不养者，其母辄死。故惧怕之，无敢不养。及长，与人不异。皆以杨为姓。故今蜀中西南多诸杨，率皆是猳国马化之子孙也。

| 注释 |

①猳（jiā）国：一种猴类动物。

②玃（jué）猿：猿猴一类动物。

临川刀劳鬼

临川间诸山有妖物①，来常因大风雨，有声如啸，能射人，其所著者如蹄，有顷头肿大。毒有雌雄，雄急而雌缓。急者不过半日间，缓者经宿。其旁人常有以救之，救之少迟，则死。俗名曰刀劳鬼。故外书云②："鬼神者，其祸福发扬之验于世者也。"《老子》曰③："昔之得一者④：天得一以清，地得一以宁，神得一以灵，谷得一以盈，侯王得一以为天下贞⑤。"然则天地鬼神，与我并生者也。气分则性异，域别则形殊，莫能相兼也。生者主阳，死者主阴，性之所托，各安其生。太阴之中，怪物存焉。

| 注释 |

①临川：古郡名，三国吴时置，郡治位于今江西南城地区。
②外书：佛教徒称本教以外的书籍为外书。
③《老子》：又名《道德经》，春秋时期老子所著的哲学作品，是道家哲学思想的重要来源。
④得一：《老子》中提出的专有名词，意同得道。
⑤贞：通"正"，首领，首长。

越地冶鸟

越地深山中有鸟，大如鸠，青色，名曰冶鸟。穿大树，作巢，如五六升器，户口径数寸，周饰以土垩①，赤白相分，状如射侯②。伐木者见此树，即避之去。或夜冥不见鸟，鸟亦知人不见，便鸣唤曰："咄，咄，上去！"明日便宜急上。"咄，咄，下去！"明日便宜急下。若不使去，但言笑而不已者，人可止伐也。若有秽恶及其所止者，则有虎通夕来守，人不去，便伤害人。此鸟，白日见其形，是鸟也；夜听其鸣，亦鸟也。时有观乐者，便作人形，长三尺，至涧中取石蟹，就火炙之，人不可犯也。越人谓此鸟是越祝之祖也。

| 注释 |

①垩（è）：通"垩"，白色泥土。
②射侯：这里指箭靶。

南海鲛人

南海之外有鲛人①，水居如鱼，不废织绩②。其眼泣则能出珠。

| 注释 |

①南海：古郡名，秦时置，郡治位于番禺（今广东广州）。鲛人：神话传说中的人鱼。
②织绩：即织布与缉麻，指纺绩织纴等女红之事。

大青小青

庐江眈、枞阳二县境上①，有大青、小青居山野之中。时闻哭声，多者至数十人，男女大小，如始丧者。邻人惊骇，至彼奔赴，常不见人。然于哭地，必有死丧。率声若多则为大家②，声若小则为小家。

| 注释 |

①眈：当作"皖"，古县名。据《汉书·艺文志》，庐江郡有皖县（故治位于今安徽潜山），与枞阳县相邻。
②率：语首助词，无实义。

庐江山都

庐陵大山之间，有山都，似人，裸身，见人便走。有男女，可长四五丈，能啸相唤。常在幽昧之中,似魑魅鬼物。

江中蜮

汉中平中,有物处于江水,其名曰蜮,一曰短狐,能含沙射人。所中者,则身体筋急①,头痛,发热,剧者至死。江人以术方抑之,则得沙石于肉中。《诗》所谓"为鬼为蜮,则不可测"也②。今俗谓之溪毒。先儒以为男女同川而浴,淫女为主,乱气所生也。

| 注释 |

①筋急:中医学病证名。表现为筋脉紧急不柔,屈伸不利。

②为鬼为蜮,则不可测:出自《诗经·小雅·何人斯》,今本"测"为"得"。

禁水鬼弹

汉永昌郡不韦县有禁水①,水有毒气,唯十一月,十二月差可渡涉。自正月至十月不可渡,渡辄病,杀人。其气中有恶物,不见其形,其作有声,如有所投击。中木则折,中人则害。土俗号为鬼弹。故郡有罪人,徙之禁旁,不过十日皆死。

| 注释 |

①永昌:古郡名,汉代置,郡治不韦(今云南保山一带)。

蘘荷根攻蛊

余外妇姊夫蒋士,有佣客得疾下血。医以中蛊①,乃密以蘘荷根布席下②,不使知。乃狂言曰:"食我蛊者,乃张小小也。"乃呼:"小小亡去。"今世攻蛊,多用蘘荷根,往往验。蘘荷,或谓嘉草。

| 注释 |

①蛊（gǔ）：传说中一种人工培养的专用来害人的毒虫。
②蘘（ráng）荷：多年生草本植物，根可入药。

鄱阳犬蛊

鄱阳赵寿，有犬蛊①。时陈岑诣寿，忽有大黄犬六七，群出吠岑。后余相伯妇与寿妇食，吐血，几死，乃屑桔梗以饮之而愈②。蛊有怪物，若鬼，其妖形变化杂类殊种，或为狗豕，或为虫蛇。其人皆自知其形状，行之于百姓，所中皆死。

| 注释 |

①犬蛊：传说以毒虫喂养犬类，使之成为犬蛊以害人。
②屑：作动词，研磨成粉末。

营阳蛇蛊

营阳郡有一家①，姓廖，累世为蛊，以此致富。后取新妇，不以此语之。遇家人咸出，唯此妇守舍。忽见屋中有大缸，妇试发之，见有大蛇，妇乃作汤灌杀之。及家人归，妇具白其事，举家惊惋②。未几，其家疾疫，死亡略尽。

| 注释 |

①营阳：古郡名，三国时吴国置，郡治位于今湖南道县。
②惊惋：惊讶惋惜。

卷十三

澧泉

泰山之东有澧泉,其形如井,本体是石也。欲取饮者,皆洗心志①,跪而挹之②,则泉出如飞,多少足用。若或污漫,则泉止焉。盖神明之尝志者也。

|注释|

①洗心志:清洗涤荡心胸意志,喻去除心底杂念。
②挹(yì):舀,把液体盛出来。

巨灵劈华山

二华之山①,本一山也。当河,河水过之而曲行。河神巨灵,以手擘开其上②,以足蹈离其下,中分为两,以利河流。今观手迹于华岳上,指掌之形具在。脚迹在首阳山下③,至今犹存。故张衡作《西京赋》所称"巨灵赑屃④,高掌远迹,以流河曲",是也。

|注释|

①二华之山:指太华山与少华山,位于今陕西华阴地区。
②擘(bò):劈砍。
③首阳山:又称"雷首山",位于今山西永济地区。相传为伯夷、叔齐隐居之处。
④赑屃(bìxì):又名霸下、鳌、龟趺(fū)、填下、龙龟等,传说为

龙之九子之一，力大无比，故其形象常用于碑座。这里形容强壮有力的样子。

霍山镬

汉武徙南岳之祭于庐江灊县霍山之上①，无水。庙有四镬，可受四十斛。至祭时，水辄自满，用之足了，事毕即空。尘土树叶，莫之污也。积五十岁，岁作四祭。后但作三祭，一镬自败。

| 注释 |

①灊（qián）县：古县名，秦末置，县治位于今安徽霍山。霍山：又称"天柱山"，位于今霍山县西北。

樊山火

樊口之东有樊山①，若天旱，以火烧山，即至大雨。今往往有验。

| 注释 |

①樊口：地名，位于今湖北鄂城地区。

孔窦泉

空桑之地①，今名为孔窦，在鲁南山之穴。外有双石，如桓楹起立②，高数丈。鲁人弦歌祭祀。穴中无水，每当祭时，洒扫以告，辄有清泉自石间出，足以周事。既已，泉亦止。其验至今存焉。

| 注释 |

①空桑：山名，又称"穷桑"，传说为伊尹和孔子的出生地。
②桓楹：大柱子。古代天子、诸侯葬时下棺所植，柱上有孔，穿索悬棺以入墓穴，也用于桥梁、宫殿等建筑前。宋以后称华表。

湘穴

湘穴中有黑土，岁大旱，人则共壅水以塞此穴，穴淹，则大雨立至。

龟化城

秦惠王二十七年①，使张仪筑成都城②，屡颓。忽有大龟浮于江，至东子城东南隅而毙。仪以问巫，巫曰："依龟筑之。"便就。故名龟化城。

| 注释 |

①秦惠王：即秦惠文王，嬴姓，赵氏，名驷，战国时秦国国君。
②张仪：魏国安邑（今山西运城）人，战国时著名的纵横家、外交家和谋略家。早年师从鬼谷子，学习纵横之术，后得秦惠文王赏识，封为相国，奉命游说各国，以"连横"破"合纵"，为秦统一天下做出贡献。

城沦为湖

由拳县，秦时长水县也①。始皇时童谣曰："城门有血，城当陷没为湖。"有妪闻之，朝朝往窥。门将欲缚之，妪言其故。后门将以犬血涂门，妪见血，便走去。忽有大水欲没县。主簿令干入白令②。令曰："何忽作鱼？"干曰："明府亦作鱼。"遂沦为湖。

| 注释 |

①长水：古县名，秦始皇二十五年置，三十七年时更名为由拳，故治位于今浙江嘉兴地区。
②干：主管府吏。白：报告。

马邑

秦时，筑城于武周塞内①，以备胡，城将成而崩者数焉。有马驰走，周旋反复。父老异之,因依马迹以筑城,城乃不崩,遂名马邑。其故城今在朔州[2]。

| 注释 |

[1]武周塞:古代军事要塞,又称武州塞,秦时建,位于今山西大同一带。
[2]朔州:即今山西朔县。

天地劫灰

汉武帝凿昆明池[1],极深,悉是灰墨,无复土。举朝不解,以问东方朔。朔曰:"臣愚不足以知之。可试问西域人。"帝以朔不知,难以移问。至后汉明帝时,西域道人入来洛阳。时有忆方朔言者,乃试以武帝时灰墨问之。道人云:"经云:'天地大劫将尽,则劫烧。'此劫烧之余也。"乃知朔言有旨。

| 注释 |

[1]昆明池:湖沼名,汉代为练习水战而凿,位于今陕西西安。

丹砂井

临沅县有廖氏,世老寿。后移居,子孙辄残折[1]。他人居其故宅,复累世寿。乃知是宅所为,不知何故。疑井水赤,乃掘井左右,得古人埋丹砂数十斛。丹汁入井,是以饮水而得寿。

| 注释 |

[1]辄:总是。折:夭折。

江东余腹

江东名余腹者。昔吴王阖闾江行①,食脍,有余,因弃中流,悉化为鱼。今鱼中有名吴王脍余者,长数寸,大者如箸,犹有脍形。

| 注释 |

①阖闾(hélú):姬姓,名光,又称"公子光""阖庐",春秋末期吴国君主,吴王诸樊之子。

蟛蚑长卿

蟛蚑①,蟹也。尝通梦于人,自称"长卿"。今临海人多以"长卿"呼之。

| 注释 |

①蟛蚑:一作"蟛蚏"。蟹的一种,体形小,足无毛。

青蚨还钱

南方有虫,名蠟蝎①,一名蝍蠋,又名青蚨。形似蝉而稍大,味辛美,可食。生子必依草叶,大如蚕子,取其子,母即飞来,不以远近。虽潜取其子,母必知处。以母血涂钱八十一文,以子血涂钱八十一文,每市物,或先用母钱,或先用子钱,皆复飞归,轮转无已。故《淮南子术》以之还钱,名曰"青蚨"。

| 注释 |

①蠟蝎(dūnyú):虫名。与后文的蝍蠋(zéizhú)、青蚨(fú)均为一种。

蜾蠃育子

土蜂名曰蜾蠃①,今世谓蜾蠃,细腰之类。其为物纯雄而无雌,不交不产,常取桑虫或阜螽子育之②,则皆化成己子。亦或谓之螟蛉。《诗》曰:"螟蛉有子,果蠃负之。"③是也。

| 注释 |

①蜾蠃(guǒluǒ):与后文的蒲卢(yīnyōng)同为土蜂之别名。
②桑虫:又称"桑蟃",桑树上一种小青虫。一说即为螟蛉(mínglíng),螟蛾的幼虫。阜螽(zhōng):蝗虫的幼虫。蜾蠃常捕螟蛉等喂养其幼虫,古人误意为蜾蠃不产子,而养螟蛉为子,因此用"螟蛉"比喻义子。
③螟蛉有子,果蠃负之:出自《诗经·小雅·小宛》。

木蠹

木蠹生虫①,羽化为蝶②。

| 注释 |

①蠹(dù):蛀蚀。
②羽化:指昆虫由幼虫或者蛹蜕变为成虫长出翅膀的过程。

刺猬

猬多刺,故不便超逾杨柳①。

| 注释 |

①超逾:腾跃,跳过。

火浣布

昆仑之墟①,地首也。是惟帝之下都,故其外绝以弱水之深,又环以炎火之山。山上有鸟兽草木,皆生育滋长于炎火之中,故有火浣布②。非此山草木之皮枲③,则其鸟兽之毛也。汉世西域旧献此布,中间久绝。至魏初时,人疑其无有。文帝以为火性酷裂,无含生之气,著之《典论》④,明其不然之事,绝智者之听。及明帝立,诏三公曰:"先帝昔著《典论》,不朽之格言。其刊石于庙门之外及太学,与石经并⑤,以永示来世。"至是,西域使人献火浣布袈裟,于是刊灭此论,而天下笑之。

| 注释 |

①昆仑:传说中的仙山。墟:山丘。
②火浣布:石棉布的古称。传说可以用火燃烧去除其污渍,故名。
③枲(xǐ):大麻的雄株,只开雄花,不结果实,纤维可织布,称"枲麻"。
④《典论》:书名。曹丕所著,是我国最早的文艺理论批评专著。原有二十二篇,大都亡佚,现仅存《自叙》《论文》《论方术》三篇。
⑤石经:古代刻于石碑上的儒家经典。始于汉平帝元始元年,此后历代都有石经,如熹平石经、正始石经、开成石经等。

金燧

夫金之性一也,以五月丙午日中铸为阳燧①,以十一月壬子夜半铸为阴燧②。(言丙午日铸为阳燧,可取火;壬子夜铸为阴燧,可取水也。)

| 注释 |

①日中:正午。阳燧:古代利用日光取火的凹面铜镜。
②阴燧:古代月夜承接露水的盘子。

焦尾琴

汉灵帝时,陈留蔡邕以数上书陈奏①,忤上旨意,又内宠恶之,虑不免,乃亡命江海,远迹吴会②。至吴,吴人有烧桐以爨者,邕闻火烈声,曰:"此良材也。"因请之,削以为琴,果有美音。而其尾焦,因名焦尾琴。

| 注释 |

①蔡邕(yōng):字伯喈,陈留郡圉(yǔ)县(一说为河南尉氏县,一说为河南杞县)人,东汉名臣,文学家、书法家,才女蔡文姬之父。
②吴会:东汉时期分会稽郡为吴郡与会稽郡,并称吴会。

柯亭竹

蔡邕尝至柯亭①,以竹为椽②。邕仰盻之③,曰:"良竹也。"取以为笛,发声辽亮。

一云:邕告吴人曰:"吾昔尝经会稽高迁亭,见屋东间第十六竹椽,可为笛。取用,果有异声。"

| 注释 |

①柯亭:古地名,又名高迁亭,位于今浙江绍兴地区,以产良竹著名。
②椽(chuán):置于檩(lǐn)上架起屋顶的木条。檩,用于架跨在房梁上起托住椽子或屋顶作用的小梁。
③盻:看,望。

卷十四

蒙双氏

昔高阳氏①,有同产而为夫妇,帝放之于崆峒之野②。相抱而死。神鸟以不死草覆之,七年,男女同体而生。二头,四手足,是为蒙双氏。

| 注释 |

① 高阳氏:即颛顼,"五帝"之一。
② 崆峒(kōngtóng):山名,相传为黄帝向广成子问道之所,即今甘肃平凉崆峒山,一说位于河南。

狗祖盘瓠

高辛氏,有老妇人,居于王宫,得耳疾历时。医为挑治,出顶虫①,大如茧。妇人去后,置以瓠蓠②,覆之以盘,俄尔顶虫乃化为犬,其文五色,因名盘瓠,遂畜之。时戎吴强盛③,数侵边境,遣将征讨,不能擒胜。乃募天下有能得戎吴将军首者,购金千斤,封邑万户,又赐以少女。后盘瓠衔得一头,将造王阙。王诊视之,即是戎吴。为之奈何?群臣皆曰:"盘瓠是畜,不可官秩,又不可妻。虽有功,无施也。"少女闻之,启王曰:"大王既以我许天下矣。盘瓠衔首而来,为国除害,此天命使然,岂狗之智力哉。王者重言,伯者重信,不可以女子微躯,而负明约于天下,国之祸也。"王惧而从之,令少女从盘瓠。盘瓠将女上南山,草木茂盛,无人行迹。于是女解去衣裳,为仆竖之结④,着独力之衣,随盘瓠升山,入谷,止于石室之中。王悲思之，遣往视觅，天辄风雨，岭震云晦，往者莫至。盖经三年，产六男、六女。盘瓠死后，自相配偶，因为夫妇。织绩木皮，染以草实。好五色衣服，裁制皆有尾形。后母归，以语王，王遣使迎诸男女，天不复雨。衣服褊裢⑤，言语侏僃⑥，饮食蹲踞⑦，好山恶都。王顺其意，赐以名山广泽，号曰蛮夷。蛮夷者，外痴内黠，安土重旧，以其受异气于天命，故待以不常之律。田作贾贩，无关繻、符传、租税之赋⑧，有邑君长皆赐印绶。冠用獭皮，取其游食于水。今即梁、汉、巴、蜀、武陵、长沙、庐江郡夷是也⑨。用糁杂鱼肉⑩，叩槽而号，以祭盘瓠，其俗至今。故世称："赤髀横裙⑪，盘瓠子孙。"

| 注释 |

①顶虫：传说中长在头颅里的虫。
②瓠蓠（hùlí）：破开葫芦而形成的类似于瓢的器皿。
③戎吴：应指戎族的一个部落。
④结：后作"髻"，发髻。
⑤褊裢（biǎnlián）：指色彩斑斓。
⑥侏僃：形容方言或少数民族、外国语言文字怪异，让人很难理解。
⑦蹲踞：两膝弯曲，脚底和臀部着地蹲坐的一种不礼貌的姿势。
⑧关繻（rú）：即出入关隘的帛制凭证，上写字，分成两半，过关时验合，以为凭信。符传：古代符信之一，用于出入门关。
⑨梁：指梁州。汉：指汉中郡，秦代置，郡治即今陕西汉中。巴：指巴郡。蜀：指蜀郡。武陵：指武陵郡，西汉置，郡治一说为索县，一说为义陵。长沙：指长沙郡、长沙国，秦代置郡，西汉改国，即今长沙。庐江：指庐江郡。
⑩糁（sǎn）：米饭。
⑪髀（bì）：大腿。

夫馀王

槁离国王侍婢有娠①，王欲杀之。婢曰："有气如鸡子，从天来下，故我有娠。"后生子，捐之猪圈中，猪以喙嘘之；徙至马枥中②，马复以气嘘之；故得不死。王疑以为天子也，乃令其母收畜之，名曰东明。常令牧马。东明善射，王恐其夺己国也，欲杀之。东明走，南至掩施水③，以弓击水，鱼鳖浮为桥，东明得渡。鱼鳖解散，追兵不得渡。因都王夫馀④。

| 注释 |

①槁离：北夷国名，又称高夷，即后来的高句丽。娠（shēn）：怀孕。
②马枥（lì）：马槽。
③掩施水：水名，即掩淲（biāo）河。
④夫馀：古国名，位于今东北地区。

鹄苍衔卵

古徐国宫人娠而生卵，以为不祥，弃之水滨。有犬，名鹄苍，衔卵以归，遂生儿，为徐嗣君。后鹄苍临死，生角而九尾，实黄龙也。葬之徐里中。见有狗垄在焉①。

| 注释 |

①垄（lǒng）：坟冢。

谷乌菟

斗伯比父早亡①，随母归在舅姑之家。后长大，乃奸妘子之女②，生子文。其妘子妻耻女不嫁而生子。乃弃于山中。妘子游猎，见虎乳一小儿，归与妻言，妻曰："此是我女与伯比私通生此小儿。我耻之，送于山中。"

妘子乃迎归养之，配其女与伯比。楚人因呼子文为谷乌菟③。仕至楚相也。

| 注释 |

①斗伯比：春秋时斗邑（今湖北郧西）人，楚君熊仪之幼子，楚国令尹。
②妘（yún）子：妘国国君。
③谷乌菟：楚国人称"乳"为"谷"，称"虎"为"乌菟"，故名。

齐顷公无野

齐惠公之妾萧同叔子见御有身①，以其贱，不敢言也。取薪而生顷公于野②，又不敢举也③。有狸乳而鹯覆之④。人见而收，因名曰无野。是为顷公。

| 注释 |

①齐惠公：姜姓，吕氏，名元，春秋时期齐国国君，齐桓公之子。见御有身：这里指君王侍妾侍寝后怀孕。
②顷公：指齐顷公，姜姓，吕氏，名无野，春秋时期齐国国君，齐惠公之子。
③举：意为抚养。
④鹯（zhān）：猛禽名。又名晨风，似鹞，羽毛青黄。

羌豪袁钊

袁钊者，羌豪也①。秦时拘执为奴隶，后得亡去。秦人追之急迫，藏于穴中。秦人焚之，有景相如虎来为蔽②，故得不死。诸羌神之，推以为君。其后种落炽盛。

| 注释 |

①豪：统帅，首领。
②景相：即景象，指形状、形象。

窦氏蛇

后汉定襄太守窦奉妻生子武①,并生一蛇。奉送蛇于野中。及武长大,有海内俊名。母死,将葬,未窆②,宾客聚集,有大蛇从林草中出,径来棺下,委地俯仰③,以头击棺,血涕并流,状若哀恸,有顷而去。时人知为窦氏之祥。

| 注释 |

①定襄:古郡名,汉代置,郡治成乐(今内蒙古和林格尔一带)。窦奉:东汉时期曾任定襄太守,槐里侯窦武之父,汉桓帝窦皇后之祖父。
②窆(biǎn):泛指埋葬。
③俯仰:指低头与抬头的动作。

金龙池

晋怀帝永嘉中,有韩媪者,于野中见巨卵。持归育之,得婴儿,字曰撅儿。方四岁,刘渊筑平阳城,不就,募能城者。撅儿应募。因变为蛇,令媪遗灰志其后。谓媪曰:"凭灰筑城,城可立就。"竟如所言。渊怪之,遂投入山穴间,露尾数寸,使者斩之,忽有泉出穴中,汇为池,因名金龙池。

羽衣人

元帝永昌中,暨阳人任谷因耕息于树下①,忽有一人着羽衣就淫之。既而不知所在。谷遂有妊。积月,将产,羽衣人复来,以刀穿其阴下,出一蛇子便去。谷遂成宦者,诣阙自陈②,留于宫中。

| 注释 |

①暨阳:古县名,晋代置,位于今江苏江阴地区。

②阙：宫廷。

马皮蚕女

旧说太古之时，有大人远征，家无余人，唯有一女。牡马一匹，女亲养之。穷居幽处，思念其父，乃戏马曰："尔能为我迎得父还，吾将嫁汝。"马既承此言，乃绝缰而去，径至父所。父见马，惊喜，因取而乘之。马望所自来，悲鸣不已。父曰："此马无事如此，我家得无有故乎！"亟乘以归。为畜生有非常之情，故厚加刍养。马不肯食，每见女出入，辄喜怒奋击。如此非一。父怪之，密以问女，女具以告父，必为是故。父曰："勿言，恐辱家门。且莫出入。"于是伏弩射杀之，暴皮于庭。父行，女以邻女于皮所戏，以足蹙之曰①："汝是畜生，而欲取人为妇耶？招此屠剥，如何自苦？"言未及竟，马皮蹶然而起，卷女以行。邻女忙怕，不敢救之，走告其父。父还求索，已出失之。后经数日，得于大树枝间。女及马皮，尽化为蚕，而绩于树上。其茧纶理厚大，异于常蚕。邻妇取而养之，其收数倍。因名其树曰桑。桑者，丧也。由斯百姓竞种之，今世所养是也。言桑蚕者，是古蚕之余类也。案《天官》②，辰为马星③。《蚕书》曰④："月当大火，则浴其种。"是蚕与马同气也。《周礼》马质职掌"禁原蚕者"注云⑤："物莫能两大。禁原蚕者，为其伤马也。"汉礼，皇后亲采桑，祀蚕神，曰"菀窳妇人，寓氏公主"⑥。公主者，女之尊称也。菀窳妇人，先蚕者也。故今世或谓蚕为女儿者，是古之遗言也。

| 注释 |

①蹙（cù）：通"蹴"，踢，踏。
②《天官》：指《周礼·天官》。《周礼》是儒家重要经典，十三经之一，世传为周公旦所著，对国家机构设置、制度、礼法等做了权威的记载

和解释，对历代礼制的影响深远。《天官》记载了负责宫廷事务的职官相关制度。
③辰为马星：古时以房星主车马，称之为天驷、房驷，又称辰星。
④《蚕书》：论述养蚕的书，亦称《蚕经》。
⑤马质：官职名，掌管买马、评定马的优劣等。原蚕：即二蚕，一年中两次孵化的蚕。
⑥菀窳（wǎnyǔ）妇人，寓氏公主：皆是汉代对蚕神的尊称。

嫦娥奔月

羿请无死之药于西王母①，嫦娥窃之以奔月②。将往，枚筮之于有黄③。有黄占之曰："吉。翩翩归妹，独将西行。逢天晦芒，毋恐毋惊，后且大昌。"嫦娥遂托身于月，是为蟾蜍④。

| 注释 |

①羿：指后羿，擅长射箭，曾助尧帝射落九日。西王母：古代神话中的女仙人，是长生不老的象征。
②嫦娥：神话传说中的人物，又名恒娥、姮娥、素娥等，后羿之妻。因偷吃了不死药而飞升至月宫，其事最早见于商朝卜书《归藏》。
③枚筮：古代占卜吉凶的术法。
④蟾蜍（chú）：亦作"蟾蠩"，因嫦娥奔月之故也代指月亮。

帝女化草

舌埵山①，帝之女死，化为怪草，其叶郁茂，其华黄色，其实如兔丝②。故服怪草者，恒媚于人焉。

| 注释 |

①舌埵（duǒ）山：神话传说中的山名。《山海经》中为"姑媱之山"。

②兔丝：植物名，又名菟丝子，指女萝。

兰岩双鹤

荥阳县南百余里①，有兰岩山，峭拔千丈。常有双鹤，素羽皦然②，日夕偶影翔集。相传云："昔有夫妇隐此山，数百年，化为双鹤，不绝往来。忽一旦，一鹤为人所害，其一鹤岁常哀鸣。至今响动岩谷，莫知其年岁也。"

| 注释 |

①荥（xíng）阳：古郡名、县名，秦代置，西晋改为荥阳郡，即今河南郑州荥阳地区。
②皦（jiǎo）然：洁白光亮的样子。

羽衣女

豫章新喻县男子①，见田中有六七女，皆衣毛衣，不知是鸟。匍匐往，得其一女所解毛衣，取藏之，即往就诸鸟。诸鸟各飞去，一鸟独不得去。男子取以为妇，生三女。其母后使女问父，知衣在积稻下，得之，衣而飞去。后复以迎三女，女亦得飞去。

| 注释 |

①新喻：古县名，三国时吴国置新渝县，后讹为新喻县，即今江西新余地区。

黄母化鼋

汉灵帝时，江夏黄氏之母浴盘水中①，久而不起，变为鼋矣。婢惊走告。比家人来，鼋转入深渊。其后时时出见。初浴，簪一银钗，犹在其首。于是黄氏累世不敢食鼋肉。

| 注释 |

①盘水：水名，位于今湖北房县地区。

宋母化鳖

魏黄初中，清河宋士宗母①，夏天于浴室里浴，遣家中大小悉出，独在室中。良久，家人不解其意，于壁穿中窥之。不见人体，见盆水中有一大鳖。遂开户，大小悉入，了不与人相承。尝先着银钗，犹在头上。相与守之啼泣，无可奈何。意欲求去，永不可留。视之积日，转懈②。自捉出户外③。其去甚驶，逐之不及，遂便入水。后数日，忽还，巡行宅舍如平生，了无所言而去。时人谓士宗应行丧治服，士宗以母形虽变，而生理尚存，竟不治丧。此与江夏黄母相似。

| 注释 |

①清河：古郡国名，西汉置清河郡，东汉改郡为国，治所清阳（今清河东南）。

②懈：松懈。

③捉：同"促"，突然。

宣母化鼋

吴孙皓宝鼎元年六月晦①，丹阳宣骞母②，年八十矣，亦因洗浴化为鼋。其状如黄氏。骞兄弟四人闭户卫之，掘堂上作大坎③，泻水其中。鼋入坎游戏。一二日间，恒延颈外望。伺户小开，便轮转自跃入于深渊。遂不复还。

| 注释 |

①晦：指农历每月的最后一天。

②宣骞（qiān）：人名。
③坎：小坑，地面低洼之处。

老翁作怪

汉献帝建安中，东郡民家有怪：无故，瓮器自发訇訇作声①，若有人击；盘案在前②，忽然便失；鸡生子，辄失去。如是数岁，人甚恶之。乃多作美食，覆盖，著一室中，阴藏户间窥伺之。果复重来，发声如前。闻，便闭户，周旋室中，了无所见。乃闇以杖挝之③。良久，于室隅间有所中，便闻呻吟之声，曰："唷④！唷！宜死。"开户视之，得一老翁，可百余岁，言语了不相当，貌状颇类于兽。遂行推问，乃于数里外得其家，云："失来十余年。"得之哀喜。后岁余，复失之。闻陈留界复有怪如此，时人咸以为此翁。

| 注释 |

①訇訇（hōng）：形容巨大声响。
②盘案：盛放食物的盘子和案几的统称。
③闇（àn）：同"暗"。
④唷（yòu）：呕吐或呻吟的声音，此处指呻吟声。

卷十五

王道平妻

秦始皇时，有王道平，长安人也。少时，与同村人唐叔偕女，小名父喻，容色俱美，誓为夫妇。寻王道平被差征伐，落堕南国，九年不归。父母见女长成，即聘与刘祥为妻。女与道平，言誓甚重，不肯改事。父母逼迫，不免，出嫁刘祥。经三年，忽忽不乐，常思道平，忿怨之深，悒悒而死①。死经三年，平还家，乃诘邻人："此女安在？"邻人云："此女意在于君，被父母凌逼，嫁与刘祥。今已死矣。"平问："墓在何处？"邻人引往墓所。平悲号哽咽，三呼女名，绕墓悲苦，不能自止。平乃祝曰："我与汝立誓天地，保其终身。岂料官有牵缠，致令乖隔，使汝父母与刘祥。既不契于初心，生死永诀。然汝有灵圣，使我见汝生平之面。若无神灵，从兹而别。"言讫，又复哀泣。逡巡②，其女魂自墓出，问平："何处而来？良久契阔③。与君誓为夫妇，以结终身。父母强逼，乃出聘刘祥。已经三年，日夕忆君，结恨致死，乖隔幽途。然念君宿念不忘，再求相慰，妾身未损，可以再生，还为夫妇。且速开冢破棺，出我即活。"平审言，乃启墓门，扪看其女，果活。乃结束随平还家。其夫刘祥闻之，惊怪，申诉于州县。检律断之，无条，乃录状奏王。王断归道平为妻。寿一百三十岁。实谓精诚贯于天地④，而获感应如此。

| 注释 |

①悒悒（yì）：忧愁郁闷的样子。

②逡巡：顷刻之间。
③契阔：指久别。契，相合。阔，分离。
④精诚：真心诚意，至诚。

河间女

晋惠帝世，河间郡有男女私悦，许相配适。寻而男从军，积年不归。女家更欲适之，女不愿行，父母逼之，不得已而去，寻病死。其男戍还，问女所在，其家具说之。乃至冢，欲哭之尽哀，而不胜其情，遂发冢，开棺，女即苏活。因负还家，将养数日，平复如初。后夫闻，乃往求之。其人不还，曰："卿妇已死，天下岂闻死人可复活耶？此天赐我，非卿妇也。"于是相讼。郡县不能决，以谳廷尉①，秘书郎王导奏②："以精诚之至，感于天地，故死而更生。此非常事，不得以常礼断之。请还开冢者。"朝廷从其议。

| 注释 |

①谳（yàn）：请示，将案情上报。
②王导：字茂弘，小字赤龙，琅琊临沂人，东晋开国元勋。

贾偶

汉献帝建安中，南阳贾偶，字文合，得病而亡。时有吏将诣太山①，司命阅簿②，谓吏曰："当召某郡文合，何以召此人？可速遣之。"时日暮，遂至郭外树下宿。见一年少女独行，文合问曰："子类衣冠③，何乃徒步？姓字为谁？"女曰："某三河人④，父见为弋阳令⑤。昨被召来，今却得还。遇日暮，惧获瓜田李下之讥。望君之容，必是贤者，是以停留，依凭左右。"文合曰："悦子之心，愿交欢于今夕。"女曰："闻之诸姑，女子以贞专为德，洁白为称。"文合反复与言，终无动志。天明，各去。文合卒已再宿，停丧将殓，视其面，有色，扪心下，稍温。少顷，却苏。后文合欲验其实，遂至弋阳，修刺谒令⑥，因问曰："君女宁卒而却苏耶⑦？"具说女子姿质服色、言语相反复本末。令人问女，所言皆同。乃大惊叹，竟以此女配文合焉。

| 注释 |

①太山：指泰山，相传为阴曹地府之所在。
②司命：传说泰山府君手下掌管人间生死的官吏。
③衣冠：代指士大夫。
④三河：汉代指河内、河东、河南三郡，即今河南洛阳黄河南北一带。
⑤弋阳：古郡、县名，位于今河南潢川地区。
⑥修刺：置备名帖，作通报姓名之用。
⑦宁：难道，岂。

李娥

汉建安四年二月，武陵充县妇人李娥①，年六十岁，病卒，埋于城外，已十四日。娥比舍有蔡仲，闻娥富，谓殡当有金宝，乃盗发冢求金。以斧剖棺，斧数下，娥于棺中言曰："蔡仲，汝护我头。"仲惊遽，便出走，会为县吏所见，遂收治。依法当弃市②。娥儿闻母活，来迎出，将娥回去。武陵太守闻娥死复生，召见，问事状。娥对曰："闻谬为司命所召，到时得遣出。过西门外，适见外兄刘伯文，惊相劳问，涕泣悲哀。娥语曰：'伯文，我一日误为所召，今得遣归，既不知道，不能独行，为我得一伴否？又我见召在此，已十余日，形体又为家人所葬埋，归，当那得自出？'伯文曰：'当为问之。'即遣门卒与户曹相问：'司命一日误召武陵女子李娥，今得遣还。娥在此积日，尸丧又当殡殓，当作何等得出？又女弱，独行,岂当有伴耶?是吾外妹,幸为便安之③。'答曰:'今武陵西界,有男子李黑,亦得遣还,便可为伴。兼敕黑过娥比舍蔡仲,发出娥也。'于是娥遂得出,与伯文别,伯文曰:'书一封,以与儿佗。'娥遂与黑俱归。事状如此。"太守闻之,慨然叹曰:"天下事真不可知也。"乃表,以为"蔡仲虽发冢,为鬼神所使;虽欲无发,势不得已,宜加宽宥④"。诏书报可。太守欲验语虚实,即遣马吏于西界,推问李黑,得之,与黑语协。乃致伯文书与佗,佗识其纸,乃是父亡时送箱中文书也⑤。表文字犹在也,而书不可晓。乃请费长房读之⑥,曰:"告佗,我当从府君出案行部,当以八月八日日中时,武陵城南沟水畔顿。汝是时必往。"到期,悉将大小于城南待之。须臾果至。但闻人马隐隐之声,诣沟水,便闻有呼声曰:"佗来。汝得我所寄李娥书不耶?"曰:"即得之,故来至此。"伯文以次呼家中大小,久之,悲伤断绝,曰:"死生异路,不能数得汝消息,吾亡后,儿孙乃尔许大。"良久,谓佗曰:"来春大病,与此一丸药,以涂门户,则辟来年妖疠矣。"言讫,忽去,竟不得见其形。至来春,武陵果大病,白日皆见鬼,唯伯文之家,鬼不敢向。费长房视药丸,曰:"此方相脑也。"

| 注释 |

①充县:古县名,汉代置,位于今湖南桑植地区。
②弃市:指死刑。在众人集聚的闹市,对犯人执行死刑并陈尸街头,以示为大众所弃。
③幸:希望。
④宽宥(yòu):宽恕,原谅。
⑤送箱:死者坟墓中陪葬的箱子。
⑥费长房:东汉时方士,汝南(今河南平舆)人。传说入山学仙未成辞归,而能医重病,鞭笞百鬼,驱使社神,后失神符,为鬼所杀。

史妫

汉陈留考城史妫①，字威明，年少时，尝病，临死，谓母曰："我死当复生。埋我，以竹杖柱于瘗上②，若杖折，掘出我。"及死埋之，柱如其言。七日往视，杖果折。即掘出之，已活。走至井上，浴，平复如故。后与邻船至下邳卖锄，不时售③，云："欲归。"人不信之，曰："何有千里暂得归耶？"答曰："一宿便还。"即书，取报以为验实。一宿便还，果得报。考城令江夏鄳贾和姊病④，在乡里，欲急知消息，请往省之。路遥三千，再宿还报。

| 注释 |

①考城：古县名。秦时置甾县，东汉时更名考城，位于今河南兰考地区。史妫（xū）：人名。
②瘗（yì）：掩埋，埋藏。此指坟墓。
③时：按时。这里指如期。
④鄳（méng）：古县名，汉代置，位于今河南罗山。

贺瑀

会稽贺瑀，字彦琚①，曾得疾，不知人，惟心下温，死三日，复苏。云："吏人将上天，见官府，入曲房②，房中有层架，其上层有印，中层有剑，使瑀惟意所取。而短不及上层，取剑以出。门吏问：'何得？'云：'得剑。'曰：'恨不得印，可策百神，剑惟得使社公耳。'"疾愈，果有鬼来，称社公。

| 注释 |

①彦琚（jū）：人名。
②曲房：深邃幽隐的密室。

戴洋

戴洋，字国流，吴兴长城人①。年十二，病死，五日而苏。说死时，天使其为酒藏吏②，授符箓，给吏从幡麾，将上蓬莱、昆仑、积石、太室、庐、衡等山③，既而遣归。妙解占候，知吴将亡，托病不仕，还乡里。行至濑乡，经老子祠，皆是洋昔死时所见使处，但不复见昔物耳。因问守藏应凤曰："去二十余年，尝有人乘马东行，经老君祠而不下马，未达桥，坠马死者否？"凤言有之。所问之事，多与洋同。

| 注释 |

①长城：古县名，故治位于今浙江长兴地区。
②酒藏吏：古代为朝廷掌管酿酒、藏酒等职的官员。
③积石：山名，即阿尼玛卿山，是昆仑山脉东段中支，位于今青海南部。
　太室：山名，即嵩山，位于今河南登封。

柳荣张悌

吴临海松阳人柳荣①，从吴相张悌至扬州。荣病死船中二日，军士已上岸，无有埋之者。忽然大叫，言："人缚军师！人缚军师！"声甚激扬。遂活。人问之。荣曰："上天北斗门下，卒见人缚张悌②，意中大愕，不觉大叫言：'何以缚军师？'门下人怒荣，叱逐使去。荣便怖惧，口余声发扬耳。"其日，悌即死战。荣至晋元帝时犹存。

| 注释 |

①临海：古郡名，三国时吴分会稽郡东部置，位于今浙江台州椒江地区。
　松阳：古县名，东汉置，位于今浙江丽水松阳。
②卒（cù）：同"猝"，突然。

马势妇

吴国富阳人马势妇①,姓蒋。村人应病死者,蒋辄恍惚熟眠经日,见病人死,然后省觉。觉则具说,家中人不信之。语人云:"某中病,我欲杀之,怒强魂难杀,未即死。我入其家内,架上有白米饭,几种鲑②。我暂过灶下戏,婢无故犯我,我打其脊,使婢当时闷绝,久之乃苏。"其兄病,有乌衣人令杀之,向其请乞,终不下手。醒,乃语兄云,"当活"。

| 注释 |

①富阳:古县名,秦置,属会稽郡。东晋改为富阳,沿用至今,位于浙江。
②鲑(xié):鱼类菜肴的总称。

颜畿

晋咸宁二年十二月,琅邪颜畿,字世都,得病,就医张瑳使治①,死于张家。棺敛已久。家人迎丧,旐每绕树木而不可解②。人咸为之感伤。引丧者忽颠仆,称畿言曰:"我寿命未应死,但服药太多,伤我五脏耳。今当复活,慎无葬也。"其父拊而祝之,曰:"若尔有命,当复更生,岂非骨肉所愿?今但欲还家,不尔葬也。"旐乃解。及还家,其妇梦之曰:"吾当复生,可急开棺。"妇便说之。其夕,母及家人又梦之。即欲开棺,而父不听。其弟含,时尚少,乃慨然曰:"非常之事,自古有之。今灵异至此,开棺之痛,孰与不开相负?"父母从之,乃共发棺,果有生验。以手刮棺,指爪尽伤,然气息甚微,存亡不分矣。于是急以绵饮沥口③,能咽,遂与出之。将护累月,饮食稍多,能开目视瞻,屈伸手足,不与人相当。不能言语,饮食所须,托之以梦。如此者十余年,家人疲于供护,不复得操事。含乃弃绝人事,躬亲侍养,以知名州党。后更衰劣,卒复还死焉。

| 注释 |

①张瑳（cuō）：人名。
②旐（zhào）：丧事用的一种魂幡。
③绵饮沥口：指用细棉蘸水往嘴里滴。

羊祜

羊祜年五岁时①，令乳母取所弄金镮②。乳母曰："汝先无此物。"祜即诣邻人李氏东垣桑树中探得之。主人惊曰："此吾亡儿所失物也，云何持去？"乳母具言之，李氏悲惋。时人异之。

| 注释 |

①羊祜（hù）：字叔子，西晋大臣，汉末才女蔡文姬的外甥。
②金镮（huán）：金制的环。镮，古同"环"。

西汉宫人

汉末，关中大乱，有发前汉宫人冢者，宫人犹活。既出，平复如旧。魏郭后爱念之①，录置宫内，常在左右。问汉时宫中事，说之了了②，皆有次绪③。郭后崩，哭泣过哀，遂死。

| 注释 |

①魏郭后：魏文帝曹丕的皇后，姓郭，字女王，安平郡广宗县（今河北广宗）人。
②了了：清楚，明白。
③次绪：次序，头绪。

棺中活妇

魏时太原发冢①,破棺,棺中有一生妇人。将出与语,生人也。送之京师,问其本事,不知也。视其冢上树木,可三十岁。不知此妇人三十岁常生于地中耶?将一朝欻生,偶与发冢者会也?

| 注释 |

①太原:古郡名,秦置,郡治晋阳(位于今山西太原地区)。

杜锡婢

晋世杜锡,字世嘏①,家葬而婢误不得出。后十余年,开冢祔葬②,而婢尚生。云:"其始如瞑目,有顷渐觉。"问之,自谓:"当一再宿耳。"初婢埋时,年十五六,及开冢后,姿质如故。更生十五六年,嫁之有子。

| 注释 |

①世嘏(gǔ):人名。
②祔(fù)葬:合葬,也指葬于先人坟墓旁。

冯贵人

汉桓帝冯贵人病亡。灵帝时有盗贼发冢。七十余年,颜色如故,但肉小冷。群贼共奸通之,至斗争相杀,然后事觉。后窦太后家被诛,欲以冯贵人配食①。下邳陈公达议②:"以贵人虽是先帝所幸,尸体秽污,不宜配至尊。"乃以窦太后配食。

| 注释 |

①配食:祔祭,配享。
②陈公:指陈球,东汉大臣,汉灵帝时任廷尉。

广陵大冢

吴孙休时,戍将于广陵掘诸冢,取版以治城,所坏甚多。复发一大冢,内有重阁,户扇皆枢转可开闭,四周为徼道①,通车,其高可以乘马。又铸铜人数十,长五尺,皆大冠,朱衣,执剑,侍列灵坐。皆刻铜人背后面壁,言殿中将军,或言侍郎、常侍,似公侯之冢。破其棺,棺中有人,发已班白,衣冠鲜明,面体如生人。棺中云母,厚尺许,以白玉璧三十枚藉尸②。兵人辈共举出死人,以倚冢壁。有一玉,长尺许,形似冬瓜,从死人怀中透出,堕地。两耳及孔鼻中,皆有黄金,如枣许大。

| 注释 |

①徼(jiào)道:巡逻警戒的道路。
②藉(jiè)尸:垫着尸体。藉,本义为作衬垫的东西,这里作动词,垫、衬。

栾书冢

汉广川王好发冢①。发栾书冢②,其棺柩盟器,悉毁烂无余。唯有一白狐,见人惊走。左右逐之,不得,戟伤其左足。是夕,王梦一丈夫,须眉尽白,来谓王曰:"何故伤吾左足?"乃以杖叩王左足。王觉,肿痛,即生疮。至死不差。

| 注释 |

①广川王:最初指汉景帝之子刘彭祖,后刘彭祖之子刘越封为广川王。这里指的是汉景帝刘启曾孙、广川王刘越之孙刘去,亦称"刘去疾"。
②栾书:姬姓,栾氏,冀州栾邑(今河北栾城)人,春秋时晋国大臣,谥号为武,人称"栾武子"。

卷十六

三疫鬼

昔颛顼氏有三子，死而为疫鬼：一居江水，为疟鬼；一居若水，为魍魉鬼；一居人宫室，善惊人小儿，为小鬼。于是正岁命方相氏帅肆傩以驱疫鬼①。

|注释|

①正岁：指古夏历正月，亦泛指农历正月。方相氏：周代官职名，夏官司马的属官，职掌驱除疫鬼和山川精怪，也是旧时民间普遍信仰的神祇。傩（nuó）：古代一种迎神驱鬼的仪式。

挽歌

挽歌者，丧家之乐，执绋者相和之声也①。挽歌辞有"薤露""蒿里"二章②，汉田横门人作③。横自杀，门人伤之，悲歌，言：人如薤上露，易晞灭；亦谓人死，精魂归于蒿里。故有二章。

|注释|

①执绋（fú）：送葬时拉绳以牵引灵车，后来泛指为人送殡。绋，古代出殡时拉棺材用的大绳。
②薤（xiè）露：此指汉代挽歌名，送王公贵族。薤，植物名，叶子丛生，花紫色。蒿里：原为山名，相传位于泰山之南，是埋葬死者之处，后泛指墓地或阴间。此指汉代挽歌名，送庶士大夫。

③田横：原为齐国贵族，在陈胜、吴广大泽乡起义后，田横与其兄一同反秦自立。汉高祖刘邦统一天下后，田横不愿称臣于汉，后自杀。

阮瞻见鬼客

阮瞻字千里，素执无鬼论，物莫能难。每自谓此理足以辨正幽明①。忽有客通名诣瞻，寒温毕②，聊谈名理。客甚有才辨，瞻与之言良久，及鬼神之事，反复甚苦。客遂屈，乃作色曰："鬼神，古今圣贤所共传，君何得独言无？即仆便是鬼。"于是变为异形，须臾消灭。瞻默然，意色太恶③。岁余，病卒。

| 注释 |

①幽明：这里指生与死，阳与阴。
②寒温：问候冷暖起居，指寒暄。
③意色：神色，神情。

黑衣白袷鬼

吴兴施续为寻阳督①，能言论。有门生亦有理意，常秉无鬼论。忽有一黑衣白袷客来②，与共语，遂及鬼神。移日③，客辞屈，乃曰："君辞巧，理不足。仆即是鬼，何以云无？"问："鬼何以来？"答曰："受使来取君，期尽明日食时。"门生请乞，酸苦。鬼问："有人似君者否？"门生云："施续帐下都督，与仆相似。"便与俱往，与都督对坐。鬼手中出一铁凿，可尺余，安着都督头，便举椎打之。都督云："头觉微痛。"向来转剧，食顷便亡。

| 注释 |

①寻阳：古郡名，晋代置，位于今江西九江。

② 袺（jié）：古时交叠于胸前的衣领。
③ 移日：本义为移动日影，此指不短的一段时间。

蒋济亡儿

蒋济字子通，楚国平阿人也①。仕魏，为领军将军②。其妇梦见亡儿涕泣曰："死生异路。我生时为卿相子孙，今在地下为泰山伍伯③，憔悴困苦，不可复言。今太庙西讴士孙阿见召为泰山令④，愿母为白侯，属阿令转我得乐处。"言讫，母忽然惊寤。明日以白济。济曰："梦为虚耳，不足怪也。"日暮，复梦曰："我来迎新君，止在庙下。未发之顷，暂得来归。新君明日日中当发。临发多事，不复得归。永辞于此。侯气强难感悟，故自诉于母，愿重启侯，何惜不一试验之？"遂道阿之形状言甚备悉。天明，母重启济："虽云梦不足怪，此何太适适⑤？亦何惜不一验之？"济乃遣人诣太庙下推问孙阿，果得之，形状证验，悉如儿言。济涕泣曰："几负吾儿。"于是乃见孙阿，具语其事。阿不惧当死，而喜得为泰山令，惟恐济言不信也，曰："若如节下言⑥，阿之愿也。不知贤子欲得何职？"济曰："随地下乐者与之。"阿曰："辄当奉教。"乃厚赏之。言讫，遣还。济欲速知其验，从领军门至庙下，十步安一人以传消息。辰时，传阿心痛；巳时，传阿剧；日中，传阿亡。济曰："虽哀吾儿之不幸，且喜亡者有知。"后月余，儿复来，语母曰："已得转为录事矣⑦。"

| 注释 |

① 楚国：指三国时魏武帝曹操儿子曹彪的封国。平阿：古县名，位于今安徽怀远。
② 领军将军：官职名，统率禁军。

③伍伯：役卒，掌管开路、杖刑等。

④讴士：唱赞的人。

⑤適適（dí）：即"的的"，形容清楚、明白的样子。

⑥节下：对将领的敬称。

⑦录事：掌管文书记录的官员。

孤竹君棺

汉令支县有孤竹城①，古孤竹君之国也。灵帝光和元年，辽西人见辽水中有浮棺，欲斫破之，棺中人语曰："我是伯夷之弟②，孤竹君也。海水坏我棺椁③，是以漂流。汝斫我何为？"人惧，不敢斫。因为立庙祠祀。吏民有欲发视者，皆无病而死。

| 注释 |

①令支：古县名，西汉置，治所位于今河北迁安。

②伯夷：子姓，墨胎氏，名允，商朝末期孤竹君亚微之长子，弟叔齐。二人因让贤先后出逃，武王伐纣，伯夷叔齐兄弟二人以为不义，叩马谏阻，武王灭纣后，因耻食周粟而饿死首阳山。

③棺椁（guǒ）：即棺材和套在棺外的大棺，泛指棺材。

温序死节

温序，字公次，太原祁人也①。任护军校尉，行部至陇西②，为隗嚣将所劫③，欲生降之。序大怒，以节挝杀人。贼趋欲杀序，苟宇止之曰④："义士欲死节。"赐剑，令自裁。序受剑，衔须着口中，叹曰："无令须污土。"遂伏剑死。世祖怜之，送葬到洛阳城旁，为筑冢。长子寿，为印平侯，梦序告之曰："久客思乡。"寿即弃官，上书乞骸骨归葬。帝许之。

| 注释 |

①祁：古县名，西汉置，位于今山西祁县。
②陇西：古郡名，战国秦昭王时置，因在陇山以西得名，郡治位于今甘肃临洮。
③隗（wěi）嚣：字季孟，天水成纪（今甘肃秦安）人，新朝末年割据陇西，自称西州大将军。
④苟宇：隗嚣的部将。

文颖移棺

汉南阳文颖，字叔良，建安中为甘陵府丞①。过界止宿。夜三鼓时，梦见一人跪前曰："昔我先人，葬我于此，水来湍墓，棺木溺，渍水处半，然无以自温。闻君在此，故来相依。欲屈明日暂住须臾，幸为相迁高燥处。"鬼披衣示颖，而皆沾湿。颖心怆然，即寤，语诸左右，曰："梦为虚耳，亦何足怪？"颖乃还眠。向晨复梦见，谓颖曰："我以穷苦告君，奈何不相愍悼乎②？"颖梦中问曰："子为谁？"对曰："吾本赵人，今属汪芒氏之神③。"颖曰："子棺今何所在？"对曰："近在君帐北十数步，水侧枯杨树下，即是吾也。天将明，不复得见，君必念之。"颖答曰："喏！"忽然便寤。天明，可发。颖曰："虽云梦不足怪，此何太适。"左右曰："亦何惜须臾，不验之耶？"颖即起，率十数人将导顺水上，果得一枯杨，曰："是矣。"掘其下，未几，果得棺。棺甚朽坏，半没水中。颖谓左右曰："向闻于人，谓之虚矣。世俗所传，不可无验。"为移其棺，葬之而去。

| 注释 |

①甘陵：古郡、县、国名，位于今山东清河。府丞：太守的属官。
②愍悼：哀怜。
③汪芒：古代姓氏，也是古国名，故地位于今浙江德清。

鹄奔亭女鬼

汉九江何敞为交趾刺史,行部到苍梧郡高要县①,暮宿鹄奔亭。夜犹未半,有一女从楼下出,呼曰:"妾姓苏,名娥,字始珠,本居广信县②,修里人。早失父母,又无兄弟,嫁与同县施氏,薄命夫死,有杂缯帛百二十疋,及婢一人,名致富。妾孤穷羸弱,不能自振,欲之旁县卖缯。从同县男子王伯赁牛车一乘,直钱万二千,载妾并缯,令致富执辔,乃以前年四月十日到此亭外。于时日已向暮,行人断绝,不敢复进,因即留止。致富暴得腹痛,妾之亭长舍乞浆,取火。亭长龚寿,操戈持戟,来至车旁,问妾曰:'夫人从何所来?车上所载何物?丈夫安在?何故独行?'妾应曰:'何劳问之?'寿因持妾臂曰:'少年爱有色,冀可乐也。'妾惧怖不从,寿即持刀刺胁下,一创立死。又刺致富,亦死。寿掘楼下,合埋,妾在下,婢在上。取财物去,杀牛,烧车,车釭及牛骨③,贮亭东空井中。妾既冤死,痛感皇天,无所告诉,故来自归于明使君。"敞曰:"今欲发出汝尸,以何为验?"女曰:"妾上下着白衣,青丝履,犹未朽也。愿访乡里,以骸骨归死夫。"掘之,果然。敞乃驰还,遣吏捕捉,拷问,具服。下广信县验问,与娥语合。寿父母兄弟,悉捕系狱。敞表寿:"常律杀人不至族诛。然寿为恶首,隐密数年,王法自所不免。令鬼神诉者,千载无一。请皆斩之,以明鬼神,以助阴诛④。"上报听之。

|注释|

①高要:古县名,即今广东肇庆。
②广信:古县名,苍梧郡治所,即今广西梧州。
③釭(gāng):车毂口穿轴用的铁圈。
④阴诛:冥冥之中受到的惩罚。

曹公船

濡须口有大船①,船覆在水中,水小时便出见。长老云:"是曹公船②。"尝有渔人夜宿其旁,以船系之,但闻筝笛弦歌之音,又香气非常。渔人始得眠,梦人驱遣云:"勿近官妓③。"相传云曹公载妓船覆于此,至今在焉。

| 注释 |

①濡须:古水名,源出今安徽巢湖市西巢湖,经无为流入长江,即今运漕河。濡须口为濡须水之入江口。
②曹公:指曹操。
③官妓:古代官府供养的乐妓。

苟奴见鬼

夏侯恺,字万仁,因病死。宗人儿苟奴素见鬼①。见恺数归,欲取马,并病其妻②。着平上帻,单衣,入坐生时西壁大床③,就人觅茶饮。

| 注释 |

①宗人:官职名,掌管宗庙、谱牒、祭祀等事务。
②病:担心。
③床:古代的一种坐具。

产亡点面

诸仲务一女显姨,嫁为米元宗妻,产亡于家。俗闻,产亡者,以墨点面。其母不忍,仲务密自点之,无人见者。元宗为始新县丞①,梦其妻来上床,分明见新白妆面上有黑点。

| 注释 |

①始新:古县名,东汉置,位于今浙江淳安。县丞:官职名。秦汉于诸县置丞,以佐令长,历代沿袭。

弓弩射鬼

晋世新蔡王昭平,犊车在厅事上①,夜无故自入斋室中②,触壁而出。后又数闻呼噪攻击之声四面而来。昭乃聚众设弓弩战斗之备,指声弓弩俱发,而鬼应声接矢数枚,皆倒入土中。

| 注释 |

①犊车:指牛车,汉诸侯贫者乘之,后转为贵者乘用。厅事:官署视事问案的厅堂。
②斋室:斋戒时的居室。

杨度遇鬼

吴赤乌三年,句章民杨度至余姚①。夜行,有一年少,持琵琶,求寄载。度受之。鼓琵琶数十曲,曲毕,乃吐舌,擘目②,以怖度而去。复行二十里许,又见一老父,自云姓王名戒。因复载之。谓曰:"鬼工鼓琵琶,甚哀。"戒曰:"我亦能鼓。"即是向鬼。复擘眼吐舌,度怖几死。

| 注释 |

①句(gōu)章:古县名,位于今浙江余姚南。余姚:县名,秦置,即今浙江余姚。
②擘:裂开。

秦巨伯斗鬼

琅邪秦巨伯,年六十,尝夜行饮酒,道经蓬山庙,忽见其两孙迎之。扶持百余步,便捉伯颈着地,骂:"老奴,汝某日捶我,我今当杀汝。"伯思惟某时信捶此孙。伯乃佯死①,乃置伯去。伯归家,欲治两孙。两孙惊愕,叩头言:"为子孙宁可有此?恐是鬼魅,乞更试之。"伯意悟。数日,乃诈醉,行此庙间,复见两孙来扶持伯。伯乃急持,鬼动作不得。达家,乃是两偶人也。伯着火炙之,腹背俱焦坼。出着庭中,夜皆亡去。伯恨不得杀之。后月余,又佯酒醉夜行,怀刃以去,家不知也。极夜不还,其孙恐又为此鬼所困,乃俱往迎伯。伯竟刺杀之。

| 注释 |

①佯(yáng)死:装死。

三鬼醉酒

汉建武元年,东莱人姓池,家常作酒。一日,见三奇客,共持面饭至①,索其酒饮,饮竟而去。顷之,有人来云见三鬼酣醉于林中。

| 注释 |

①面饭:即麦饭,面制食物。

钱小小

吴先主杀武卫兵钱小小,形见大街,顾借赁人吴永,使永送书与街南庙。借木马二匹,以酒噀之①,皆成好马,鞍勒俱全②。

| 注释 |

①噀(xùn):喷,此指把酒含在口里喷出。

②鞍勒：马鞍马勒。

宗定伯卖鬼

南阳宗定伯年少时①，夜行逢鬼。问之，鬼言："我是鬼。"鬼问："汝复谁？"定伯诳之，言："我亦鬼。"鬼问："欲至何所？"答曰："欲至宛市②。"鬼言："我亦欲至宛市。"遂行数里。鬼言："步行太迟，可共递相担，何如？"定伯曰："大善。"鬼便先担定伯数里。鬼言："卿太重，将非鬼也？"定伯言："我新鬼，故身重耳。"定伯因复担鬼，鬼略无重。如是再三。定伯复言："我新鬼，不知有何所畏忌？"鬼答言："惟不喜人唾。"于是共行。道遇水，定伯令鬼先渡，听之，了然无声音。定伯自渡，漕漼作声③。鬼复言："何以有声？"定伯曰："新死，不习渡水故耳。勿怪吾也。"行欲至宛市，定伯便担鬼着肩上，急执之。鬼大呼，声咋咋然，索下，不复听之。径至宛市中，下着地，化为一羊，便卖之。恐其变化，唾之。得钱千五百乃去。当时石崇有言④："定伯卖鬼，得钱千五。"

| 注释 |

①宗定伯：一本作"宋定伯"。
②宛：古县名，位于今河南南阳。
③漕漼（cuǐ）：象声词，形容水声。
④石崇：字季伦，小名齐奴，西晋时期文学家，官至荆州刺史，"金谷二十四友"之一。

紫玉与韩重

吴王夫差小女名曰紫玉，年十八，才貌俱美。童子韩重，年十九，有道术。女悦之，私交信问，许为之妻。重学于齐、鲁之间，临去，属其父母使求婚。王怒，不与女。玉结气死，葬阊门之外①。三年，重归，诘其父母。父母曰："王大怒，玉结气死，已葬矣。"重哭泣哀恸，具牲币往吊于墓前②。玉魂从墓出，见重流涕，谓曰："昔尔行之后，令二亲从王相求，度必克从大愿，不图别后遭命，奈何！"玉乃左顾宛颈而歌曰："南山有鸟，北山张罗。鸟既高飞，罗将奈何！意欲从君，谗言孔多。悲结生疾，没命黄垆③。命之不造，冤如之何！羽族之长，名为凤凰。一日失雄，三年感伤。虽有众鸟，不为匹双。故见鄙姿，逢君辉光。身远心近，何当暂忘？"歌毕，歔欷流涕，要重还冢。重曰："死生异路，惧有尤愆④，不敢承命。"玉曰："死生异路，吾亦知之。然今一别，永无后期。子将畏我为鬼而祸子乎？欲诚所奉，宁不相信。"重感其言，送之还冢。玉与之饮讌，留三日三夜，尽夫妇之礼。临出，取径寸明珠以送重，曰："既毁其名，又绝其愿，复何言哉！时节自爱。若至吾家，致敬大王。"重既出，遂诣王，自说其事。王大怒曰："吾女既死，而重造讹言，以玷秽亡灵。此不过发冢取物，托以鬼神。"趣收重。重走脱至玉墓所，诉之。玉曰："无忧。今归白王。"王妆梳，忽见玉，惊愕悲喜，问曰："尔缘何生？"玉跪而言曰："昔诸生韩重来求玉，大王不许，玉名毁，义绝，自致身亡。重从远还，闻玉已死，故赍牲币，诣冢吊唁。感其笃终⑤，辄与相见，因以珠遗之。不为发冢，愿勿推治。"夫人闻之，出而抱之，玉如烟然。

| 注释 |

①阊（chāng）门：苏州城门名。

②牲币：泛指祭祀品。

③黄垆：指黄泉。

④尤愆（qiān）：罪过，罪咎。
⑤笃终：古代送葬的礼制。

驸马都尉

陇西辛道度者，游学至雍州城四五里①，比见一大宅，有青衣女子在门。度诣门下求飧②。女子入告秦女，女命召入。度趋入阁中③，秦女于西榻而坐。度称姓名，叙起居。既毕，命东榻而坐，即治饮馔。食讫，女谓度曰："我秦闵王女，出聘曹国，不幸无夫而亡。亡来已二十三年，独居此宅。今日君来，愿为夫妇。"经三宿三日后，女即自言曰："君是生人，我鬼也。共君宿契，此会可三宵，不可久居，当有祸矣。然兹信宿，未悉绸缪④，既已分飞，将何表信于郎？"即命取床后盒子开之，取金枕一枚，与度为信。乃分袂泣别，即遣青衣送出门外。未逾数步，不见舍宇，惟有一冢。度当时荒忙出走，视其金枕在怀，乃无异变。寻至秦国，以枕于市货之。恰遇秦妃东游，亲见度卖金枕，疑而索看，诘度何处得来？度具以告。妃闻，悲泣不能自胜。然尚疑耳，乃遣人发冢启柩视之，原葬悉在，唯不见枕。解体看之，交情宛若。秦妃始信之。叹曰："我女大圣，死经二十三年，犹能与生人交往。此是我真女婿也。"遂封度为驸马都尉⑤，赐金帛车马，令还本国。因此以来，后人名女婿为驸马。今之国婿，亦为驸马矣。

| 注释 |

①雍州：古"九州"之一，辖境位于今陕西中部北部、甘肃西北部、青海东北部和宁夏回族自治区一带。雍州城应指秦国原都城雍县，故城位于今陕西凤翔南。
②飧（sūn）：指晚饭，亦泛指熟食、饭食。
③趋：古代的一种礼节，碎步疾行以示尊敬。
④绸缪：形容缠绵难解的男女情意。

⑤驸马都尉：官职名，后成为帝王女婿的专称。

谈生妻鬼

汉谈生者，年四十，无妇，常感激读《诗经》。夜半，有女子，年可十五六，姿颜服饰天下无双，来就生①，为夫妇。乃言曰："我与人不同，勿以火照我也。三年之后，方可照耳。"与为夫妇，生一儿，已二岁，不能忍，夜伺其寝后，盗照视之。其腰已上生肉，如人，腰已下，但有枯骨。妇觉，遂言曰："君负我。我垂生矣，何不能忍一岁，而竟相照也？"生辞谢。涕泣不可复止，云："与君虽大义永离，然顾念我儿，若贫不能自偕活者，暂随我去，方遗君物。"生随之去，入华堂，室宇器物不凡。以一珠袍与之，曰："可以自给。"裂取生衣裾留之而去。后生持袍诣市，睢阳王家买之，得钱千万。王识之曰："是我女袍，那得在市？此必发冢。"乃取拷之。生具以实对，王犹不信，乃视女冢，冢完如故。发视之，棺盖下果得衣裾。呼其儿视，正类王女。王乃信之。即召谈生，复赐遗之，以为女婿。表其儿为郎中。

| 注释 |

①就：接近，俯就。

卢充幽婚

卢充者，范阳人。家西三十里，有崔少府墓①。充年二十，先冬至一日，出宅西猎戏。见一獐，举弓而射，中之，獐倒，复起。充因逐之，不觉远。忽见道北一里许，高门瓦屋，四周有如府舍，不复见獐。门中一铃下唱："客前。"充问："此何府也？"答曰："少府府也。"充曰："我衣恶，那得见少府？"即有一人提一襆新衣②，曰："府君以此遗郎。"充便着讫，进见少府，展姓名。酒炙数行③，谓充曰："尊府君不以仆门鄙陋，近得书，为君索小女婚，故相迎耳。"便以书示充。充父亡时虽小，然已识父手迹，即歔欷，无复辞免。便敕内："卢郎已来，可令女郎妆严④。"且语充云："君可就东廊。"及至黄昏，内白："女郎妆严已毕。"充既至东廊，女已下车，立席头，却共拜。时为三日给食。三日毕，崔谓充曰："君可归矣。女有娠相，若生男，当以相还，无相疑。生女，当留自养。"敕外严车送客。充便辞出。崔送至中门，执手涕零。出门，见一犊车，驾青牛。又见本所着衣及弓箭，故在门外。寻传教将一人提襆衣与充，相问曰："姻缘始尔，别甚怅恨。今复致衣一袭，被褥自副。"充上车，去如电逝，须臾至家。家人相见悲喜。推问，知崔是亡人，而入其墓。追以懊惋。

别后四年，三月三日，充临水戏，忽见水旁有二犊车，乍沉乍浮。既而近岸，同坐皆见。而充往开车后户，见崔氏女与三岁男共载。充见之忻然，欲捉其手，女举手指后车曰："府君见人。"即见少府。充往问讯。女抱儿还充，又与金盌⑤，并赠诗曰："煌煌灵芝质，光丽何猗猗⑥。华艳当时显，嘉异表神奇。含英未及秀，中夏罹霜萎。荣耀长幽灭，世路永无施。不悟阴阳运，哲人忽来仪。会浅离别速，皆由灵与祇。何以赠余亲，金盌可颐儿。恩爱从此别，断肠伤肝脾。"充取儿、盌及诗，忽然不见二车处。充将儿还，四坐谓是鬼魅，佥遥唾之⑦，形如故。问儿："谁是汝父？"儿径就充怀。众初怪恶，传省其诗，慨然叹死生之玄通也。充后乘车入市卖盌，高举其价，不欲速售，冀有识。欻有一老婢识此，还白大家曰⑧："市中见一人，乘车，卖崔氏女郎棺中盌。"大家，即崔氏亲姨母也，遣儿视之，果如其婢言。上车，叙姓名。语充曰："昔我姨嫁少府，生女，未出而亡。家亲痛之，赠一金盌，着棺中。可说得盌本末。"充以事对。此儿亦为之悲咽，赍还白母。母即令诣充家，迎儿视之。诸亲悉集。儿有崔氏之状,又复似充貌。儿、锒俱验。姨母曰:"我外甥三月末间产。父曰:'春,暖温也。愿休强也。'即字温休。温休者,盖幽婚也,其兆先彰矣。"儿遂成令器⑨,历郡守二千石,子孙冠盖相承。至今,其后植,字子干,有名天下。

| 注释 |

① 少府:官职名,"九卿"之一。主管山海地泽收入,后改掌宫中服饰等物,为皇帝私府。唐代后为县尉别称。
② 襆(fú):用以包裹衣被等的包袱皮、布单。
③ 酒炙:酒和肉,这里泛指菜肴。
④ 妆严:指梳妆打扮。
⑤ 锒:同"碗"。
⑥ 猗猗(yī):美盛的样子。
⑦ 佥(qiān):都。
⑧ 大家:奴仆对主人的尊称。
⑨ 令器:卓越的人才。

西门亭鬼魅

后汉时,汝南汝阳西门亭有鬼魅①,宾客止宿,辄有死亡。其厉厌者,皆亡发失精。寻问其故,云:"先时颇已有怪物。其后,郡侍奉掾宜禄郑奇来②,去亭六七里,有一端正妇人乞寄载。奇初难之,然后上车。入亭,趋至楼下。亭卒白:'楼不可上。'奇云:'吾不恐也。'时亦昏冥,遂上楼,与妇人栖宿。未明,发去。亭卒上楼扫除,见一死妇,大惊,走白亭长。亭长击鼓,会诸庐吏共集诊之③,乃亭西北八里吴氏妇。新亡,夜临殡火灭,及火至,失之。其家即持去。奇发行数里,腹痛,到南顿利阳亭加剧,物故④。楼遂无敢复上。"

| 注释 |

①汝阳：古县名，时属汝南郡。
②郡侍奉掾：郡守的属官。宜禄：古县名，位于今河南沈丘地区。
③庐：古代设于路边迎候宾客的房舍、驿站。
④物故：死亡。

钟繇

颍川钟繇①，字元常，尝数月不朝会，意性异常②。或问其故，云："常有好妇来，美丽非凡。"问者曰："必是鬼物，可杀之。"妇人后往，不即前，止户外。繇问："何以？"曰："公有相杀意。"繇曰："无此。"勤勤呼之，乃入。繇意恨，有不忍之，然犹斫之，伤髀。妇人即出，以新绵拭，血竟路。明日，使人寻迹之，至一大冢。木中有好妇人，形体如生人，着白练衫，丹绣裲裆。伤左髀，以裲裆中绵拭血。

| 注释 |

①钟繇：三国时曹魏重臣，魏文帝时位居三公。
②意性：意识举止，犹情态。

卷十七

鬼扮张汉直

陈国张汉直到南阳从京兆尹延叔坚学《左氏传》①。行后数月，鬼物持其妹②，为之扬言曰："我病死，丧在陌上，常苦饥寒。操二三量不借挂屋后楮上③，傅子方送我五百钱，在北墉下，皆亡取之。又买李幼一头牛，本券在书箧中。"往索取之，悉如其言。妇尚不知有此，妹新从婿家来，非其所及。家人哀伤，益以为审。父母诸弟衰绖到来迎丧④，去舍数里，遇汉直与诸生十余人相迨。汉直顾见家人，怪其如此。家见汉直，谓其鬼也。怅惘良久。汉直乃前为父拜，说其本末，且悲且喜。凡所闻见，若此非一，得知妖物之为。

| 注释 |

①陈国：春秋时诸侯国名，后为楚所灭。延叔坚：指延笃，东汉南阳犨县人，官员，少博通经传百家，曾任京兆尹。《左氏传》：指《春秋左氏传》，编年体史书，相传为春秋末鲁国左丘明所著。
②持：掌握，控制。此意为附身。
③不借：指草鞋。楮（chǔ）：树木名，落叶乔木，树皮可造纸。
④衰绖（cuīdié）：穿丧服。绖，用麻做的丧带，系在腰或头上。

贞节先生范丹

汉陈留外黄范丹①，字史云。少为尉从佐使檄谒督邮②。丹有志节，自恚为厮役小吏③,乃于陈留大泽中杀所乘马,捐弃冠帻,诈逢劫者。有神下其家曰:"我史云也。为劫人所杀。疾取我衣于陈留大泽中。"家取得一帻。丹遂之南郡,转入三辅,从英贤游学,十三年乃归,家人不复识焉。陈留人高其志行,及没,号曰贞节先生。

| 注释 |

①外黄:古县名,位于今河南民权一带。
②尉从佐使:指县尉属下的佐吏。督邮:官职名,郡守的重要属吏,代表太守督察县乡、宣达教令等。
③恚(huì):发怒,怨恨。

费季居楚

吴人费季,久客于楚。时道多劫,妻常忧之。季与同辈旅宿庐山下,各相问出家几时。季曰:"吾去家已数年矣。临来,与妻别,就求金钗以行,欲观其志当与吾否耳。得钗,乃以着户楣上①。临发,失与道,此钗故当在户上也。"尔夕,其妻梦季曰:"吾行遇盗,死已二年。若不信吾言,吾行时,取汝钗,遂不以行,留在户楣上,可往取之。"妻觉,揣钗②,得之,家遂发丧。后一年余,季乃归还。

| 注释 |

①楣:门框上的横木。
②揣(chuǎi):探求。

鬼扮虞定国

余姚虞定国,有好仪容。同县苏氏女,亦有美色。定国常见,悦之。后见定国来,主人留宿,中夜,告苏公曰:"贤女令色,意甚钦之。此夕能令暂出否?"主人以其乡里贵人,便令女出从之。往来渐数,语苏公云:"无以相报。若有官事,某为君任之。"主人喜。自尔后,有役召事,往造定国。定国大惊曰:"都未尝面命,何由便尔?此必有异。"具说之。定国曰:"仆宁肯请人之父而淫人之女。若复见来,便当斫之。"后果得怪。

朱诞给使射鸣蝉

吴孙皓世,淮南内史朱诞,字永长,为建安太守。诞给使妻有鬼病①,其夫疑之为奸。后出行,密穿壁隙窥之,正见妻在机中织,遥瞻桑树上,向之言笑。给使仰视树上,有一年少人,可十四五,衣青衿袖,青幧头②。给使以为信人也,张弩射之,化为鸣蝉,其大如箕,翔然飞去。妻亦应声惊曰:"嘻!人射汝。"给使怪其故。后久时,给使见二小儿在陌上共语。曰:"何以不复见汝?"其一即树上小儿也,答曰:"前不遇为人所射,病疮积时。"彼儿曰:"今何如?"曰:"赖朱府君梁上膏以傅之,得愈。"给使白诞曰:"人盗君膏药,颇知之否?"诞曰:"吾膏久致梁上,人安得盗之?"给使曰:"不然。府君视之。"诞殊不信,试为视之,封题如故。诞曰:"小人故妄言,膏自如故。"给使曰:"试开之。"则膏去半。为掊刮③,见有趾迹。诞因大惊,乃详问之。具道本末。

| 注释 |

①给使:供人差遣的人。
②幧(qiāo)头:同"帩头",古代男子束发的纱巾,始于东汉,盛于两晋。
③掊(póu):以手、爪扒土。

倪彦思家狸怪

吴时,嘉兴倪彦思居县西埏里①。忽见鬼魅入其家,与人语,饮食如人,惟不见形。彦思奴婢有窃骂大家者，云："今当以语。"彦思治之，无敢詈之者。彦思有小妻，魅从求之，彦思乃迎道士逐之。酒殽既设，魅乃取厕中草粪，布着其上。道士便盛击鼓，召请诸神。魅乃取伏虎②，于神座上吹作角声音。有顷，道士忽觉背上冷，惊起解衣，乃伏虎也。于是道士罢去。彦思夜于被中窃与妪语，共患此魅。魅即屋梁上谓彦思曰："汝与妇道吾，吾今当截汝屋梁。"即隆隆有声。彦思惧梁断，取火照视，魅即灭火。截梁声愈急。彦思惧屋坏，大小悉遣出，更取火，视梁如故。魅大笑，问彦思："复道吾否？"郡中典农闻之③，曰："此神正当是狸物耳。"魅即往谓典农曰："汝取官若干百斛谷，藏着某处。为吏污秽，而敢论吾！吾当白于官，将人取汝所盗谷。"典农大怖而谢之。自后无敢道者。三年后去，不知所在。

| 注释 |

①埏（yán）里：地名。
②伏虎：即虎子。一种溺器或水器，状似卧虎。
③典农：泛指主管农业生产活动的官员。

顿丘魅物

魏黄初中，顿丘界有人骑马夜行①，见道中有一物，大如兔，两眼如镜，跳跃马前，令不得前。人遂惊惧，堕马。魅便就地捉之。惊怖，暴死，良久得苏。苏，已失魅，不知所在。乃更上马，前行数里，逢一人，相问讯已，因说："向者事变如此，今相得为伴，甚欢。"人曰："我独行，得君为伴，快不可言。君马行疾，且前，我在后相随也。"遂共行。语曰："向者物何如，乃令君怖惧耶？"对曰："其身如兔，两眼如镜，形甚可恶。"伴曰："试顾视我耶。"人顾视之，犹复是也。魅便跳上马，人遂坠地，怖死。家人怪马独归，即行推索，乃于道边得之。宿昔乃苏，说状如是。

| 注释 |

①顿丘：古县名，位于今河南清丰西南。

度朔君

袁绍字本初，在冀州。有神出河东①，号度朔君，百姓共为立庙。庙有主簿，大福②。陈留蔡庸为清河太守，过谒庙。有子名道，亡已三十年。度朔君为庸设酒，曰："贵子昔来，欲相见。"须臾子来。度朔君自云父祖昔作兖州。有一士姓苏，母病，往祷。主簿云："君逢天士留待。"闻西北有鼓声，而君至。须臾，一客来，着皂角单衣，头上五色毛，长数寸。去后，复一人，着白布单衣，高冠，冠似鱼头，谓君曰："昔临庐山，共食白李，忆之未久，已三千岁。日月易得，使人怅然。"去后，君谓士曰："先来，南海君也。"士是书生，君明通五经，善《礼记》，与士论礼，士不如也。士乞救母病。君曰："卿所居东有故桥，坏久之，此桥乡人所行，卿母犯之。卿能复桥，便差。"

曹公讨袁谭③，使人从庙换千疋绢，君不与。曹公遣张郃毁庙④。未至百里，君遣兵数万，方道而来。郃未达二里，云雾绕郃军，不知庙处。君语主簿："曹公气盛，宜避之。"后苏并邻家有神下，识君声，云："昔移入胡，阔绝三年。"乃遣人与曹公相闻："欲修故庙，地衰不中居，欲寄住。"公曰："甚善。"治城北楼以居之。数日，曹公猎得物，大如麢⑤，大足，色白如雪，毛软滑可爱。公以摩面，莫能名也。夜闻楼上哭云："小儿出行不还。"公拊掌曰："此物合衰也。"晨将数百犬，绕楼下，犬得气，冲突内外。见有物大如驴，自投楼下，犬杀之，庙神乃绝。

| 注释 |

①河东：古郡名，秦郡，位于今山西夏县。

②大福：祭祀所用的酒肉很丰盛，表示香火旺盛。
③袁谭：字显思，汉末政治人物，袁绍长子，曾任青州刺史。
④张郃（hé）：三国时名将，初从袁绍，后归曹操。
⑤麑（ní）：幼鹿。

筋竹长人

临川陈臣家大富。永初元年，臣在斋中坐，其宅内有一町筋竹①，白日忽见一人，长丈余，面如方相，从竹中出，径语陈臣："我在家多年，汝不知。今辞汝去，当令汝知之。"去一月许日，家大失火，奴婢顿死。一年中，便大贫。

| 注释 |

①町（tǐng）：古代土地面积单位。筋竹：一种中实而强劲的竹子，竹梢尖锐，可作矛用。

釜中白头公

东莱有一家姓陈，家百余口。朝炊，釜不沸。举甑看之，忽有一白头公从釜中出。便诣师卜。卜云："此大怪，应灭门。便归，大作械。械成，使置门壁下，坚闭门在内。有马骑麾盖来扣门者，慎勿应。"乃归，合手伐得百余械，置门屋下。果有人至，呼，不应。主帅大怒，令缘门入。从人窥门内，见大小械百余，出门还说如此。帅大惶怅，语左右云："教速来，不速来，遂无一人当去①，何以解罪也？从此北行可八十里，有一百三口，取以当之。"后十日，此家死亡都尽。此家亦姓陈云。

| 注释 |

①当：抵挡。

服留鸟

晋惠帝永康元年,京师得异鸟,莫能名。赵王伦使人持出,周旋城邑匝以问人。即日,宫西有一小儿见之,遂自言曰:"服留鸟。"持者还白伦。伦使更求,又见之,乃将入宫。密笼鸟,并闭小儿于户中。明日往视,悉不复见。

南康甘子

南康郡南东望山,有三人入山,见山顶有果树。众果毕植,行列整齐如人行。甘子正熟①。三人共食致饱,乃怀二枚,欲出示人。闻空中语云:"催放双甘②,乃听汝去。"

| 注释 |

①甘子:即柑子,柑树的果实。
②催:赶紧。

秦瞻

秦瞻居曲阿彭皇野①,忽有物如蛇,突入其脑中。蛇来,先闻臭气,便于鼻中入,盘其头中,觉哄哄②,仅闻其脑间食声咂咂③。数日而出去,寻复来。取手巾缚鼻口,亦被入。积年无他病,唯患头重。

| 注释 |

①曲阿:古县名,即今江苏丹阳。
②哄哄:嘈杂纷乱的样子。
③咂咂(zā):拟声词,形容吮吸东西时发出的声音。

卷十八

饭臿怪

魏景初中，咸阳县吏王臣家有怪，无故闻拍手相呼。伺，无所见。其母夜作，倦，就枕寝息。有顷，复闻灶下有呼声曰："文约，何以不来？"头下枕应曰："我见枕，不能往。汝可来就我饮。"至明，乃饭臿也①。即聚烧之，其怪遂绝。

| 注释 |

①饭臿（chā）：盛饭用的工具。

何文除宅妖

魏郡张奋者①，家本巨富，忽衰老，财散，遂卖宅与程应。应入居，举家病疾，转卖邻人何文。文先独持大刀，暮入北堂中梁上。至三更竟，忽有一人长丈余，高冠，黄衣，升堂呼曰："细腰！"细腰应喏。曰："舍中何以有生人气也？"答曰："无之。"便去。须臾，有一高冠青衣者，次之，又有高冠白衣者，问答并如前。及将曙，文乃下堂中，如向法呼之，问曰："黄衣者为谁？"曰："金也。在堂西壁下。""青衣者为谁？"曰："钱也。在堂前井边五步。""白衣者为谁？"曰："银也。在墙东北角柱下。""汝复为谁？"曰："我，杵也。今在灶下。"及晓，文按次掘之，得金银五百斤，钱千万贯。仍取杵焚之。由此大富，宅遂清宁。

| 注释 |

①魏郡：古郡名，汉置，位于今河北临漳一带。

秦公斗树神

秦时，武都故道有怒特祠①，祠上生梓树。秦文公二十七年②，使人伐之，辄有大风雨，树创随合，经日不断。文公乃益发卒，持斧者至四十人，犹不断。士疲，还息。其一人伤足，不能行，卧树下，闻鬼语树神曰："劳乎攻战？"其一人曰："何足为劳。"又曰："秦公将必不休，如之何？"答曰："秦公其如予何？"又曰："秦若使三百人被发，以朱丝绕树，赭衣灰坌伐汝③，汝得不困耶？"神寂无言。明日，病人语所闻。公于是令人皆衣赭，随斫创，坌以灰。树断，中有一青牛出，走入丰水中④。其后，青牛出丰水中，使骑击之，不胜。有骑堕地，复上，髻解，被发，牛畏之，乃入水，不敢出。故秦自是置旄头骑⑤。

| 注释 |

①武都：地名，即今甘肃武都一带。故道：古县名，秦置，位于今陕西凤县。

②秦文公：嬴姓，赵氏，秦襄公之子，春秋时期秦国国君。

③灰坌（bèn）：尘土飞扬。坌，尘埃。

④丰水：古水名，今作"沣水"，发源于陕西西安，流入渭水。

⑤旄（máo）头骑：又称"旄骑"，古代皇帝仪仗中担任先驱的骑兵。

树神黄祖

庐江龙舒县陆亭流水边①，有一大树，高数十丈，常有黄鸟数千枚巢其上。时久旱，长老共相谓曰："彼树常有黄气，或有神灵，可以祈雨。"

因以酒脯往。亭中有寡妇李宪者,夜起,室中忽见一妇人,着绣衣,自称曰:"我,树神黄祖也,能兴云雨。以汝性洁,佐汝为生。朝来父老皆欲祈雨,吾已求之于帝,明日日中大雨。"至期果雨。遂为立祠。神谓宪曰:"诸卿在此,吾居近水,当致少鲤鱼。"言讫,有鲤鱼数十头飞集堂下,坐者莫不惊悚。如此岁余,神曰:"将有大兵,今辞汝去。"留一玉环,曰:"持此可以避难。"后刘表、袁术相攻,龙舒之民皆徙去,唯宪里不被兵。

| 注释 |

①龙舒:古县名,即今安徽舒城。

张辽除树怪

魏桂阳太守江夏张辽①,字叔高,去鄢陵②,家居买田。田中有大树,十余围,枝叶扶疏③,盖地数亩,不生谷。遣客伐之,斧数下,有赤汁六七斗出。客惊怖,归白叔高。叔高大怒曰:"树老汁赤,如何得怪!"因自严行复斫之,血大流洒。叔高使先斫其枝,上有一空处,见白头公,可长四五尺,突出,往赴叔高。高以刀逆格之。如此凡杀四五头,并死。左右皆惊怖伏地,叔高神虑恰然如旧④。徐熟视,非人,非兽。遂伐其木。此所谓木石之怪夔蝄蜽者乎?是岁应司空辟侍御史、兖州刺史。以二千石之尊过乡里,荐祝祖考,白日绣衣荣羡⑤,竟无他怪。

| 注释 |

①桂阳:古郡名,汉置,位于今湖南郴州。
②鄢(yān)陵:古县名,汉置,位于今河南鄢陵。
③扶疏:枝叶茂盛,高低疏密有致。
④神虑:精神,心神。

⑤白日绣衣：形容有了功名富贵后夸耀乡里。

陆敬叔烹彭侯

吴先主时，陆敬叔为建安太守。使人伐大樟树，不数斧，忽有血出。树断，有物，人面狗身，从树中出。敬叔曰："此名彭侯。"乃烹食之，其味如狗。《白泽图》曰："木之精名彭侯，状如黑狗，无尾，可烹食之。"

船自飞下水

吴时有梓树巨围，叶广丈余，垂柯数亩。吴王伐树作船，使童男女三十人牵挽之。船自飞下水，男女皆溺死。至今潭中时有唱唤督进之音也①。

| 注释 |

①唱唤督进之音：指船下水时所唱的劳动号子，一般由一人领唱，众人随声附和，从而统一劳动步调。督进，督促前进。

董仲舒戏老狸

董仲舒下帷讲诵①，有客来诣，舒知其非常。客又云："欲雨。"舒戏之曰："巢居知风，穴居知雨。卿非狐狸，则是鼷鼠②。"客遂化为老狸。

| 注释 |

①董仲舒：西汉学者，系统地提出了"天人感应"等学说，其"罢黜百家，独尊儒术"的主张被汉武帝采纳，自此儒学成为官方正统思想。下帷：放下室内悬挂的帷幕，指讲学。

②鼷（xī）鼠：鼠类中最小的一种。古人认为其有毒，啮人畜至死不觉痛，故又称甘口鼠。

张华擒狐魅

张华字茂先，晋惠帝时为司空。于时燕昭王墓前有一斑狐①，积年，能为变幻。乃变作一书生，欲诣张公。过问墓前华表曰②："以我才貌，可得见张司空否？"华表曰："子之妙解，无为不可。但张公智度，恐难笼络。出必遇辱，殆不得返。非但丧子千岁之质，亦当深误老表。"狐不从，乃持刺谒华③。华见其总角风流④，洁白如玉，举动容止，顾盼生姿，雅重之。于是论及文章，辨校声实，华未尝闻。比复商略三史⑤，探赜百家，谈老、庄之奥区，披《风》《雅》之绝旨，包十圣，贯三才⑥，箴八儒⑦，擿五礼⑧，华无不应声屈滞⑨。乃叹曰："天下岂有此年少！若非鬼魅则是狐狸。"乃扫榻延留，留人防护。此生乃曰："明公当尊贤容众⑩，嘉善而矜不能。奈何憎人学问？墨子兼爱，其若是耶？"言卒，便求退。华已使人防门，不得出。既而又谓华曰："公门置甲兵栏骑，当是致疑于仆也。将恐天下之人卷舌而不言，智谋之士望门而不进。深为明公惜之。"华不应，而使人防御甚严。时丰城令雷焕⑪，字孔章，博物士也，来访华。华以书生白之。孔章曰："若疑之，何不呼猎犬试之？"乃命犬以试，竟无惮色。狐曰："我天生才智，反以为妖，以犬试我，遮莫千试万虑⑫，其能为患乎？"华闻，益怒，曰："此必真妖也。闻魑魅忌狗，所别者数百年物耳，千年老精，不能复别。惟得千年枯木照之，则形立见。"孔章曰："千年神木，何由可得？"华曰："世传燕昭王墓前华表木已经千年。"乃遣人伐华表。使人欲至木所，忽空中有一青衣小儿来，问使曰："君何来也？"使曰："张司空有一年少来谒，多才巧辞,疑是妖魅。使我取华表照之。"青衣曰:"老狐不智,不听我言,今日祸已及我,其可逃乎?"乃发声而泣,倏然不见。使乃伐其木,血流。便将木归,燃之以照书生,乃一斑狐。华曰:"此二物不值我,千年不可复得。"乃烹之。

| 注释 |

①燕昭王:姬姓,燕氏,战国时燕国国君,燕王哙(kuài)之庶子。
②华表:古代宫殿、陵墓等建筑物前装饰用的木制或石制柱子。
③刺:名帖,相当于后来的名片。
④总角:古时儿童的发髻束为两结,如角向上,故称"总角"。后用来代指儿童、少年。
⑤三史:魏晋南北朝时期称《史记》《汉书》《东观汉记》为"三史"。
⑥三才:天、地、人。
⑦箴:劝诫。
⑧擿(zhāi):指责。五礼:古代的吉、凶、军、宾、嘉五种礼制,此处泛指各种礼法。
⑨屈滞:形容语言艰涩。
⑩明公:古代对有名位之人的尊称。
⑪丰城:古县名,即今江西丰城。
⑫遮莫:任凭。

吴兴老狸

晋时,吴兴一人有二男,田中作时,尝见父来骂詈赶打之。儿以告母,母问其父,父大惊,知是鬼魅,便令儿斫之。鬼便寂不复往。父忧恐儿为鬼所困,便自往看。儿谓是鬼,便杀而埋之。鬼便遂归,作其父形,且语其家,二儿已杀妖矣。儿暮归,共相庆贺,积年不觉。后有一法师过其家，语二儿云："君尊侯有大邪气。"儿以白父，父大怒。儿出以语师，令速去。师遂作声入①，父即成大老狸，入床下，遂擒杀之。向所杀者，乃真父也。改殡治服。一儿遂自杀，一儿忿懊，亦死。

| 注释 |

①作声：发出声音，此处意为念咒。

句容狸婢

句容县麋村民黄审于田中耕，有一妇人过其田，自塍上度①，从东适下而复还。审初谓是人，日日如此，意甚怪之。审因问曰："妇数从何来也？"妇人少住，但笑而不言，便去。审愈疑之。预以长镰伺其还，未敢斫妇，但斫所随婢。妇化为狸走去。视婢，乃狸尾耳。审追之，不及。后人有见此狸出坑头，掘之，无复尾焉。

| 注释 |

①塍（chéng）：田间的土埂子。

刘伯祖与狸神

博陵刘伯祖为河东太守①，所止承尘上有神②，能语，常呼伯祖与语。及京师诏书诰下消息，辄预告伯祖。伯祖问其所食啖，欲得羊肝。乃买羊肝，于前切之，脔随刀不见③。尽两羊肝，忽有一老狸，眇眇在案前④。持刀者欲举刀斫之，伯祖呵止。自着承尘上，须臾大笑曰："向者啖羊肝，醉忽失形，与府君相见，大惭愧。"后伯祖当为司隶⑤，神复先语伯祖曰："某月某日，诏书当到。"至期，如言。及入司隶府，神随遂在承尘上，辄言省内事。伯祖大恐怖，谓神曰："今职在刺举，若左右贵人闻神在此，因以相害。"神答曰："诚如府君所虑。当相舍去。"遂即无声。

| 注释 |

①博陵：古郡名，郡治位于今河北蠡县。
②承尘：指藻井，天花板。
③脔（luán）：切成小块的肉。
④眇眇（miǎo）：隐隐约约看不清的样子。
⑤司隶：官职名，主管察举百官及京师近郡违法犯罪的人。

山魅阿紫

后汉建安中，沛国郡陈羡为西海都尉①。其部曲王灵孝无故逃去②，羡欲杀之。居无何，孝复逃走。羡久不见，囚其妇，妇以实对。羡曰："是必魅将去，当求之。"因将步骑数十，领猎犬，周旋于城外求索，果见孝于空冢中。闻人犬声，怪遂避去。羡使人扶孝以归，其形颇象狐矣，略不复与人相应，但啼呼"阿紫"。阿紫，狐字也。后十余日，乃稍稍了悟。云："狐始来时，于屋曲角鸡栖间，作好妇形，自称阿紫，招我。如此非一。忽然便随去，即为妻，暮辄与共还其家，遇狗不觉。"云乐无比也。道士云："此山魅也。"《名山记》曰③："狐者，先古之淫妇也，其名曰阿紫，化而为狐，故其怪多自称阿紫。"

| 注释 |

①西海：古郡名，汉置，位于今青海省境内。一说，"海"为"河"之误。
②部曲（qū）：古代军队的编制单位，此指部属、部下。
③《名山记》：志怪小说集，东晋王嘉编著。王嘉，东晋前秦文学家，陇西安阳（今甘肃天水）人，著有《拾遗记》。

宋大贤杀狐

南阳西郊有一亭,人不可止,止则有祸。邑人宋大贤以正道自处,尝宿亭楼,夜坐鼓琴,不设兵仗。至夜半时,忽有鬼来登梯,与大贤语,瞋目磋齿①,形貌可恶。大贤鼓琴如故。鬼乃去,于市中取死人头来,还语大贤曰:"宁可少睡耶?"因以死人头投大贤前。大贤曰:"甚佳!吾暮卧无枕,正欲得此。"鬼复去,良久乃还,曰:"宁可共手搏耶?"大贤曰:"善。"语未竟,鬼在前,大贤便逆捉其腰。鬼但急言死,大贤遂杀之。明日视之,乃老狐也。自是亭舍更无妖怪。

|注释|

①瞋(chēng)目磋(cuō)齿:瞪眼磨牙。瞋,同"瞠"。

郅伯夷击魅

北部督邮西平郅伯夷,年三十许,大有才决,长沙太守郅君章孙也。日晡时,到亭,敕前导入且止①。录事掾白②:"今尚早,可至前亭。"曰:"欲作文书。"便留,吏卒惶怖,言当解去③。传云:"督邮欲于楼上观望,亟扫除。"须臾,便上。未暝,楼磴阶下复有火④。敕云:"我思道,不可见火,灭去。"吏知必有变,当用赴照,但藏置壶中。日既暝,整服坐,诵《六甲》《孝经》《易》本讫⑤,卧。有顷,更转东首,以帤巾结两足⑥,帻冠之,密拔剑解带。夜时,有正黑者四五尺,稍高,走至柱屋,因覆伯夷⑦。伯夷持被掩之,足跣脱,几失,再三,以剑带击魅脚,呼下火上,照视之,老狐,正赤,略无衣毛。持下烧杀。明旦,发楼屋,得所髡人髻百余⑧。因此遂绝。

| 注释 |

①前导：古代官吏出行时前列的仪仗。
②录事掾：官职名，主管文书记事的佐吏。
③解：禳除，指向鬼神祈祷攘除灾祸。
④镫（dēng）：也称锭、烛豆、烛盘等，古代一种照明用具。
⑤《六甲》：书名，记载道家的遁甲之术，属于五行方术之书。
⑥帑（tǎng）巾：大巾。
⑦覆：伏击，袭击。
⑧髡（kūn）：剃除毛发。

狐博士讲书

吴中有一书生①，皓首，称胡博士，教授诸生。忽复不见。九月初九日，士人相与登山游观，闻讲书声，命仆寻之。见空冢中群狐罗列，见人即走。老狐独不去，乃是皓首书生。

| 注释 |

①吴中：即今江苏苏州吴中，也泛指吴地。

谢鲲捉鹿怪

陈郡谢鲲谢病去职①，避地于豫章②。尝行经空亭中，夜宿。此亭旧每杀人。夜四更，有一黄衣人呼鲲字云："幼舆，可开户。"鲲澹然无惧色③，令申臂于窗中④。于是授腕。鲲即极力而牵之，其臂遂脱，乃还去。明日看，乃鹿臂也。寻血取获。尔后此亭无复妖怪。

| 注释 |

①谢鲲：字幼舆，晋朝名士，官至振威将军、豫章太守，"江左八达"之一。

②避地：避世隐居。
③澹然：安定恬淡的样子。
④申：同"伸"，伸出。

猪臂金铃

晋有一士人姓王，家在吴郡。还至曲阿，日暮，引船上当大埭①。见埭上有一女子，年十七八，便呼之，留宿。至晓，解金铃系其臂，使人随至家，都无女人。因逼猪栏中②，见母猪臂有金铃。

| 注释 |

①埭（dài）：堵水的土坝。
②逼：靠近。

高山君

汉齐人梁文好道，其家有神祠，建室三四间，座上施皂帐，常在其中，积十数年。后因祀事，帐中忽有人语，自呼"高山君"。大能饮食，治病有验，文奉事甚肃。积数年，得进其帐中。神醉，文乃乞得奉见颜色。谓文曰："授手来。"文纳手，得捋其颐①，髯须甚长。文渐绕手，卒然引之②，而闻作羊声。座中惊起，助文引之，乃袁公路家羊也③。失之七八年，不知所在。杀之，乃绝。

| 注释 |

①捋：顺着摸过去。颐：指下巴。
②卒然：形容很短的时间，突然。
③袁公路：袁术，字公路，东汉名门之后，袁逢之嫡次子，袁基、袁绍之弟。

田琰杀狗魅

北平田琰居母丧,恒处庐①。向一期②,夜忽入妇室。妇怪之,曰:"君在毁灭之地③,幸可不甘④。"琰不听而合。后琰暂入,不与妇语。妇怪无言,并以前事责之。琰知鬼魅。临暮竟未眠,衰服挂庐。须臾,见一白狗,攫衔衰服,因变为人,着而入。琰随后逐之,见犬将升妇床,便打杀之。妇羞愧而死。

| 注释 |

①庐:古人为父母师长守丧时在墓旁建筑的小屋。
②向:临近。一期:指一年。
③毁灭之地:指为母服丧悲伤异常而毁损其身。
④幸可不甘:明本《太平广记》作"岂可如此"。

沽酒家老狗

司空南阳来季德停丧在殡①,忽然见形坐祭床上②,颜色服饰声气,熟是也。孙儿妇女,以次教戒,事有条贯③。鞭朴奴婢,皆得其过。饮食既绝,辞诀而去。家人大小,哀割断绝。如是数年,家益厌苦。其后饮酒过多,醉而形露,但得老狗,便共打杀。因推问之,则里中沽酒家狗也。

| 注释 |

①来季德:即来艳,东汉时曾为司空。停丧:人死后殓殡而未下葬。
②祭床:摆设祭品的案几。
③条贯:条理。

黑帻白衣吏

山阳王瑚,字孟琏,为东海兰陵尉。夜半时,辄有黑帻白单衣吏诣县叩阁①。迎之，则忽然不见。如是数年。后伺之，见一老狗，黑头白躯犹故，至阁，便为人。以白孟璇，杀之乃绝。

| 注释 |

①阁：官署名，此处指县府。

李叔坚见怪不怪

桂阳太守李叔坚为从事，家有犬，人行。家人言："当杀之。"叔坚曰："犬马喻君子。犬见人行，效之，何伤？"顷之，狗戴叔坚冠走。家大惊。叔坚云："误触冠缨挂之耳。"狗又于灶前畜火①，家益怔营②。叔坚复云："儿婢皆在田中，狗助畜火，幸可不烦邻里。此有何恶？"数日，狗自暴死，卒无纤芥之异③。

| 注释 |

①畜（xù）火：生火。
②怔营：惶恐不安。
③纤芥：又作"纤介"，指细微、细小。

苍獭化妇

吴郡无锡有上湖大陂①，陂吏丁初，天每大雨，辄循堤防。春盛雨，初出行塘，日暮回，顾有一妇人，上下青衣，戴青伞，追后呼："初掾待我。"初时怅然，意欲留俟之，复疑本不见此，今忽有妇人冒阴雨行，恐必鬼物。初便疾走，顾视妇人，追之亦急。初因急行，走之转远，顾视妇人，乃自投陂中，泛然作声，衣盖飞散。视之，是大苍獭，衣伞皆荷叶也。此獭化为人形，数媚年少者也。

| 注释 |

①陂（bēi）：蓄水的池塘，湖泊。

王周南克鼠怪

魏齐王芳正始中，中山王周南为襄邑长①。忽有鼠从穴出，在厅事上语曰："王周南！尔以某月某日当死。"周南急往，不应。鼠还穴。后至期，复出，更冠帻皂衣而语曰："周南！尔日中当死。"亦不应。鼠复入穴。须臾复出，出，复入，转行，数语如前。日适中，鼠复曰："周南！尔不应死，我复何道！"言讫，颠蹶而死②，即失衣冠所在。就视之，与常鼠无异。

| 注释 |

①中山：古郡国名，汉高祖时置，汉景帝时改郡为国，治所位于今河北定州。襄邑：古县名，即今河南睢县。
②颠蹶：跌落，扑倒。

安阳亭三怪

安阳城南有一亭①，夜不可宿，宿辄杀人。书生明术数，乃过宿之。亭民曰："此不可宿。前后宿此，未有活者。"书生曰："无苦也，吾自能谐。"遂住廨舍②。乃端坐诵书，良久乃休。夜半后，有一人，着皂单衣，来往户外，呼亭主。亭主应诺。"见亭中有人耶？"答曰："向者有一书生在此读书，适休，似未寝。"乃喑嗟而去③。须臾，复有一人，冠赤帻者，呼亭主。问答如前，复喑嗟而去。既去，寂然。书生知无来者，即起，诣向者呼处，效呼亭主。亭主亦应诺。复云："亭中有人耶？"亭主答如前。乃问曰："向黑衣来者谁？"曰："北舍母猪也。"又曰：

"冠赤帻来者谁?"曰:"西舍老雄鸡父也。"曰:"汝复谁耶?"曰:"我是老蝎也。"于是书生密便诵书至明,不敢寐。天明,亭民来视,惊曰:"君何得独活?"书生曰:"促索剑来,吾与卿取魅。"乃握剑至昨夜应处,果得老蝎,大如琵琶,毒长数尺。西舍得老雄鸡父,北舍得老母猪。凡杀三物,亭毒遂静,永无灾横。

| 注释 |

①安阳:古县名,汉置,即今陕西汉阴。
②廨(xiè)舍:廨署,官府建造的房舍。
③喑嗟(yīnjiē):低声叹息。

汤应斫二怪

吴时,庐陵郡都亭重屋中常有鬼魅①,宿者辄死。自后使官,莫敢入亭止宿。时丹阳人汤应者,大有胆武,使至庐陵,便止亭宿。吏启不可,应不听。遣从者还外②,唯持一大刀,独处亭中。至三更竟,忽闻有叩阁者,应遥问:"是谁?"答云:"部郡相闻③。"应使进,致词而去。顷间,复有叩阁者如前,曰:"府君相闻④。"应复使进,身着皂衣。去后,应谓是人,了无疑也。旋又有叩阁者,云:"部郡、府君相诣。"应乃疑曰:"此夜非时,又部郡、府君不应同行。"知是鬼魅,因持刀迎之。见二人皆盛衣服,俱进。坐毕,府君者便与应谈。谈未竟,而部郡忽起至应背后,应乃回顾,以刀逆击,中之。府君下坐走出,应急追,至亭后墙下及之,斫伤数下,应乃还卧。达曙,将人往寻,见有血迹,皆得之。云称府君者,是一老豨也⑤;部郡者,是一老狸也。自是遂绝。

| 注释 |

①都亭:都邑中的传舍,秦立十里一亭。重屋:高楼。

②迸:通"屏",屏退,斥逐。
③部郡:即部郡国从事史,官职名,主职为监督郡守。
④府君:对郡守、太守的尊称。
⑤狶(xī):古同"豨",猪。

卷十九

李寄斩蛇

东越闽中有庸岭①，高数十里，其西北隙中有大蛇，长七八丈，大十余围，土俗常病。东冶都尉及属城长吏②，多有死者。祭以牛羊，故不得福。或与人梦，或下谕巫祝，欲得啖童女年十二三者。都尉令长并共患之。然气厉不息，共请求人家生婢子，兼有罪家女养之。至八月朝祭，送蛇穴口，蛇出吞啮之。累年如此，已用九女。尔时预复募索，未得其女。将乐县李诞家有六女③，无男，其小女名寄，应募欲行，父母不听。寄曰："父母无相留。惟生六女，无有一男，虽有如无。女无缇萦济父母之功④，既不能供养，徒费衣食，生无所益，不如早死。卖寄之身，可得少钱，以供父母，岂不善耶！"父母慈怜，终不听去。寄自潜行，不可禁止。寄乃告请好剑及咋蛇犬。至八月朝，便诣庙中坐，怀剑，将犬，先将数石米糍，用蜜麨灌之⑤，以置穴口。蛇便出，头大如囷⑥，目如二尺镜，闻餈香气⑦，先啖食之。寄便放犬，犬就啮咋，寄从后斫得数创。疮痛急，蛇因踊出，至庭而死。寄入视穴，得其九女髑髅⑧，悉举出，咤言曰："汝曹怯弱，为蛇所食，甚可哀愍。"于是寄女缓步而归。越王闻之，聘寄女为后，拜其父为将乐令，母及姊皆有赏赐。自是东冶无复妖邪之物。其歌谣至今存焉。

| 注释 |

①东越：古族名，古代越人的一支，传说乃越王勾践后裔。
②东冶：古县名，位于今福建闽侯地区。都尉：官职名，辅佐郡守并掌

管全郡军事。
③将乐：古县名，三国时吴置，即今福建将乐。
④缇萦（tíyíng）：淳于缇萦，西汉临淄人。父亲淳于意因受污被送至长安受肉刑。缇萦随父前去，上书汉文帝，痛陈父亲清廉，愿意为官婢代父受刑。文帝感动，宽免淳于意且废除肉刑。
⑤蜜秒（chǎo）：用炒熟的米粉或面粉拌糖制成的食物。
⑥囷（qūn）：圆形谷仓。
⑦餈（cí）：即糍粑。
⑧髑髅（dúlóu）：指死人的头骨。

司徒府大蛇

晋武帝咸宁中，魏舒为司徒。府中有二大蛇，长十许丈，居厅事平橑上①。止之数年，而人不知，但怪府中数失小儿，及鸡犬之属。后有一蛇夜出，经柱侧伤于刃，病不能登，于是觉之。发徒数百，攻击移时，然后杀之。视所居，骨骸盈宇之间②。于是毁府舍更立之。

|注释|

①橑（lǎo）：屋椽。
②盈：堆满。

张宽斗蛇翁

汉武帝时张宽为扬州刺史。先是，有二老翁争山地，诣州讼疆界，连年不决。宽视事①，复来。宽窥二翁形状非人，令卒持杖戟将入，问："汝等何精？"翁走，宽呵格之，化为二蛇。

|注释|

①视事：就职治事，官吏到职办公。

张福遇鼋妇

荥阳人张福船行还野水边。夜有一女子,容色甚美,自乘小船来投福,云:"日暮畏虎,不敢夜行。"福曰:"汝何姓?作此轻行。无笠,雨驶,可入船就避雨。"因共相调,遂入就福船寝,以所乘小舟系福船边。三更许,雨晴,月照,福视妇人,乃是一大鼋枕臂而卧。福惊起,欲执之,遽走入水。向小舟,是一枯槎段,长丈余。

谢非除庙妖

丹阳道士谢非,往石城买冶釜①。还,日暮不及至家。山中庙舍于溪水上,入中宿。大声语曰:"吾是天帝使者,停此宿。"犹畏人劫夺其釜,意苦搔搔不安②。二更中,有来至庙门者,呼曰:"何铜。"铜应喏。曰:"庙中有人气,是谁?"铜云:"有人,言是天帝使者。"少顷便还。须臾又有来者,呼铜,问之如前,铜答如故,复叹息而去。非惊扰不得眠,遂起,呼铜问之:"先来者谁?"答言:"是水边穴中白鼍。""汝是何等物?"答言:"是庙北岩嵌中龟也。"非皆阴识之。天明,便告居人,言:"此庙中无神。但是龟鼍之辈,徒费酒食祀之。急具锸来③,共往伐之。"诸人亦颇疑之。于是并会伐掘,皆杀之。遂坏庙,绝祀。自后安静。

| 注释 |

①石城:古县名,位于今安徽池州。
②搔搔:搔通"骚",骚动。
③锸(chā):铁锹。

孔子论五酉

孔子厄于陈,弦歌于馆。中夜,有一人长九尺余,着皂衣,高冠,大吒，声动左右。子贡进问："何人耶？"便提子贡而挟之。子路引出，与战于庭。有顷，未胜。孔子察之，见其甲车间时时开如掌①。孔子曰："何不探其甲车，引而奋登？"子路引之，没手仆于地，乃是大鳀鱼也②，长九尺余。孔子曰："此物也，何为来哉？吾闻物老，则群精依之，因衰而至。此其来也，岂以吾遇厄绝粮，从者病乎？夫六畜之物，及龟、蛇、鱼、鳖、草、木之属，久者神皆凭依，能为妖怪，故谓之五酉。五酉者，五行之方，皆有其物。酉者，老也，物老则为怪，杀之则已，夫何患焉？或者天之未丧斯文，以是系予之命乎？不然，何为至于斯也？"弦歌不辍。子路烹之，其味滋，病者兴。明日，遂行。

| 注释 |

①甲车间：铠甲和腮帮子之间。车，牙床。
②鳀（tí）鱼：一种鱼类，体侧扁，生活在海中，亦称"黑背鳀"。

鼠妇迎丧

豫章有一家，婢在灶下，忽有人长数寸，来灶间壁，婢误以履践之，杀一人。须臾，遂有数百人，着衰麻服，持棺迎丧，凶仪皆备。出东门，入园中覆船下。就视之，皆是鼠妇①。婢作汤灌杀，遂绝。

| 注释 |

①鼠妇：虫名，又名地虱、鼠负潮虫等，体呈椭圆形，灰褐色，生活于陆上潮湿处。亦为中药材名，可入药。

狄希千日酒

狄希，中山人也，能造千日酒，饮之千日醉。时有州人，姓刘，名玄石，好饮酒，往求之。希曰："我酒发来未定，不敢饮君。"石曰："纵未熟，且与一杯,得否?"希闻此语,不免饮之。复索,曰:"美哉!可更与之。"希曰:"且归。别日当来。只此一杯,可眠千日也。"石别,似有怍色①。至家,醉死。家人不之疑,哭而葬之。经三年,希曰:"玄石必应酒醒,宜往问之。"既往石家,语曰:"石在家否?"家人皆怪之,曰:"玄石亡来,服以阕矣②。"希惊曰:"酒之美矣,而致醉眠千日,今合醒矣。"乃命其家人凿冢,破棺看之。冢上汗气彻天。遂命发冢,方见开目,张口,引声而言曰:"快哉,醉我也!"因问希曰:"尔作何物也,令我一杯大醉,今日方醒?日高几许?"墓上人皆笑之。被石酒气冲入鼻中,亦各醉卧三月。

| 注释 |

① 怍(zuò)色:羞惭的神色。
② 阕:停止,终了。意为服丧已经结束,丧服已除。

陈仲举相命

陈仲举微时①,常宿黄申家。申妇方产,有扣申门者,家人咸不知。久久方闻屋里有人言:"宾堂下有人②,不可进。"扣门者相告曰:"今当从后门往。"其人便往。有顷,还。留者问之:"是何等?名为何?当与几岁?"往者曰:"男也,名为奴,当与十五岁。""后应以何死?"答曰:"应以兵死。"仲举告其家曰:"吾能相。此儿当以兵死。"父母惊之,寸刃不使得执也。至年十五,有置凿于梁上者,其末出,奴以为木也,自下钩之,凿从梁落,陷脑而死。后仲举为豫章太守,故遣吏往饷之申家,并问奴所在。其家以此具告。仲举闻之,叹曰:"此谓命也。"

| 注释 |

① 陈仲举:即陈蕃,字仲举,东汉名臣,官至太傅。
② 宾堂:接待宾客的堂屋。

卷二十

病龙求医

晋魏郡亢阳①,农夫祷于龙洞,得雨,将祭谢之。孙登见曰②:"此病龙雨,安能苏禾稼乎?如弗信,请嗅之。"水果腥秽。龙时背生大疽,闻登言,变为一翁,求治,曰:"疾瘥,当有报。"不数日,果大雨。见大石中裂开一井,其水湛然③。龙盖穿此井以报也。

| 注释 |

①亢阳:旱灾。
②孙登:字公和,号苏门先生,晋代隐士。
③湛然:清澈的样子。

苏易助虎产

苏易者,庐陵妇人,善看产。夜忽为虎所取,行六七里,至大圹①。厝易置地②,蹲而守。见有牝虎当产,不得解,匍匐欲死,辄仰视。易怪之,乃为探出之,有三子。生毕,牝虎负易还。再三送野肉于门内。

| 注释 |

①圹:墓坑。
②厝(cuò):放置。

玄鹤衔珠

哙参养母至孝①。曾有玄鹤为弋人所射②,穷而归参。参收养,疗治其疮,愈而放之。后鹤夜到门外,参执烛视之,见鹤雌雄双至,各衔明珠以报参焉。

| 注释 |

①哙参:人名,古时孝子。
②玄鹤:黑鹤。弋人:射鸟的人。

黄鸟报恩

汉时弘农杨宝,年九岁时,至华阴山北①,见一黄雀为鸱枭所搏,坠于树下,为蝼蚁所困。宝见,愍之②,取归,置巾箱中③,食以黄花。百余日,毛羽成,朝去,暮还。一夕三更,宝读书未卧,有黄衣童子,向宝再拜曰:"我西王母使者,使蓬莱,不慎为鸱枭所搏。君仁爱见拯,实感盛德。"乃以白环四枚与宝,曰:"令君子孙洁白,位登三事,当如此环。"

| 注释 |

①华阴山:即华山。
②愍:同"悯",哀怜。
③巾箱:古时存放头巾等物品的小箱子。

隋侯珠

隋县溠水侧①,有断蛇丘。隋侯出行②,见大蛇被伤,中断。疑其灵异,使人以药封之,蛇乃能走。因号其处断蛇丘。岁余,蛇衔明珠以报之。珠盈径寸,纯白,而夜有光明,如月之照,可以烛室。故谓之"隋侯珠",亦曰"灵蛇珠",又曰"明月珠"。

| 注释 |

①溠（zhà）水：水名，位于今湖北省境内。
②隋侯：西周时隋国国君。隋国位于今湖北随州。

龟报孔愉

孔愉字敬康，会稽山阴人①。元帝时以讨华轶功封侯②。愉少时尝经行余不亭③，见笼龟于路者。愉买之，放于余不溪中④。龟中流左顾者数过。及后，以功封余不亭侯。铸印，而龟钮左顾，三铸如初。印工以闻，愉乃悟其为龟之报，遂取佩焉。累迁尚书左仆射，赠车骑将军⑤。

| 注释 |

①山阴：古县名，秦置。因位于会稽山北而得名，后更名为绍兴。
②华轶（yì）：字彦夏，平原高唐（今山东禹城）人，西晋末大臣。因不服晋元帝命令，被讨伐斩首。
③余不亭：亭名，位于今浙江吴兴。
④余不溪：水名，为东苕溪下游。
⑤赠：赐死者以爵位或封号。

古巢老姥

古巢一日江水暴涨①，寻复故道。港有巨鱼，重万斤，三日乃死。合郡皆食之，一老姥独不食②。忽有老叟曰："此吾子也，不幸罹此祸。汝独不食，吾厚报汝。若东门石龟目赤，城当陷。"姥日往视。有稚子讶之，姥以实告。稚子欺之，以朱傅龟目。姥见，急出城。有青衣童子曰："吾龙之子。"乃引姥登山，而城陷为湖。

| 注释 |

①古巢：古县名，位于今安徽巢湖东北。
②姥（mǔ）：年老妇女的通称。

蚁王报恩

吴富阳县董昭之，尝乘船过钱塘江，中央，见有一蚁，着一短芦，走一头回，复向一头，甚惶遽。昭之曰："此畏死也。"欲取着船。船中人骂："此是毒螯物，不可长。我当蹹杀之①。"昭意甚怜此蚁，因以绳系芦着船。船至岸，蚁得出。其夜梦一人，乌衣，从百许人来谢云："仆是蚁中之王。不慎堕江，惭君济活。若有急难，当见告语。"历十余年，时所在劫盗，昭之被横录为劫主②，系狱余杭。昭之忽思蚁王梦，缓急当告，今何处告之？结念之际，同被禁者问之，昭之具以实告。其人曰："但取两三蚁着掌中，语之。"昭之如其言。夜果梦乌衣人云："可急投余杭山中③。天下既乱，赦令不久也。"于是便觉，蚁啮械已尽，因得出狱。过江，投余杭山。旋遇赦，得免。

| 注释 |

①蹹（tà）：同"踏"，踩踏。
②横录：无端定罪。劫主：抢劫的主犯。
③余杭山：山名，又称秦余杭山、万安山，相传吴王夫差自杀后葬于此。

义犬救主

孙权时李信纯，襄阳纪南人也①。家养一狗，字曰黑龙，爱之尤甚，行坐相随，饮馔之间，皆分与食。忽一日，于城外饮酒大醉，归家不及，卧于草中。遇太守郑瑕出猎，见田草深，遣人纵火爇之。信纯卧处，恰当顺风。犬见火来，乃以口拽纯衣，纯亦不动。卧处比有一溪，相去三五十步。犬即奔往，入水湿身，走来卧处。周回以身洒之，获免主人大难。犬运水困乏，致毙于侧。俄尔信纯醒来，见犬已死，遍身毛湿，甚讶其事。睹火踪迹，因尔恸哭。闻于太守。太守悯之曰："犬之报恩，甚于人。人不知恩，岂如犬乎？"即命具棺椁衣衾葬之。今纪南有义犬冢，高十余丈。

| 注释 |

①纪南：即郢都，春秋战国时楚国国都，位于今湖北荆州江陵地区。

快犬救主

太兴中，吴民华隆养一快犬，号的尾，常将自随。隆后至江边伐荻①，为大蛇盘绕，犬奋咋蛇。蛇死，隆僵仆无知②。犬彷徨涕泣，走还舟，复反草中。徒伴怪之，随往，见隆闷绝，将归家。犬为不食，比隆复苏，始食。隆愈爱惜，同于亲戚。

| 注释 |

①荻（dí）：草本植物，形似芦苇，生长于水边，秋日开紫花。
②僵仆：僵直倒地。

蝼蛄神

庐陵太守太原庞企，字子及。自言其远祖不知几何世也，坐事系狱，而非其罪，不堪拷掠，自诬服之。及狱将上，有蝼蛄虫行其左右①，乃谓之曰："使尔有神，能活我死，不当善乎。"因投饭与之。蝼蛄食饭尽，去，顷复来，形体稍大。意每异之，乃复与食。如此去来，至数十日间，其大如豚。及竟报，当行刑，蝼蛄夜掘壁根为大孔，乃破械，从之出。

去久，时遇赦，得活。于是庞氏世世常以四节祠祀之于都衢处②。后世稍息，不能复特为馔，乃投祭祀之余以祀之，至今犹然。

| 注释 |

①蝼蛄（lóugū）：昆虫名，又名"蝲蝲蛄"，生活在泥土中，吃农作物嫩茎，夜出昼伏。
②都衢（qú）：城邑大路。都，建有宗庙的城邑。衢，大路。

猿母哀子

临川东兴有人入山①，得猿子，便将归，猿母自后逐至家。此人缚猿子于庭中树上以示之。其母便搏颊向人，若乞哀状，直是口不能言耳。此人既不能放，竟击杀之。猿母悲唤，自掷而死。此人破肠视之，寸寸断裂。未半年，其家疫死，灭门。

| 注释 |

①东兴：古县名，故城位于今江西黎川。

虞荡猎麈

冯乘虞荡夜猎①，见一大麈②，射之。麈便云："虞荡，汝射杀我耶。"明晨，得一麈而入，实时荡死。

| 注释 |

①冯乘：古县名，西汉初置，属交州苍梧郡，位于今湖南江华。
②麈（zhǔ）：鹿科动物，其尾可做拂尘。

华亭大蛇

吴郡海盐县北乡亭里有士人陈甲①,本下邳人。晋元帝时,寓居华亭②,猎于东野大薮。欻见大蛇,长六七丈,形如百斛船,玄黄五色,卧冈下。陈即射杀之,不敢说。三年,与乡人共猎,至故见蛇处,语同行曰:"昔在此杀大蛇。"其夜梦见一人,乌衣,黑帻,来至其家,问曰:"我昔昏醉,汝无状杀我。我昔醉,不识汝面,故三年不相知。今日来就死。"其人即惊觉。明日,腹痛而卒。

| 注释 |

①海盐:古县名,位于今浙江平湖。
②华亭:古县名,唐代置,即今上海松江区。

邛都老姥

邛都县下有一老姥①,家贫,孤独,每食,辄有小蛇,头上戴角,在床间,姥怜而饴之食。后稍长大,遂长丈余。令有骏马,蛇遂吸杀之。令因大忿恨,责姥出蛇。姥云在床下。令即掘地,愈深愈大,而无所见。令又迁怒,杀姥。蛇乃感人以灵言,瞋令②:"何杀我母?当为母报仇。"此后每夜辄闻若雷若风,四十许日。百姓相见,咸惊语:"汝头那忽戴鱼?"是夜,方四十里与城一时俱陷为湖。土人谓之为"陷湖"。唯姥宅无恙,至今犹存。渔人采捕,必依止宿。每有风浪,辄居宅侧,恬静无他。风静水清,犹见城郭楼橹昊然③。今水浅时,彼土人没水,取得旧木,坚贞光黑如漆。今好事人以为枕,相赠。

| 注释 |

①邛(qióng)都:古县名,西汉置,位于今四川西昌地区。

②瞋：通"嗔"，责怪。
③楼橹：古代供守兵瞭望敌军的无顶盖的高台。昃（cè）然：清晰的样子。

建业妇人

建业有妇人①，背生一瘤，大如数斗囊，中有物如茧栗②，甚众，行即有声。恒乞于市。自言："村妇也。常与姊姒辈分养蚕③，已独频年损耗。因窃其姒一囊茧焚之。顷之，背患此疮，渐成此瘤，以衣覆之，即气闭闷，常露之，乃可。而重如负囊。"

| 注释 |

①建业：三国时东吴之都城，即今江苏南京。
②茧栗：形容牛角初生之状，言其形小如茧似栗。
③姒（sì）：妯娌之间称年长者为"姒"。

附录　李辑增补

卷一·神化篇之一

王子乔

王子乔者，周灵王太子晋也。好吹笙，作凤凰鸣。游伊、洛之间，道士浮丘公接以上嵩高山，三十余年。后求之于山上，见桓良曰："告我家，七月七日待我于缑氏山头①。"至时，果乘白鹤驻山头，望之不得到。举手谢时人，数日而去。后立祠于缑氏山下及嵩高首焉。

| 注释 |

①缑（gōu）氏：战国韩邑，位于今河南洛阳偃师区。

尹喜

老子将西入关，关令尹喜，好道之士，睹真人当西①，乃要之途也②。

| 注释 |

①睹：预见。
②要：迎候，迎接。

祝鸡翁

祝鸡翁者①，洛阳人也。居尸乡北山下，养鸡百年余。鸡至千余头，皆有名字，欲取，呼之名，则种别而至。后之吴山，莫知所去矣。

| 注释 |

①祝鸡翁：传说中一位善养鸡的仙人。

陵阳子明

陵阳子明，上宣城陵阳山得仙，其后因山为氏。

丁令威

辽东城门有华表柱，忽有一白鹤集柱头。时有少年举弓欲射之，鹤乃飞，徘徊空中而言曰："有鸟有鸟丁令威，去家千岁今来归，城郭如故人民非，何不学仙冢垒垒①？"遂高上冲天而去。后人于华表柱立二鹤，至此始矣。今辽东诸丁，云其先世有升仙者，不知名字。

| 注释 |

①垒垒：重积的样子。

白玉棋局

昔有人骑入南谷山中，见一小池，横石桥，遂骤马过桥①。见二少年，临池弈棋，置白玉棋局②。见骑马者，拍手负局而走。

| 注释 |

①骤：（马）奔驰，快跑。
②局：棋盘。

卷二·神化篇之二

焦湖庙巫

焦湖庙有一柏枕①，或云"玉枕"，枕有小坼②。时单父县人杨林为贾客③，至庙祈求。庙巫谓曰："君欲好婚否？"林曰："幸甚。"巫即遣林近枕边。因入坼中，遂见朱门琼室④。有赵太尉在其中，即嫁女与林。生六子，皆为秘书郎。历数十年，并无思归之志。忽如梦觉，犹在枕旁，林怆然久之。

| 注释 |

① 焦湖：湖泊名，即今安徽巢湖。
② 坼：指裂缝。
③ 单父：古县名，即今山东单县。
④ 朱门：古代王公贵族的府第大门漆成红色以示尊贵，后用朱门泛指富贵人家。琼室：指仙人所居之室。

许懋

许懋，吴人，好黄白术①。一日，遇一道人，将一书扇簇挂于壁上，有药炉、童子在上。道人呼童子，而童子跪于炉前，画扇频动，炉火光炎，少顷药成。道人曰："黄白之术，役天地之数，非积功累行，不可求之。"遂告懋曰："五十年后，当于茅山相寻。"遂不知所在。

| 注释 |

① 黄白术：即金丹术，传说中炼丹术的重要组成部分。古代以黄喻金，以白喻银，总称"黄白"。

卷四·感应篇之一

附宝

黄帝有熊氏，少典之子，姬姓也。母曰附宝，其先即炎帝母家有蛴氏之女①，世与少典氏婚。及神农之末，少典氏又娶附宝。见大电光绕北斗枢星，照郊野，感附宝。孕二十五月，而生黄帝于寿丘。

|注释|

①有蛴（jiǎo）氏：上古部族名，传说中炎、黄二帝的母族，位于河南洛阳嵩县。

女枢

帝颛顼高阳氏，黄帝之孙，昌意之子①，姬姓也。母曰景仆，蜀山氏女，为昌意正妃，谓之女枢。金天氏之末②，瑶光之星③，贯月如虹，感女枢幽房之宫，生颛顼于若水④。

|注释|

①昌意：传说中黄帝与螺祖所生次子。
②金天氏：即少昊，亦作"少暤"，传说中黄帝与螺祖所生长子，"五帝"中的西方白帝。
③瑶光之星：星名，北斗七星的第七星，在古代象征祥瑞。瑶光，亦作"摇光"。
④若水：古水名，即今雅砻江。

庆都

尧母曰庆都，观河，遇赤龙，晻然阴风①，感而有孕，十四月而生尧。

|注释|

①晻（àn）然：昏暗不明的样子。

土德

魏推五德之运①，以土承汉。

|注释|

①五德之运：古代阴阳家把金、木、水、火、土五行看作五德，认为历代王朝各有一德，按照五行相克或相生的顺序交互更替、周而复始。

马后牛

初，武帝太康三年，建邺有寇。余姚人伍振筮之，曰："寇已灭矣。三十八年，扬州有天子。"至元帝即天位，果三十八年。先是，宣帝有宠将牛金，屡有功。宣帝作两口榼，一口盛毒酒，一口盛善酒，自饮善酒，毒酒与金，金饮之即毙。景帝曰："金名将，可大用，云何害之？"宣帝曰："汝忘石瑞，马后有牛乎？"元帝母夏侯妃与琅邪国小史姓牛私通，而生元帝。愍帝之立也，改毗陵为晋陵。时元帝始霸江、扬，而戎翟称制，西都微弱。晋将灭于西而兴于东之符也。

卷五·感应篇之二

三鳝鱼

杨震，字伯起。弘农华阴人也。常客居于湖，不答州郡礼命数十年，众人谓之晚暮，而震志愈笃。后有冠雀衔三鳝鱼，飞集讲堂前。都讲取鱼进曰①："蛇鳝者，卿大夫服之象也。数三者，法三台也②。先生自此升矣。"年五十，乃始仕州郡。

| 注释 |

①都讲：古代学舍中主持讲学或协助博士讲学的人。
②三台：此指"三公"，古代地位最尊显的三个官职的合称。

管鹑

河间管鹑，侨居临水北岸，田作商贾，往往如意。尝载两舫米下都粜①，垂行，忽于宅中见一物，形似鼍而长大，行还辄得大利。如此，一家遂巨富，二十年恒有万斛米。

| 注释 |

①粜（tiào）：卖（粮食），与"籴"相对。

卷六·感应篇之三

苍水使者

秦时，有人夜渡河，见一人丈余，手横刀而立，叱之，乃曰："吾苍水使者也。"

卷七·感应篇之四

白水素女

谢端,晋安侯官人也。少丧父母,无有亲属,为邻人所养。至年十七八,恭谨自守,不履非法①,始出作居。未有妻,乡人共悯念之,规为娶妇②,未得。端夜卧早起,躬耕力作,不舍昼夜。后于邑下得一大螺,如三升壶,以为异物,取以归,贮瓮中畜之。十数日,端每早至野,还见其户中有饭饮汤火,盘馔甚丰,如有人为者。端谓是邻人为之惠也。数日如此,端便往谢邻人。邻人皆曰:"吾初不为是,何见谢也?"端又以为邻人不喻其意,然数尔不止,后更实问,邻人笑曰:"卿以自取妇,密着室中饮馔,而言吾为人饮耶?"端默然心疑,不知其故。后方以鸡初鸣出去,平早潜归,于篱外窃窥其家,见一少女美丽,从瓮中出,至灶下燃火。端便入门,径造瓮所视螺,但见壳。仍到灶下问之曰:"新妇从何所来,而相为炊?"女人惶惑,欲还瓮中,不能得,答曰:"我天汉中白水素女也③。天帝哀卿少孤,恭慎自守,故使我来,权相为守舍炊烹。十年之中使卿居富得妇,自当还去。而卿今无故窃相伺掩④,吾形已见,不宜复留,当相委去。虽尔,后自当少差⑤,勤于田作,渔采治生。今留此壳去,以贮米谷,常可不乏。"端请留,终不肯。时天忽风雨,翕然而去⑥。端为立神座,时节祭祀,居常饶足,不致大富耳。于是乡人以女妻端。端后仕至令长云。今道中素女是也。

| 注释 |

① 履:实行。
② 规:谋划。
③ 白水:传说中的河流,人饮之可不老不死。

④掩：指乘人不备而袭击或捉拿。
⑤少差：稍微好转。
⑥翕然：突然，忽然。

成公智琼

魏济北国从事掾弦超，字义起。以嘉平中夜独宿，梦有神女来从之。自称天上玉女，东郡人，姓成公，字智琼。早失父母，天帝哀其孤苦，遣令下嫁从夫。义起当其梦也，精爽感悟，嘉其美异，非常人之容。觉寤钦想，若存若亡。如此三四夕。一旦，显然来游，驾辎軿车，从八婢，服绫罗绮绣之衣，姿颜容体，状若飞仙。自言年七十，视之如十五六女。车上有壶榼、青白琉璃五具，食啖奇异，馔具醴酒，与义起共饮食。谓义起曰："我天上玉女，见遣下嫁，故来从君。不谓君德，盖宿时感运，宜为夫妇。不能有益，亦不能为损。然往来常可得驾轻车乘肥马，饮食常可得远味异膳，缯素常可得充用不乏。然我神人，不能为君生子，亦无妒忌之性，不害君婚姻之义。"遂为夫妇。赠其诗一篇，其文曰："飘飘浮勃逢，敖曹云石滋。芝英不须润，至德与时期。神仙岂虚降，应运来相之。纳我荣五族，逆我致祸灾。"此其诗之大较。其文二百余言，不能悉录。又注《易》七卷，有卦有象，以彖为属。故其文言既有义理，又可以占吉凶，犹扬子之《太玄》、薛氏之《中经》也。义起皆能通其旨意，用之占候。

作夫妇经七八年。父母为义起娶取妇之后，分日而燕，分夕而寝，夜来晨去，倏忽若飞，唯义起见之，他人不见也。虽居暗室，辄闻人声，常见踪迹，然不睹其形。每义起当有行来，智琼已严驾于门①，百里不移两时，千里不过半日。义起后为济北王门下掾，文钦作乱②，景帝东征，诸王见移于邺宫，官属亦随监国西徙。邺下狭窄，四吏共一小屋。义起独卧,智琼常得往来,同室之人,颇疑非常。智琼止能隐其形,不能藏其声,且芬香之气,达于室宇,遂为伴吏所疑。后义起尝使至京师,空手入市,智琼给其五匹弱绯、五端细绫③。采色光泽,非邺市所有。同房吏问意状,义起性疏辞拙,遂具言之。吏以白监国,委曲问之,亦恐天下有此妖幻。不咎责也。后夕归,玉女已求去,曰:"我神仙人也,虽与君交,不愿人知。而君性疏漏,我今本末已露,不复与君通接。积年交结,恩义不轻,一旦分别,岂不怆恨。势不得不尔,各自努力矣。"呼侍御下酒啖食。发簏,取织成裙衫两裆遗义起,又赠诗一首。把臂告辞,涕零溜漓④,肃然升车,去若飞流。义起忧感积日,殆至委顿。去后积五年,义起奉国使至洛,到济北鱼山下。陌上西行,遥望曲道头,有一马车,似智琼。驱驰前至,视之,果是玉女也。遂披帷相见,悲喜交至。授左授绥⑤,同乘至洛,遂为室家,克复旧好。至太康中犹在,但不日日往来。三月三日、五月五日、七月七日、九月九日、月旦、十五,辄下往来,来辄经宿而去。

张敏为之赋神女。其序曰:"世之言神仙者多矣,然未之或验也。至如弦氏之归,则近信而有征者。甘露中,河济间往来京师者,颇说其事,闻之常以鬼魅之妖耳。及游东土,论者洋洋,异人同辞,犹以流俗小人好传浮伪之事,直谓讹谣,未遑考核。会见济北刘长史,其人明察清信之士也。亲见义起,受其所言,读其文章,见其衣服赠遗之物,自非义起凡下陋才所能构合也。又推问左右知识之者,云当神女之来,咸闻香薰之气,言语之声,此即非义起淫惑梦想明矣。又人见义起强甚,雨行大泽中而不沾濡,益怪之。夫鬼魅之近人也,无不羸病损瘦,今义起平安无恙,而与神人饮燕寝处,纵情兼欲,岂不异哉!余览其歌诗,辞旨清伟,故为之作赋。"赋曰:"皇览余之纯德,步朱阙之峥嵘。靡飞除而入秘殿,侍太极之穆清。帝愍余之勤肃,将休余于中州。托玄静以自处，寔应夫子之好仇⑥。"于是主人怃然而问之曰⑦："尔岂是周之褒姒、齐之文姜，孽妇淫鬼，来自藏乎？傥亦汉之游女、江之娥皇，厌真怨、倦仙侍乎？"于是神女乃敛袂正襟而对曰："我实贞淑，子何猜焉！且辩言知礼，恭为令则；美姿天挺，盛饰表德。以此承欢，君有何惑？"尔乃敷茵席⑧，垂组帐⑨。嘉旨既设，同牢而飨。微闻芳泽，心荡意放。于是寻房中之至嬿⑩，极长夜之欢情。心眇眇以忽忽，想北里之遗声。既澹泊于幽默，扬觉寐而中惊。赋斯时之要妙，进伟服之纷敷。俛抚衽而告辞⑪，仰长叹以欷吁。乘云雾而变化，遥弃我其焉如。"

弦超为神女所降，论者以为神仙，或以为鬼魅，不可得正也。著作郎干宝以《周易》筮之，遇《颐》之《益》⑫，以示同寮郎，郭璞曰："《颐》贞吉，正以养身，雷动山下，气性惟新⑬。变而之《益》。延寿永年，乘龙衔凤，乃升于天：此仙人之卦也。"

| 注释 |

①严驾：整备车马。
②文钦：字仲若，谯郡谯县人，三国时曹魏将领，后在反叛中遭内讧被杀。
③绯：红色的布帛。纻：同"苎"，苎麻纤维织成的布。
④溜漓：漓淋充盛的样子。
⑤授左授绥：即控左援绥，牵住左骖挽住车绳。
⑥寔：同"实"，放置。
⑦怃（wǔ）然：怅然失意的样子。
⑧敷：铺开。茵席：指褥垫和草席。
⑨组帐：指华美的帷帐。
⑩至嬿：最美好。
⑪俛：同"俯"，屈身，低头。

⑫《颐》：《易经》六十四卦之一，讲的是如何在天地变化间颐养自身、惠及天下的道理。《益》：《易经》六十四卦之一，象征增益之意。
⑬惟新：指更新。

卷八·感应篇之五

孟宗

孟宗至孝，坟以梓木为表①，感花萼生于枯木之上。

| 注释 |

①表：标木，标记，即华表。

张嵩

张嵩者，陇西人也，有至孝之心。年始八岁，母患卧在床。其母忽思堇菜而食①，嵩忽闻此语，苍忙而走，向地觅堇菜，全无所得。遂乃发声大哭云："哀哀父母，生我劬劳②。母今得患，何时得差？天若怜我，愿堇菜化生。"从旦至午，哭声不绝。天感至孝，非时为生堇菜。遂将归家，奉母食之。因食堇菜，母患得痊愈。张嵩后长大成人，母患命终。家中所造棺椁坟墓，并自手作，不役奴仆之力。葬送亦不用车牛人力，唯夫妇二人推之。葬讫，三年亲自负土培坟③，哭声不绝，头发落尽。天知至孝，于墓所直北起雷之声。忽有一道风云而至嵩边，抱嵩至墓东八十步。然始霹雳，冢开，出其棺。棺额上云："张嵩至孝，通于神明。今日天感至诚，放却活延命，更得三十二年，将归侍养。"闻者无不嗟叹，自古至今，未闻斯事。天子遂拜嵩为金城太守，后迁为尚左仆射。

| 注释 |

①堇菜：草本植物名，一般指如意草。
②劬（qú）劳：劳累，劳苦。
③负土培坟：即背土筑坟，古代一种孝义的行为。

卷九·感应篇之六

吴先主

吴先主病，遣人于门观不祥。巫启见一鬼，著绢巾，似是大臣将相。其夜，先主梦见鲁肃来入，衣巾如之。

卷十二·妖怪篇之三

山鸣

建安七八年中，长沙醴陵县有大山常大鸣①，如牛呴声②，积数年。

《论语摘辅像》曰："山土崩，川闭塞，漂沦移，山鼓哭，闭衡夷，庶桀合，兵王作。"时天下尚乱，豪桀并争。曹操事二袁于河北；孙吴创基于江外；刘表阻乱众于襄阳，南招零、桂，北割汉川，又以黄祖为爪牙，而祖与孙氏为深仇，兵革岁交③。十年，曹操破袁谭于南皮④。十一年，走袁尚于辽东。十三年，吴禽黄祖。是岁，刘表死，曹操略荆州，逐刘备于当阳。十四年，吴破曹操于赤壁。是三雄者，卒共参分天下，成帝王之业，是所谓"庶桀合，兵王作"者也。十六年，刘备入蜀，与吴再争荆州。于时战争四分五裂之地，荆州为剧，故山鸣之异作其域也。

| 注释 |

①醴陵县：古县名，东汉置，三国时属吴国荆州长沙郡，即今湖南醴陵市。
②响：同"吼"，牛鸣。
③岁交：新旧年交替之时。
④南皮：县名，即今河北沧州南皮县。

卷十三·妖怪篇之四

青龙黄龙

自明帝终魏世，青龙黄龙见者，皆其主废兴之应也。魏土运，青木色也，而不胜于金，黄得位，青失位之象也。青龙多见者，君德国运，内相克伐也，故高贵乡公卒败于兵。

鱼集武库屋上

魏齐王嘉平四年五月，有二鱼集于武库屋上，高贵乡公兵祸之应。

鬼目菜

吴孙皓天纪三年八月，建业有鬼目菜生工黄狗家，依缘枣树，长丈余，茎广四寸，厚三分。又有荬菜生工吴平家①，高四尺，厚三分，如枇杷形，上圆径一尺八寸，下茎广五寸，两边生叶绿色。东观案图，名鬼目作芝草，荬菜作平虑，遂以狗为侍芝郎，平为平虑郎，皆银印青绶。明年，晋平吴，王濬止船，正得平渚，姓名显然，指事之征也。黄狗者，吴以土运承汉，故初有黄龙之瑞。及其季年，而有鬼目之妖，托黄狗之家。黄称不改，而贵贱大殊，天道精微之应也。

| 注释 |

①荚菜：即苣荚菜。

卷十四·妖怪篇之五

江南童谣

太康后，江南童谣曰："局缩肉，数横目，中国当败吴当复。"又曰："宫门柱，且莫朽，吴当复，在三十年后。"又曰："鸡鸣不拊翼①，吴复不用力。"于时吴人皆谓在孙氏子孙，故窃发乱者相继。按"横目"者"四"字，自吴亡至元帝兴，几四十年，皆如童谣之言。"局缩肉"，不知所斥。

| 注释 |

①拊翼：拍打翅膀，喻即将奋起。

妇人移东方

太康后，天下为家者，移妇人于东方，空莱北庭，以为园囿①。夫王朝南向，正阳也；后北宫，位太阴也；世子居东宫，位少阳也。今居内于东，是与外俱南面也。亢阳无阴，妇人失位而干少阳之象也。贾后谗戮愍怀②，俄而祸败亦及。

|注释|

①园囿：种植花草蓄养鸟兽的皇家园林，也泛指庭院、花园。
②谏戮：谏杀。愍怀：指司马遹，字熙祖，西晋宗室。为贾后暗害，后追复太子名位，赐谥愍怀。

炊饭化螺

永熙初，卫瓘家人炊饭①，堕地，尽化为螺，出足起行。螺被甲，兵象也，于《周易》为《离》②，《离》为戈兵。明年，瓘诛。

|注释|

①卫瓘（guàn）：人名。
②《离》：指《易经》六十四卦的第三十卦，上离下离，阐释依附的原则。

高原陵火

元康八年十一月，高原陵火。太子废，其应也。汉武帝世，高园便殿火，董仲舒对，与此占同。

中兴服制

晋中兴，著帻者以带缚项。下逼上，上无地也。作袴者直幅为口，无杀，下大失裁也。王敦之徵。

吴郡晋陵讹言

太兴四年，吴郡民讹言有大虫在纻中及樗树上，啮人即死。晋陵民又言曰，见一老女子居市，被发从肆人乞饮①，自言："天帝令我从水门出，而我误由虫门。若还，天帝必杀我，如何？"于是百姓共相恐动，云死者已十数也。西及京都，诸家有樗、纻者伐去之，无几自止。此事未之能论。

| 注释 |

①肆人：店铺中人。

京邑讹言

永昌元年，宁州刺史王逊遣子澄入质①，将渝、濮杂夷数百人。京邑民忽讹言宁州人大食人家小儿，亲有见其蒸煮满釜甑中者。又云失儿皆有主名，妇人寻道，拊心而哭。于是百姓各禁录小儿，不得出门。寻又言已得食人之主，官当大航头大杖考竟，而日有四五百人晨聚航头，以待观行刑。朝廷之士相问者，皆曰信然，或言郡县文书已上。王澄大惧，检测之，事了无形，民家亦未尝有失小儿者，然后知其讹言也。此事未之能论。

| 注释 |

①宁州：西晋置，位于今云南华宁。王逊：字邵伯，魏兴（今湖北郧西）人。西晋末年任南夷校尉、宁州刺史，出镇宁州。

卷十五·妖怪篇之六

聂友板

聂友，字文悌，豫章新淦人①。少时贫贱，常好射猎。夜照，见一白鹿，射中之。明寻踪，血既尽，不知所在。且已饥极，便卧一梓树下。

仰见箭著树枝，视之，乃是昨射鹿箭。怪其如此，于是还家赍粮，命子侄持斧以伐之，树微有血。遂载截为二板，牵着陂塘中。板常沉池，然时复浮出，出辄家有吉庆。友每欲致宾客，辄便常乘此板。或于中流欲没，客大惧，聂君呵之，还复浮出。仕宦大如意，位至丹阳太守。在郡经时，外司白云②："涛入石头，聂君陂中板来耳。"来日，自视之，果然。聂君惊曰："此陂中板来，必有意。"即解职归家。下船便闭户，二板挟两边，一日即至豫章。自尔之后，板出便反有凶祸，家大轗轲③。今新淦北二十里余曰封溪，有聂友所截梓树板系着牂柯处④。所用樟木为牂柯者，遂生为树。今犹存，其木合抱，乃聂友回日所栽。始倒植之，今枝叶皆向下生。

| 注释 |

①新淦：古县名，今江西新干，也称新赣、上淦。
②外司：州郡属吏。
③轗轲（kǎnkē）：指困顿、不得志。
④牂柯（zāngkē）：指船只停泊时用以系缆绳的木桩。

豫章人

豫章人好食蕈①，有黄姑蕈者，尤为美味。有民家治舍，烹此蕈以食工人。工人有登厨屋施瓦者，下视无人，唯釜煮物，以盆覆之。俄有小儿裸身绕釜而走，倏忽没于釜中。顷之，主人设蕈，工独不食，亦不言其故。既暮，食蕈者皆卒。

| 注释 |

①蕈（xùn）：菌类植物，生于林木中或草地上，种类很多，有可食者。

卷十六·变化篇之一

龙易骨

龙易骨，麋易骼①。蛇类解皮，蟹类易壳，又折其螯足，堕复更生。谷之化为虫也，妖气之所生焉。

|注释|

①麋（mí）：即麋鹿。角似鹿，头似马，体似驴，蹄似牛，但又不全像某种动物，故又名"四不像"。

卷二十一

冯稜妻

冯稜妻死，稜哭之恸，乃叹曰："奈何不生一子而死！"俄而妻复苏。后孕，十月产讫而死。

李通

蒲城李通死①，来云：见沙门法祖②，为阎罗王讲《首楞严经》③。又见道士王浮④，身被锁械，求祖忏悔，祖不肯赴。

|注释|

①蒲城：古县名，位于今陕西渭南。
②沙门：即佛门。
③《首楞严经》：全经名《大佛顶如来密因修证了义诸菩萨万行首楞严

经》,是一部大乘佛教经典。

④王浮:西晋时道士。初为僧,后叛入道教,著有志怪小说《神异记》。

卷二十二

苏韶

故中牟令苏韶①,有才识,咸宁中卒。乃昼现形于其家,诸亲故知友闻之,并同集。饮啖言笑,不异于人。或有问者:"中牟在生,多诸赋述,言出难寻。请叙死生之事,可得闻耶?"韶曰:"何得有隐。"索纸笔,著纸笔,著《死生篇》。其词曰:"运精气兮离故形,神眇眇兮爽玄冥。归北帝兮造酆京②,崇墉郁兮廓峥嵘③。升凤阙兮谒帝庭,迩卜商兮室颜生。亲大圣兮项良成,希吴季兮慕婴明。抗清论兮风英英。敷华藻兮文璨荣。庶擢身兮登昆瀛,受祚福兮享千龄。"余多不尽录。初见其词,若存若亡。

| 注释 |

①中牟(mù):春秋战国时期赵国首都。苏韶做中牟令,故也以"中牟"称之。

②酆(fēng)京:周文王都城,也指阴曹地府。

③崇墉:高墙,高城。

卷二十四

荼与郁垒

《黄帝书》云：上古之时有二神人，一名荼与，二名郁垒①，性能执鬼。度朔山山上有大桃树，二人依树而住。于树东北有大穴，众鬼皆出入此穴。荼与、郁垒主统领简择万鬼，鬼有妄祸人者，则缚以苇索，执以饴虎。于是黄帝作礼欧之②，立桃人于门户，画荼与、郁垒与虎以象之。今俗法，每以腊终除夕饰桃人，垂苇索，画虎于门，左右置二灯，象虎眼，以袪不祥。

| 注释 |

①荼（shū）与、郁垒（lǜ）：即神（shēn）荼、郁垒，传说中的两位神人，也是民间信奉的门神。神荼一般位于左边门扇，身着斑斓战甲，面容威严，姿态神武；郁垒则位于右边门扇，着黑色战袍，神情闲适。
②欧：同"讴"。

帝喾

帝喾与颛顼平九黎之乱①，始立五行之官者也。

| 注释 |

①九黎：蚩尤与同母弟八人均姓黎氏，号称"九黎"，即黎贪（蚩尤）、黎巨、黎禄、黎文、黎广、黎武、黎破、黎辅、黎弼，再加上族兄弟七十二人，共八十一人，形成一个部族，东征西讨，后被联合的炎黄部族打败。

卷二十五

澹台子羽

澹台子羽,赍千金之璧渡河,河伯欲之。阳侯风波忽起①,两龙夹舟。子羽曰:"吾可以义求②,不可以威劫③。"左捻璧,右操剑,奋剑斩龙,波乃止。登岸,投璧于河,河伯三归之。子羽毁璧而去。

| 注释 |

①阳侯:传说中的波涛之神。
②义求:以义取利。
③威劫:以威势强取。

卷二十七

虬塘

武昌南有虬山,山之阴有龙穴。居民每见神虬飞翔出入,祷雨即应。后人筑塘其下,曰虬塘。

泽水神龙

巴郡有泽水,民谓神龙。不可鸣鼓其傍,即使大雨①。

| 注释 |

①即:即刻。

代城

代城始筑，立板干。一旦亡西南板，四五十里于泽中自立，结苇为外门①，因就营筑焉②。故其城周圆三十五里，为九门。故城处呼之以为东城。

|注释|

①结苇：昆虫名，又称"结草虫"。体形圆长，暗黑色，常缀叶片、小枝、树皮等为巢，被于体外而匐行。春季食茶、梅、樱、李等之嫩芽及叶。
②营筑：建筑、修建。

延寿城

缑氏县有延寿城。

卷二十八

飞涎鸟

东南海去会稽三千余里，有犬国。国中有飞涎鸟，似鼠而翼如鸟，而脚赤。然每至晓，诸栖禽未散之前，各占一树，口中有涎如胶，绕树飞，涎如雨，沾洒众枝叶。有他禽之至，如网也，然乃食之。如竟午不获，即空中逐而涎惹之①，无不中焉。若人捕得，脯之，治消渴②。其涎每布，至后半日即干，干自落，落即复布之。

|注释|

①惹：沾染。

②消渴：中医泛指以多饮、多食、多尿、形体消瘦为特征的疾病。《内经》中称"消瘅"，今称糖尿病。

骊龙珠

河上翁家贫，恃纬萧而食。其子没川，得千金之珠。父曰："夫珠在骊龙颔下①。子遭其睡也，使其寤，子当为虀粉，尚奚珠之有哉！"

| 注释 |

①骊龙：传说中的一种黑龙，出自《庄子·列御寇》。

卷三十

须长七尺

须长七尺。

笑电

电曰笑电①。

| 注释 |

①笑电：指天不下雨而有闪电的现象。

仲子

仲子隐于鹊山①。

| 注释 |

①仲子：即仲由。鹊山：传说中的山名。《山海经·南山经》所载南山经第一山即"鹊山"。

出 品 人：许　永
责任编辑：许宗华
特邀编辑：黎福安
　　　　　李子雪
装帧设计：海　云
内文制作：张晓琳
印制总监：蒋　波
发行总监：田峰峥

发　　行：北京创美汇品图书有限公司
发行热线：010-59799930
投稿信箱：cmsdbj@163.com